古典文獻研究輯刊

九 編

曾 永 義 主編

第 27 冊

楊妃故事之研究

陳 桂 雲 著

國家圖書館出版品預行編目資料

楊妃故事之研究／陳桂雲 著 — 初版 — 新北市：花木蘭文化
出版社，2014〔民103〕
序 2+ 目 4+170 面；19×26 公分
（古典文學研究輯刊　九編；第 27 冊）
ISBN：978-986-322-559-1（精裝）
1. 民間文學 2. 文學評論
820.8　　　　　　　　　　　　　　　103000765

ISBN-978-986-322-559-1

9 789863 225591

古典文學研究輯刊
九　編　第二七冊　　　　　　ISBN：978-986-322-559-1

楊妃故事之研究

作　　者　陳桂雲
主　　編　曾永義
總 編 輯　杜潔祥
副總編輯　楊嘉樂
編　　輯　許郁翎
出　　版　花木蘭文化出版社
社　　長　高小娟
聯絡地址　235 新北市中和區中安街七二號十三樓
　　　　　電話：02-2923-1455／傳眞：02-2923-1452
網　　址　http://www.huamulan.tw 信箱 hml 810518@gmail.com
印　　刷　普羅文化出版廣告事業
初　　版　2014 年 3 月
定　　價　九編 27 冊（精裝）新台幣 48,000 元

楊妃故事之研究

陳桂雲　著

作者簡介

陳桂雲，台北市人，中國文化大學中國文學研究所博士，現為國立故宮博物院圖書文獻處編審，並自 1986 年任中國文化大學兼任講師。主要研究領域為清代散文、唐代文學、民俗學。已出版之著作有《清代桐城派古文之研究》，並有〈宋　李公麟　麗人行〉、〈艷質豐肌說楊妃〉、〈《論語》中顏回形象的現代闡釋〉、〈清宮的年貨大街〉等論文。

提　　要

　　楊貴妃與唐明皇之韻事，是一場發生在皇家內院之帝妃愛情悲劇，其背後隱含著一樁極具震撼性的歷史變故。自〈長恨歌〉以來，迄今流傳一千兩百餘年，其間歷經加葉添枝，楊妃故事益顯多采多姿，故事傳說雖與正史不盡相合，卻為大眾津津樂道。本文乃博採正史、詔令、方志、詩文、筆記叢談、戲劇和俗曲等資料，就傳說之形成過程與情節開展方面加以探究，期以窺見千餘年來，楊妃故事演進之軌跡，並予楊妃以客觀評價，此即本文論述之旨趣所在。

　　第一章「楊妃與天寶之亂」：分四節。全章以史實為綱，探討本故事之時代背景及主要傳聞，並藉此以明瞭後代楊妃故事演變之基礎。

　　第二章「傳說中之楊妃」：本章釐分名字、籍貫、家世、才貌、婚姻五點，對楊妃的個人生命做縱的探討，從整理歷代有關作品中對楊妃個人之異說，並比較其間之差異，又進而探明其形成之原因。

　　第三章「楊妃形象之演變」：分四節。依朝代之更迭，就傳說之形成過程，分析楊妃形象轉變之緣由，且探其時代背景，明其與環境之關係。

　　第四、五兩章，乃沿著歷史長流，評析唐以後，迄於民國以來，各種有關楊妃故事為題材的作品，究其主題，探其渲染情況，用見楊妃故事在文學史上發展之歷程。

　　文末「結語」，乃總括本故事之特色及結束全文。

　　綜合所論，楊妃故事最具時代意識，考其發展之脈絡，率由一兩首「諷諭詩」觸發聯想而來。囿於傳統「美女國之咎」之觀念，其形象或已被嚴重歪曲，然楊妃極富傳奇色彩之一生，在文學舞台上實曾予人以「身後是非誰管得，滿村聽說蔡中郎」之淒感，永遠留給後人無盡的幽思。

序　言

　　楊貴妃與唐明皇之韻事，為我國家喻戶曉的歷史故事，自白居易〈長恨歌〉歌詠其「在天願作比翼鳥，在地願為連理枝」的愛情以來，迄今流傳一千二百餘年，其間屢為詩歌、小說和戲曲所資取，雖與正史不盡相合，卻為大眾所津津樂道。與楊妃故事有關之作品，單獨研究者有之，然率皆著眼於作品之主題及藝術成就，而於故事整體演變之相互承襲或影響，卻尟有所及，此為本論文研究之動機。

　　楊妃一生極人世之榮華，奈何安史亂起被迫自盡，由於安史之亂為唐代國力盛極而衰之轉捩點，此一特殊之時代背景，使得楊妃故事帶有強烈的政治色彩。馬嵬之死，為楊妃故事的焦點；其於兩唐書裏，只不過是個受寵之妃子，不幸後世卻認定其為挑起安史之亂的「亡國禍水」，幾乎集女人之惡事於一身。曾師永義於〈從西施說到梁祝〉一文中，提出民間故事孳乳展延的因素為兩個來源和四條線索：

> 　　兩個來源是：文人學士的賦詠和議論，庶民百姓的說唱和誇飾；四條線索是：民族的共同性、時代的意義、地方的色彩、文學間的感染與合流。

並指出「楊妃故事最有時代意識」，本文即依循此一觀點撰寫，就傳說之形成過程與情節開展二點加以探究，期得窺千餘年來楊妃故事演進之軌跡。

　　本文分六章：第一章「楊妃與天寶之亂」，本章以史實為綱，探討本故事之時代背景及主要傳聞，旨在予楊妃以歷史之評價，並藉此以明瞭後代楊妃故事演變之基礎。第二章「傳說中之楊妃」，本章對楊妃的個人生命做縱的探討，整理有關作品中對楊妃個人之異說，並比較其間之差異現象，探明其形

成之原因。第三章「楊妃形象之演變」，依朝代之更迭，就傳說之形成過程，分析楊妃形象轉變之緣由，並探其時代背景，明其橫面關係。第四、五兩章，乃沿歷史之長流，評析唐以降，迄於民國，以楊妃故事為題材之作品，究其主題，探其渲染之情況，以見楊妃故事在文學史上發展之歷程。第六章「結語」，乃總括本故事之特色。

最後要特別感謝曾師永義在論文撰作期間的啓發與指導，以及母親在生活上的悉心照料。而著者囿於見聞，本文且為初學之作，其蕪雜罅漏之處頗多，尚祈博雅君子不吝賜教。

一、歷代楊妃圖圖像

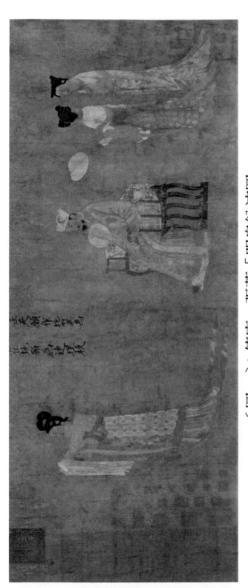

〔圖一〕：傳唐　張萱「明皇納涼圖」

引自「稚昌藝術品拍賣網」，http://auction.artron.net/paimai-art96201138/（2014/2/20）

〔圖二〕：傳宋　李公麟　麗人行　國立故宮博物院藏

引自「文學名著與美術」特展（國立故宮博物院，2001 年 4 月）

http://www.npm.gov.tw/exhbition/cpla0104/b/main03.html（2014/2/20）

〔圖三〕：元　趙孟頫　楊妃簪花圖　寶華庵藏

取自《廣文畫冊乙編》下集（70 年 12 月初版）

〔圖四〕：明　佚名　明皇窺浴圖
引自「互動百科」，
http://tupian.baike.com/a0_02_41_20300323911105132566411122605_jpg.html（2014/2/20）

〔圖五〕：明 仇英 貴妃曉妝圖

引自「王朝網路」，http://tc.wangchao.net.cn/baike/detail_1062897.html （2014/2/20）

三、唐玄宗像

唐玄宗像

〔圖十二〕：唐玄宗像

引自「國圖空間」，
http://www.nlc.gov.cn/newgtkj/shjs/201106/t20110621_44542.htm（2014/2/20）

〔圖十三〕：唐 張萱 明皇合樂圖 國立故宮博物院藏

引自「百度百科」，

目

次

〔圖六〕：明 《驚鴻記》插圖

取下卷第二十三齣　天一出版社（明世德堂刊本）

〔圖七〕：明 《驚鴻記》插圖

取下卷第二十七齣　天一出版社（明世德堂刊本）

〔圖八〕：取自清　胡鳳丹《馬嵬志》

美漢出版社

大真遺𤲞

〔圖九〕：取自清 《長生殿》

文光圖書公司印行

〔圖十〕太真（楊玉環）民國　曾伯希作

二、馬嵬楊妃墓

〔圖十一〕：馬嵬坡楊貴妃墓。在陝西省興平縣西門外二十里，
　　　　　馬嵬驛西郊五里處。

取自鄭振鐸輯《中華歷史參考圖譜》第十一輯，上海出版公司，中研院藏。

第一章　楊妃與天寶之亂

　　楊貴妃這個與大唐齊享盛名的美女，無論古今莫不令人嚮往。其姿容及身世皆富有相當濃厚的傳奇色彩，在中國歷史上及文學作品中，幾無其他女性可與比肩。她與唐明皇一段哀感頑豔的愛情故事背後，隱含著一樁具有震撼性的歷史變故；因而楊貴妃故事最具有時代意義。由於傳統「美女國之咎」的觀念深植人心，史家和文學家們，每將玄宗政局一治一亂之因果，完全歸罪於楊貴妃之蠱惑，此誠有待仔細重新檢討。

　　本文將採證史實，對天寶之亂作一公平而客觀之探究，俾明玄宗政治致敗之由；並參以唐代詩文家對此一本朝史事之觀點，期能回復貴妃在歷史上之眞正面目，此即本章述論之主旨。而藉此亦可以更了解後代楊妃故事演變之基礎。

第一節　天寶致亂之緣由及其影響

壹、玄宗政局之衰敗

　　玄宗爲唐朝第六代皇帝，名隆基〔註1〕，睿宗第三子，英武多藝，生於垂拱元年（685～762），正當武后以周易唐之際。二十六歲時，以誅除韋后有功，被立爲皇太子；先天二年（713）平定太平公主之亂，並改元爲開元，是爲玄宗治世之開始。在位長達四十四載，前

唐 代 世 系 圖

高祖—太宗—高宗
—中宗—睿宗—玄
宗—肅宗—代宗—
德宗……（以下略）

<hr>

期年號開元，計二十九年（713～741），後期年號天寶，共十五年（742～756）。

開元初期之玄宗，經歷韋后與太平公主兩次政爭，由於得位不易，故即位後勵精圖治，重用姚崇、宋　、張九齡等貞　之大臣爲宰輔，乃開創開元二十餘年治局，史謂復振「貞觀之風」〔註2〕。唐語林云：「開元初，上留心理道，革去弊訛。不六七年間，天下大理，河清海　，物殷俗　。……上猶惕屬不已。」〔註3〕其敬謹戒愼以臨國政，無怪乎政治清明，國運日隆。

然開元中葉以後，承平日久，志衰意怠，並漸事奢侈、務　邊功，因而　斂之臣大見寵幸〔註4〕；復崇信神仙，企慕長生，以是朝野爭言符瑞。與即位初年禁女樂、焚珠玉，用賢納諫、抑奢倡　之玄宗判若兩人。而其寵信諂佞，委政於奸臣李林甫，尤爲玄宗政治興衰之關鍵。

林甫「善養君欲」恩寵日隆〔註5〕，開元二十四年，張九齡罷相，此後林甫獨專政柄，奸慝之徒　得勢，朝中無復直諫之臣，國事遂以日壞。次年四月，玄宗聽信林甫之讒，廢殺太子瑛等；七月，以「幾致刑措」，特功推林甫。《唐鑑》總評二事曰：

> 明皇一日殺三子，而林甫以刑措受賞，讒諂得志，天理滅矣，安得久而不亂乎？〔註6〕

《通鑑》卷二一六評曰：

> 上晚年自恃承平，以爲天下無復可憂，遂深居禁中，專以聲色自娛，悉委政事於林甫。林甫媚事左右，迎合上意，以固其寵；杜絕言路，掩蔽聰明，以成其姦；妬賢疾能，排抑勝己，以保其位；屢起大獄，誅逐貴臣，以張其勢。自皇太子以下，畏之側足。凡在相位十九年（開

〔註2〕《舊唐書》卷九，〈玄宗紀〉，頁14321。（百衲本）

〔註3〕《唐語林》卷三，〈夙慧〉條，頁114（台北：世界書局，1959）。

〔註4〕《冊府元龜》卷一百八十，《帝王部・失政》載：「憲宗元和末，謂宰臣曰：『朕讀玄宗實錄，見開元初銳意求理，至十六年已後，稍似懈倦，開元末又不及中年，何也？』」

《通鑑》卷二百十三，開元十七年載：「宇文融……以治財賦得幸於上，始廣置諸使，競爲聚斂，由是百官浸失其職，而上心益侈，百姓皆怨苦之。」

由以上兩項記載，可知玄宗於開元十六、七年以後，由「稍似懈倦」，進而至於「上心益侈」了。

〔註5〕《舊唐書・李林甫傳》云：「上在位多載，倦於萬機，恒以大臣接對拘檢，難徇私欲，自得林甫，一以委成，故杜絕逆耳之言，恣其宴樂，衽席無別，不以爲恥，由林甫之贊成也。」

〔註6〕范祖禹，《唐鑑》卷九（台北：商務印書館，1977）。

元二十二年至天寶十一年），養成天下之亂，而上不之寤也。〔註7〕
世稱林甫「口有蜜，　有劍」，揆諸史事所載，可謂彰彰明甚。故崔群謂唐室
之亂，不自天寶十四年安祿山舉兵反始，獨以爲開元二十四年，張九齡罷相，
李林甫爲中書令始。其專制朝政，乃理亂所由分，誠爲確論〔註8〕。

　　天寶十一載（752）十一月，李林甫卒，楊國忠繼爲右相，乃楊貴妃之族
兄也，初以善　斂得幸；其能驟履清貴，除宮廷　外，與林甫勾結爲姦，
得林甫之扶持，亦爲主要原因之一。入相後，驕狂益甚，極盡翻雲覆雨之能
事。天寶末，唐室兩伐南詔，國忠皆隱其敗狀，仍敘其戰功，益大量召　士
卒爲戰，《舊唐書》云：「凡舉二十萬眾，棄之死地，隻輪不還，人　冤毒，
無敢言者。」〔註9〕其恣意欺　如此，則天寶末年政治之　亂亦可知矣。

　　總之，玄宗朝局，敗壞于林甫，國忠繼之，胡作妄爲，又　邊功，更
加速其崩潰；此朝政之不綱，固已隱伏衰亂之機，即無安祿山爲亂，其勢亦
　可危。

貳、安祿山叛亂之成因及影響

（一）安祿山叛亂之成因

　　玄宗朝局，自李林甫、楊國忠相繼弄權，爲相者私心自用，枉法營私，
因致賢能遠避，正氣吞聲。前文所述，蓋安史亂前中　之政治概況，亦即大
亂之時代背景，「內則盜臣勸以興利，外則武夫誘以開邊。」〔註10〕而民益
然愁苦，不聊其生，遂起胡人之　　，而大亂以作。

　　安祿山之反，與李林甫、楊國忠二人具有最爲密切之關係。祿山先是與
林甫勾結，天寶三載，以之兼代裴寬爲范陽節度使，即得力於林甫等人之稱
美。六載，王忠嗣屢上言祿山必反，林甫恐忠嗣入相，忌之以去，故祿山之
勢得以坐大。林甫欲專寵固位，思杜出將入相之源，奏請邊　專用番人，玄
宗善其言，用胡　邊，而祿山竟爲亂階。《新唐書‧李林甫傳》評曰：

　　林甫利其虜也，無入相之資，故祿山得專三道勁兵，處十四年不徙。
　　天子安林甫策不疑也。卒稱兵蕩覆天下，王室遂微。

〔註7〕　《資治通鑑》卷二百一十六，天寶十一載，頁6915（台北：洪氏出版社，1974）。
〔註8〕　《舊唐書》卷一五九，〈崔群傳〉，頁15438。
〔註9〕　《舊唐書》卷一〇六，〈楊國忠傳〉，頁15153。
〔註10〕　《新唐書》卷二一五，〈李絳傳〉。

故天寶之亂，實由李林甫啓其禍端。

楊國忠專政時，安祿山總握兵柄，國忠與之爭寵，疑隙夙深。天寶十三載，嘗建言召還朝以　　狀，祿山應召而至，事乃未果。同年，玄宗欲加安祿山同平章事，已令張垍草制，國忠又進言曰：「祿山誠立軍功，然眼不識字，豈可爲宰相。制命若行，臣恐四夷輕唐。」乃止加左　射〔註11〕。國忠屢言祿山悖逆之狀，均未爲玄宗採信，心有未甘，於是日夜激其速反，或　詔以兵圍其宅，或令府縣　其門客，送御史台，潛殺之〔註12〕；是以祿山「懼朝廷圖己」，遂提早舉兵叛唐。《通鑑》卷二一七，天寶十四載十月謂：

> 安祿山專制三道，陰蓄異志殆將十年，以上待之厚，欲俟上晏駕然後作亂。會楊國忠與祿山不相悅，屢言祿山且反。上不聽，國忠數以事激之，欲其速反，以取信於上。祿山由是決意遽反。

可見楊國忠和安祿山之磨擦，激成祿山先發制人，實爲祿山反之近因。

唐室軍力布置，處於「外重內輕」之形勢，天寶之亂即是在此局面下產生〔註13〕。玄宗既大量起用蕃將爲節度使，「安史之徒乃自成一系統最善戰之民族」〔註14〕，身繫唐室安危之玄宗卻　昧不識於此，復敗德於聲色犬馬；其尤有甚者，則對「陰蓄異志　將十年」之安祿山之失察與　護，並屢加恩集其一身。使手握范陽、平盧、河東三鎮重兵，又身兼河北采訪處置使，是唐朝國土安祿山已五分其一，與中央隱有匹敵之勢〔註15〕。而玄宗所　以制者，則惟有「朕推心待之，必無異志。」而已〔註16〕。所謂「太阿倒置，授人以柄」，皆其處置失當之過也。

綜上所述，安祿山之亂雖由國忠激成，然其勢力，固　養於林甫之世，「罪惟均，無分軒　」〔註17〕。而玄宗之縱容虎狼，亦無能逃其責矣！

〔註11〕見《舊唐書》卷九七，〈張垍傳〉。

〔註12〕同註9。

〔註13〕參閱李樹桐先生，〈天寶之亂的本源及其影響〉，「從軍事上析亂源」一節，有極精詳之分析，載見《歷史學報》第一期，頁57～71。

〔註14〕陳寅恪，《唐代政治史述論稿》上篇，統治階級之氏族及其升降（台北：里仁書局，1980）。

〔註15〕嚴耕望，〈隋唐時期戰史〉，頁16～17，文收《中國戰史論集》（台北：中國文化大學出版部，1954）

〔註16〕《資治通鑑》卷二一七，〈唐紀〉三十三，天寶十四載春二月條，頁6930。

〔註17〕楊巾英，《李林甫與楊國忠之比較研究》，頁2（中國文化大學史研所碩士論文）。

（二）影響

安祿山以胡人出任邊鎮重將，玄宗寵信過甚，使擁兵坐大，終致叛唐，使由上承開元之治的天寶盛世，驟轉而成內憂外患交相　折之局面。其亂雖發於玄宗天寶十四年載（755），然亂之　平，卻遠超出天寶以外，而至代宗廣德元年（763）。前後歷玄宗、肅宗、代宗三帝；叛亂之　目，亦歷安祿山、安慶緒、史思明、史朝義四人，造成擾攘八年之久的「安史之亂」。

亂後雖經君臣上下艱苦　鬥，終究挽回危局，然初唐時期之聲威與繁榮，卻一往不可復及，茲後之唐史，皆在此影響下演變發展，造成藩鎮亂於外，宦官禍於內，朋　爭奪其間的唐代衰世之局。其影響之深遠，固不止於有唐一代也〔註18〕。

第二節　楊妃有關事跡之探討

楊貴妃之一生，極人世榮華之旖旎，奈何安史亂起，被迫自盡，關於她的身世，以及環境其周圍之種種傳說，五花八門，蔚然可觀，把楊妃烘托出謎一樣傳奇。其中楊妃是否真正縊死馬嵬坡，以及她與安祿山之所謂「穢聞」，無數稗官野史、小說戲曲繪聲繪影地渲染其事，令人目　耳惑，信以為真，遂使楊妃之本來面目　沒不彰，實有探究之必要，茲分述於下：

壹、史冊中之楊妃

楊貴妃字玉環，祖籍弘農華陰人（陝西華縣）〔註19〕，後徙籍蒲州，遂為永樂人（山西永濟）。高祖令本，金州刺史；父親玄琰，為蜀州司戶。開元七年（719）〔註20〕，貴妃生於蜀，　孤，養於叔父河南府士曹玄璬家〔註21〕。

關於貴妃入宮始末，為「唐史中一重公案」，正史對之隱諱頗多。今《全唐文》及《唐大詔令集》，存有〈冊壽王楊妃文〉〔註22〕，據載楊玉環於開元

〔註18〕傅樂成，《隋唐五代史》（台北：中國文化大學出版部，1980）

〔註19〕此依《明皇雜錄》卷下，載術士李遐周詩，謂貴妃小字玉環。陳鴻〈長恨傳〉及宋樂史《楊太真外傳》謂楊妃「弘農華陰人」。

〔註20〕楊妃入宮前之生平，史書並無隻字記載，其於天寶十五年（756）死於馬嵬兵變，年三十八，以此逆推，則當生於開元七年（719）。

〔註21〕參閱《舊唐書》卷五十一，〈后妃傳〉。

〔註22〕《全唐文》卷三十八，第二冊，頁506（台北：匯文書局，1961）。及《唐大詔令集》卷四十，諸王冊妃類，（《四庫全書珍本》十二集，第三十一冊），然此文謂玉環為玄璬之長女。

二十三年（十七歲），冊封爲玄宗第十八子壽王瑁之妃，即爲玄宗之兒媳。壽王之母武惠妃，開元元年見幸，「寵傾後宮」〔註23〕，壽王亦因母貴而寵冠諸子。開元二十五年，武惠妃 〔註24〕，玄宗悼念不已，且「繼嗣未定，常忽忽不樂，寢　爲之　」〔註25〕。後宮佳麗數千，無中意者，乃有奏謂壽王妃「姿色冠代」，玄宗大悅。

　　開元二十八年（740），十月甲子，玄宗幸溫泉宮，乃令妃以己意乞爲女道士〔註26〕，號太眞，潛迎入宮。不期歲，寵遇如惠妃，宮中號曰「娘子」，至天寶四載（745），玄宗更爲壽王別聘韋昭訓女〔註27〕，「八月壬寅，立太眞爲貴妃。」〔註28〕，上距度爲女道士已相隔六年，此一轉折即玄宗　兒媳爲妃，爲掩此新臺之醜，乃以「女道士」作爲過渡。時貴妃年二十七，而玄宗當爲六十一矣，二人相差三十四歲之多。

　　天寶四載，太眞正式被冊妃以後，從此盡得玄宗之寵遇，凡有遊幸，貴妃無不隨侍，乘馬則高力士親爲執　；宮中供貴妃所用之織繡工，凡七百人；妃好食荔枝，每歲命嶺南各驛　飛馬傳遞，杜牧有「一騎紅塵妃子笑，無人知是荔枝來」之語。而楊氏滿門亦恩寵一時，勢傾天下：妃父玄琰追贈太尉齊國公；叔父珪擢爲光祿卿；宗兄銛爲鴻　卿；錡爲侍御史，尚太華公主（武惠妃女）；姊三人，皆才貌，各封韓、虢、秦國夫人之稱號，出入宮掖，並承恩澤。從祖兄楊國忠亦因之進用，而　握天寶後期之中央政權，此爲不待考

〔註23〕《舊唐書》卷一〇〇，〈壽王瑁傳〉。

〔註24〕《舊唐書》卷五十一，〈楊貴妃傳〉作「二十四年」，而同書同卷之〈貞順皇后武氏傳〉，及卷九〈玄宗紀〉，皆言二十五年。此陳寅恪先生已有詳考，請參見《元白詩箋證稿》，頁19。（台北：里仁書局，1982）

〔註25〕《資治通鑑》卷二一四，開元二十五年夏五月。

〔註26〕《唐大詔令集》，卷四十，王妃入道類，及《全唐文》卷三十五，收有「度壽王妃爲女道士勅」。敕曰：「壽王瑁妃楊氏，素以端毅，作嬪藩國，雖居榮貴，每在清修，屬太后忌辰，永懷追福，以茲求度，雅志難違，用敦弘道之風，特遂由衷之請，宜度爲女道士。」

〔註27〕事在天寶四載，七月二十六日，見《全唐文》，卷三十八，「冊壽王韋妃文」，頁508（台北：匯文書局，1961）。

〔註28〕唐朝宮中的妃嬪制度，皇后的地位最高，其次是貴妃、淑妃、德妃、賢妃各一人，是爲夫人。昭儀、昭容、昭媛、脩儀、脩容、脩媛、充儀、充容、充媛各一人（以上爲九嬪）其下婕妤、美人、才人各九，合二十七。寶林、御女、采女各二十七，合八十一，是代御妻。玄宗時代曾改變稱號，貴妃、惠妃、麗妃、華妃各一人，下有淑儀、德儀、賢儀、順儀、婉儀、芳儀各一人，美人四人，才人七人。（見《舊唐書》卷七十六，〈后妃傳〉上）

辨之事。杜甫《麗人行》一詩，極寫楊氏姊妹嬌寵侈縱之態，所云「炙手可熱勢絕倫」，誠記實之語也〔註29〕。

　　按楊玉環之得以入宮，其穿針引線者，高力士是也，此實與武曌 織下之李、武、韋、楊婚姻集團有密切關係〔註30〕。然其入宮後，何以得玄宗之專寵，當有其緣由，《舊唐書·后妃傳》云：

> 太眞姿質豐豔，善歌舞，通音律，智算過人，每倩盼承迎，動移上意。

《資治通鑑》亦云：

> 楊太眞肌態豐豔，曉音律，性警穎，善承迎上意，不暮歲寵遇如惠妃。

由上可知，楊妃非僅姿色絕美，其才藝亦屬上乘。查兩唐書〈后妃傳〉，明皇先後所特別寵愛之妃子，大都具「有才貌，善歌舞」〔註31〕。據《舊唐書·本紀》云玄宗「多藝，尤知音律，善八分書，儀範偉麗而有非常之表」，誠爲「風流倜儻」之典型。從《舊唐書·音樂志》，及《新唐書·禮樂志》裏，我們不難發現玄宗是一位深具詩人浪漫性格〔註32〕，又極富情感的人，其對歌舞音律不僅特別偏好，且造詣極精深，曾「選坐部 子弟三百，教於梨園」，也因此，凡以音樂與歌舞進者，常能博得君主之寵愛，楊妃即是。

　　然而楊妃之宮廷生活並非一 風順，新舊《唐書》載其二次被遣歸外第。第一次在天寶五載：

> 貴妃以微譴送歸楊銛宅。比至亭午，上思之不食……帝動不稱旨，暴怒笞撻左右。力士伏奏請迎貴妃歸院。是夜開安興里門入內。妃伏地謝罪，上歡然慰撫，……自是寵遇愈隆。

〔註29〕本段所述，參閱《舊唐書》卷五十一，〈楊貴妃傳〉。

〔註30〕請參閱《陳寅恪先生全集》，第二冊，「記唐代李武韋楊婚姻集團」一文，本文不復贅述。（台北：里仁書局，1979）又羅龍治先生《唐代的后妃與外戚》一書，第五章，亦謂楊妃之入宮，與政治因素有關（台北：桂冠圖書公司，1978）。

〔註31〕《舊唐書》，卷一百六，〈李林甫傳〉云其「善音律」，故得爲相十九年。《新唐書》卷七十六，〈后妃傳〉云：「趙麗妃，以倡幸，有容止，善歌舞。」玄宗亦寵之，並立其子瑛爲太子。

〔註32〕《全唐詩》卷三，收有唐玄宗各體詩計六十四首，爲有唐君王之冠，依其詩之數量而言，已堪稱爲小家之詩人。《冊府元龜》卷十八，帝王部，帝德條云：「玄宗生而聰明睿哲，及長，寬仁孝友，識度弘遠，英武果斷，不拘小節。」

第二次在天寶九載：

> 貴妃復忤旨，送歸外第，……上即令中使韜光賜御饌。妃附韜光泣
> 奏曰：「妾忤聖顏，罪當萬死。衣服之外，皆聖恩所賜，無可遺留，
> 然髮膚是父母所有，乃引刀剪髮一繚附獻，玄宗見之驚惋，即使力
> 士召還〔註33〕。

見上述資料，可知楊妃個性當極為驕縱，然明皇對之猶依戀不捨，故雖二次
遣出，旋即召還。如就楊妃還宮之關鍵，深一步探討，當可發現其才智機靈，
殊非等閒。觀其獻髮，可見一斑。楊妃之能得寵於明皇，誠如陳鴻〈長恨傳〉
所云：

> 非徒殊豔尤態致是，蓋才智明慧，善巧便佞，先意希旨，有不可形
> 容者。

其恃寵而驕，在封建宮廷內，三千粉黛爭妍鬥麗之環境中，亦不失為一寵妃
之特色，此當為中國古代封建后妃所共有之特徵，亦為一般女子之心態。

此一大唐妃子，極盡後宮之榮寵，奈安史之亂起，繁華皆逐曉風；堂堂
九五之尊，徒任愛妃死於非命，於天寶十五載（756）賜縊於馬嵬（今陝西興
平縣），年僅三八。

楊妃玉殞後，明皇對之刻骨相思，兩《唐書》均見著錄。《舊唐書》卷五
一，〈后妃傳〉云：

> 上皇自蜀還，令中使祭奠，詔令改葬。……密令中使改葬於他所。
> 初瘞時以紫褥裹之，肌膚已壞，而香囊仍在。內官以獻，上皇視之
> 悽惋，乃令圖其形於別殿，朝夕視之。

引證上述史料，不難發現歷史上李楊愛情之真實寫照。《新唐書》卷七六，〈后
妃傳〉並謂：

> 命工貌妃於別殿，朝夕往，必為鯁欷。

亦可看出當日明皇失妃後之情懷，至為哀苦也。

明皇自愛妃死後，晚年之境遇極淒涼而孤寂。天寶十五載七月，肅宗即位，
改元至德，尊玄宗為太上皇，深居西內之甘露殿，「時闇宦李輔國離間肅宗，
故移居西內，高力士、陳玄禮等遷謫，上皇寢不自懌。」〔註34〕寶應元年（762）

〔註33〕唐鄭棨撰，《開天傳信記》亦載此事。謂太真妃常因妒媚，有語侵上，上怒甚，
　　　　召高力士遣還。（台北：新興書局，1962，《筆記小說大觀》八編，第一冊）
〔註34〕《舊唐書》卷九，〈玄宗本紀〉下。

即楊妃死後第六年，玄宗終於以七十八歲高齡在悶悶不樂中離開人世。

附圖：楊氏系圖〔註35〕

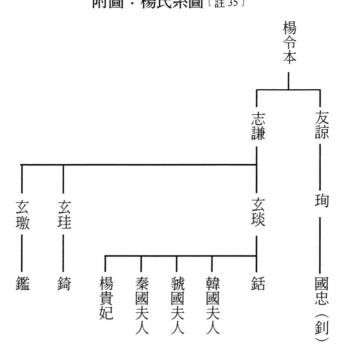

貳、馬嵬兵變及楊妃生死之謎

　　天寶十四載（755）十一月，安祿山反於范陽，詭言「奉密詔討楊國忠」，發動其部眾十五萬大軍叛變。次年六月，潼關失守，楊國忠私心自用，以四川爲其劍南節度使所隸屬之勢力範圍，故首建幸蜀之策，玄宗從其計，於六月乙未晨攜貴妃姊妹、楊國忠、韋見素、陳玄禮及親近宦官、宮人，出延秋門，倉皇離京西走。次日，至馬嵬驛（今陝西興平縣），將士飢疲，皆憤怒，以禍由楊國忠，欲殺之。會吐蕃二十餘人遮國忠馬，訴以無食，軍士即呼國忠與虜謀反，遂殺國忠一族。玄禮再率眾求殺貴妃，玄宗乃命力士引貴妃於佛堂，縊死之，亂事乃平。〔註36〕

　　楊玉環隨明皇避難，途中慘遭馬嵬兵變，作了替罪羔羊，由於正史與傳聞之記載略有出入，遂使後世學者亦爭議不決。茲將正史、傳聞、學者見解

〔註35〕參採馮作民，《中國史談》（台北：星光出版社，1989），及日人藤善眞澄《安祿山》二書。
〔註36〕《資治通鑑》，卷二一八，肅宗至德元載，頁6973（台北：洪氏出版社，1974）。

等，明析於後，庶幾裨益吾人從難中見簡，疑中見明。《舊唐書・后妃傳》，記馬嵬兵變云：

> 及潼關失守，從幸至馬嵬，禁軍大將陳玄禮密啟太子，誅國忠父母；
> 既而四軍不散，玄宗遣力士宣問，對曰：「賊本尚在。」蓋指貴妃也。
> 力士復奏，帝不獲已，與妃訣，遂縊死於佛堂，時年三十八。

又同書卷九，〈玄宗本紀〉云：

> ……一族兵猶未解；上令高力士詰之，迴奏曰：「諸將既誅國忠，以
> 貴妃在宮，人情恐懼。」上即命力士賜貴妃自盡。玄禮等見上請罪，
> 命釋之。

《資治通鑑》卷二一八云：

> ……玄禮對曰：「國忠謀反，貴妃不宜供奉，願陛下割恩正法。」上
> 曰：「朕當自處之。」入門，倚杖頓首而立，久之，京兆司錄韋諤前
> 言曰：「今眾怒難犯，安危在晷刻，願陛下速決！」因叩頭流血。上
> 曰：「貴妃常居深宮，安知國忠反謀？」高力士曰：「貴妃誠無罪，
> 然將士已殺國忠，而貴妃在陛下左右，豈敢自安！願陛下審思之，
> 將士安則陛下安矣。」上乃命力士引貴妃於佛堂，縊殺之。輿尸寘
> 驛庭，召玄禮等入視之，玄禮等乃免冑釋甲，頓首請罪，上慰勞之，
> 令曉諭軍士。

根據以上史料，可知貴妃之所以被迫自盡，乃因將士們殺了楊國忠，恐貴妃為之報復，而惶惶不自安，明皇在「群情激憤」之怒聲中，為了平息兵變〔註37〕，只好眼看楊妃死於非命。貴妃馬嵬之死，並非罪有應得，如此下場，與其說是悲劇，不如說是一幕慘劇。

　　貴妃之縊死於馬嵬，兩《唐書》及《通鑑》所載甚明，實為不容置疑之事。至憲宗元和時期（806～820），其時上距馬嵬事件已有五十餘年，突有不同之說法。李益《過馬嵬二首》之一云：

> 太真血染馬蹄盡，朱閣影隨天際空。

賈島《馬嵬》詩亦云：

〔註37〕《資治通鑑》二一八卷，云「陳玄禮以禍由楊國忠，欲誅之，因東宮宦者李
　　　　輔國以告太子，太子未決。」史家據此謂馬嵬兵變，與太子、李輔國有關，
　　　　乃一不露痕跡之政變。參閱羅龍治，《唐代的后妃與外戚》第五章，頁136～
　　　　144（台北：桂冠圖書公司，1978）。

　　　　一自上皇惆悵後，至今來往馬蹄腥。

據二詩所述，楊妃曾血濺馬嵬，當死於兵刃或馬踐。

　　劉禹錫《馬嵬行》云：

　　　　貴人飲金屑，倏忽舜英暮。

則楊妃又係吞金而死。此二種不同之死法，固由於馬嵬事件為當時話題所在，足供纂異之資，乃引起史家對楊妃之死諸多臆度。

　　　近人對史傳所載貴妃之死產生懷疑，乃肇因於白居易〈長恨歌〉及陳鴻〈長恨傳〉，而俞平伯先生首開其端。〔註38〕俞氏認為白歌、陳傳都是用隱喻之方法，透露出貴妃未死於馬嵬的消息。依俞氏之看法，玉環於馬嵬坡並非被明皇賜死，而是為亂軍所劫，輾轉隱淪，或者竟歸於唐代跡近倡家之女道院，其論據如下：

〈長恨歌〉中敍馬嵬之變曰：

　　　　六軍不發無奈何，宛轉蛾眉馬前死，

　　　　花鈿委地無人收，翠翹金雀玉搔頭，

　　　　君王掩面救不得，回看血淚相和流。

〈長恨傳〉曰：

　　　　上知不免而不忍見其死，反袂掩面，使牽之而去，蒼黃輾轉，竟就

　　　　絕於尺組之下。

歌、傳皆云君王不忍見其死，反　掩面，是玉環之死，明皇未見也。而歌中「花鈿」句，似有微意，蓋花鈿、翠翹、金雀、玉　頭、委地無人收，似於兵馬　之際，人蟬　而去之狀也。明皇回鑾，將妃改葬時，歌中且言「馬嵬坡下泥土中，不見玉顏空死處」，此則可證貴妃果未死於馬嵬。其後，力士之尋覓，歌云：

　　　　上窮碧落下黃泉，兩處茫茫皆不見。

傳云：

　　　　出天界，沒地府以求之，不見。

是說馬嵬坡下既失其屍，碧落黃泉又不見魂魄，可證明海外仙山之太真並非仙或鬼而是人。

　　歌又云：

　　　　山在虛無縹緲間，其中綽約多仙子。

〔註38〕俞平伯，《長恨歌及長恨歌的傳疑》，載於《小說月報》，第二十卷二期，1929。

是言太眞居處爲群　　居之處。云：

　　雪膚花貌參差是。

此皆可疑爲暗指太眞仍在人世，而所居之地或爲倡家女道院也。

　　此說一起，有關楊妃之下落問題，層出不窮地爲人所議論〔註39〕。近更有小說家以李義山《馬嵬詩》「海外徒聞更九州」一語，引申渲染，或謂貴妃流落日本〔註40〕遂令此絕代佳人，一變而爲海外扶餘。以上論說，就文學之趣味及情節言，其文可稱佳製，如就歷史之求眞標準而論，則大相　庭。《隨園詩話》卷十二云：「考據家不可與論詩」誠然。

　　吾意以爲正史稱明皇回鑾後，即命將貴妃改葬，爲大臣諫止，終密遣中使爲之，「初瘞時以紫褥裹之，肌膚已壞，而香囊猶在。」〔註41〕如楊妃果然未死於馬嵬，何由改葬之事乎？況唐人皆信貴妃死於馬嵬〔註42〕，千餘年後之人，自更無法以傳說推翻信史。傅孟眞先生嘗對俞文作了極有見地之批評，其云「此乃玩弄聰明，不可補苴信史。」〔註43〕可爲定論。不可已於言者，何以楊妃赴日之傳聞行於今日？究其因，或緣今人不忍使絕代佳人付之沈淪耳！

參、楊妃與安祿山穢聞

　　唐末、五代間記述天寶遺事之筆記甚夥，各書對明皇和貴妃之傳聞，不

〔註39〕 1.李敬齋，《楊貴妃的花邊新聞》，陽明，十七期。
　　　　2.羅龍治，《雜文集》，似水情懷，「海上仙子」一文，頁 154（台北：幼獅文化事業公司，1977 年 6 月再版）。
　　　　3.玉剛，《長恨歌及長恨歌的傳疑》，文載中國詩季刊，第四卷，二期（按此篇即是俞氏之文）
　　　　4.羅錦堂撰，《長恨歌疏證》（台北：學術季刊，第六卷，第二期，1957）。
　　　　5.徐芸書，《長恨歌與楊貴妃之死》（台北：反攻，第十一卷，八十八期，1953）。
　　　　6.孫次舟，《讀長恨歌與長恨歌傳》（北京：《文學遺產增刊》，第十四輯，1982）。
〔註40〕 日人渡邊龍策著，閻肅譯，《楊貴妃復活秘史》（台北：漢欣文化事業，1984）。
〔註41〕 《舊唐書》卷五十一，及《新唐書》卷七十六，〈楊妃傳〉。
〔註42〕 《明皇雜錄》卷下，李遐周詩：「燕市人皆去，函關馬不歸，若逢山下鬼，環上繫羅衣，……環上繫羅衣者，貴妃小字玉環，馬嵬時高力士以羅巾縊之也。」（台北：新興書局，《筆記小說大觀》十六編，第一冊，1962）。
　　　　又見李肇國史補：「百錢玩錦鞋」條（《津逮秘書》第十四函，第十集，一三四冊，中央研究院藏。）
　　　　又《瀟湘錄》白鳳銜書條，均載楊妃縊死馬嵬坡之神奇傳說。
〔註43〕 《傅孟眞先生全集》，第二冊，「史學方法導論」章。

免加油添醬，大事渲染，後世據稗史傳說，總以為楊妃與安祿山有一些曖昧
關係，此為楊妃故事中一個極大的關鍵，究竟如何，我們不妨依正史與傳聞
作一觀察。

　　據《舊唐書·安祿山傳》云：

　　　　時楊貴妃有寵，祿山請為妃養兒，帝許之，其拜必先妃後帝，帝怪
　　　　之，答曰：蕃人先母後父，帝大悅。

《舊唐書》卷五十一，〈后妃傳〉云：

　　　　天寶中，范陽節度使安祿山大立邊功，上深寵之。祿山來朝，帝令
　　　　貴妃姊妹與祿山結為兄弟，祿山母事貴妃，每宴賜錫賚稠沓。

吾人由正史所言，可知祿山曾主動請求為貴妃兒，此當與政治因素有關，顯
無「私情」記載。蓋當時之政治舞臺，時有權奸相互勾結，寅緣附勢者〔註44〕。
《通鑑》卷二一六，天寶十載云：

　　　　戶部郎中吉溫見祿山有寵，又附之，約為兄弟。

由此可知，祿山之請為貴妃兒，亦有其政治目的。

　　安祿山是否與楊妃有私，新舊《唐書》具不見載。惟司馬光《資治通鑑》
根據野史，記安祿山經常自由進出內院，貴妃與之洗兒戲，頗有醜聲聞於外：
〔註45〕

　　　　甲辰，祿山生日，上及貴妃賜衣服、寶器、酒饌甚厚，後三日，召
　　　　祿山入禁中，貴妃以錦繡為大襁褓，裹祿山，使宮人以綵輿昇之。
　　　　上聞後宮歡笑，問其故，左右以貴妃三日洗祿兒對。上自往觀之，
　　　　喜，賜貴妃洗兒金銀錢，復厚賜祿山，盡歡而罷。自是祿山出入宮
　　　　掖不禁，或與貴妃對食，或通宵不出，頗有醜聲聞於外，上亦不疑
　　　　也。

此事據司馬光之考異，乃取材於唐末五代之姚汝能《安祿山事跡》、溫畬《天
寶亂離西幸記》，及王仁裕《天寶遺事》〔註46〕三書。然此等史料，屬野史雜

〔註44〕羅龍治，《唐代后妃與外戚》一書云玄宗時宮闈政治之特色，即宮闈政權分裂
　　　　為后妃與宦官共同掌握，故大臣之用事者往往亦須同時拉攏宦官與后妃，如
　　　　李林甫、安祿山等權奸巨蠹，莫不如此（台北：桂冠圖書公司，1978）。
〔註45〕《資治通鑑》卷二百一十六，天寶十載春正月。
〔註46〕王仁裕，唐末五代人：《開元天寶遺事》（見《舊五代史》卷一二八，《新五代
　　　　史》，卷二十三），唐代叢書作「唐王仁裕」纂，洪邁《容齋隨筆》以其書有
　　　　舛謬之處，而疑為後人託仁裕名偽作。《四庫提要》卷四十，子部小說家類一
　　　　云「五代王仁裕」撰。

傳者流，不似正史那樣嚴格尊重史實，表現作者主觀愛憎褒貶成分較多，豈可遽信？洪邁《容齋隨筆》卷第一「淺妄書」則，曾列舉《天寶遺事》一書舛謬之處，並斥其「固鄙淺不足攻，然頗能疑誤後生。」《四庫提要》亦以為該書所記「蓋委巷相傳，語多失實，仁裕採摭於遺民之口，不能證以國史，是其失。」可見溫公採納此等小說家言，並非完全足以採信！清乾隆間奉敕修纂之《歷代通鑑輯覽》，便刪去司馬光之原紀錄，並注云：「恐非實錄，今不取。」而袁枚《隨園詩話》，更明白地為楊妃雪此奇冤，其云：

> 牀第之言不踰閫，史官何以知之。楊妃洗兒事，新舊唐書皆不載，而溫公通鑑乃采天寶遺事以入之。豈不知此種小說乃委巷讕言？……余詠玉環云：「唐書新舊分明在，那有金錢洗祿兒？」蓋洗其冤也。……豈當時天下人怨毒楊氏，故有此不根之語耶？〔註47〕

今人龔德柏先生亦指出，我國歷代的史書，對於皇太后、皇后、貴妃、公主等，只要真有淫亂之事，從不隱諱，豈有新舊兩唐書獨為楊貴妃諱的道理。〔註48〕

　　茲究《通鑑》所言「頗有醜聲聞於外，上亦不疑」，此言之意，必祿山與貴妃事，玄宗當有所聞，否則何從「不疑」邪？既聞之，復不疑，則其事頗值商酌。蓋楊妃乃玄宗之寵妃，豈容他人染指？況楊妃嘗因「微譴」「忤旨」，即遣歸外第，又豈敢如此胡為？聞醜聲而不怒者，必其事為無根傳言，故不足啟玄宗之疑也。〔註49〕

　　復自客觀條件觀之，安祿山其人據《舊唐書》云：

> 晚年益肥壯，腹垂過膝，重三百三十斤，每行以肩膊左右擡挽其身，方能移步。

又：

> 祿山肚大，每著衣帶三、四人助之，兩人擡起肚，豬兒以頭戴之，始取裙褲帶及繫腰帶。
>
> 玄宗寵祿山，賜華清池湯浴，皆許豬兒等入助解著衣服。〔註50〕

《新唐書‧安祿山傳》，亦有相同記載，且謂祿山「及老愈肥」；試想以安祿

〔註47〕《隨園詩話》，卷二（台北：漢京出版社，1984）。
〔註48〕龔德柏撰，《戲劇與歷史》（台北：傳記文學出版社，1962）。
〔註49〕黃敬欽，《梧桐雨與長生殿比較研究》，頁49（臺灣師範大學碩士論文）。
〔註50〕《舊唐書》卷二百，〈安祿山傳〉。

山那麼個臃腫癡肥的胡人，豈是風華絕世的楊妃所能以身相許的？

綜合上述，可見安祿山與楊貴妃之所謂穢聞，但為逸史耳！然恐此傳說亦非無因而至，略觀諸唐人詩歌與筆談，不難發現此誣衊楊妃之說法，早已在醞釀之中，其演進之跡，待本文第三章再作詳論。愚意以為我國傳統注重禮教，對女性貞節之要求，於理學昌明之宋代尤甚，司馬光為傳統儒家思想，為強調「女禍」，作為宋主之殷鑑〔註51〕，其將逸史無稽之談採入《通鑑》，尤足顯示其將天寶之禍，歸罪楊妃之企圖。

第三節　唐代詩文家之吟詠

由於明皇與唐代衰亡有直接關連，楊妃事自代宗大曆後，見於歌詠叢談者極夥。此一唐代本朝史事，唐人追懷天寶之亂國勢由此大衰，對家國身世感觸良深；在這樣的現實處境下，詩人對唐代政治、社會流露出極不尋常的關切與憤激的熱情。詩人們利用這個題材，或撫今追昔、盼望中興；或借昔諷今，針砭時弊，創作了不少興寄深切的詩歌。

茲衷集所得，占篇幅最多的就是明皇、貴妃，以及與整個事件有密切關連的人與地，如壽王、華清宮、驪山、馬嵬坡等，詩人各從不同角度，展現主觀的議論。本文將此類詩篇依作者興言立旨之取向，別為政治、情愛、倫理三大類，每類作品各以主題區分，且依年代先後為次，並擇取重要詩篇，作為探索之基點，俾使唐人對此一歷史事件之觀點，能呈現出較為完整的風貌。

壹、從政治角度洞察

一、譴責明皇

封建時代，人君繫政治之理亂與國家之安危，唐室之衰，明皇實難辭其咎。詩文家以極犀利冷嚴的史筆，就明皇用人不當、縱情聲色、縱容虎狼等事，力斥其過，亡國之君執迷不悟的性格，在詩人筆下再度予以強調。

（一）用人不當
中唐元稹〈連昌宮詞〉：〔註52〕

〔註51〕 李則芬，《汎論司馬光資治通鑑》，第四章（台北：商務印書館，1986）。
〔註52〕 《全唐詩》，第八冊，頁2443（台北：聯經出版社）。

> 我聞此語心骨悲，太平誰致亂者誰？
>
> 姚崇宋璟作相公，勸諫上皇言語切，
>
> 燮理陰陽禾黍豐，調和中外無兵戎。
>
> ……
>
> 弄權宰相不記名，依稀憶得楊與李，
>
> 廟謨顛倒四海搖，五十年來作瘡痏。

晚唐張祜〈華清宮和杜舍人〉：〔註53〕

> 近侍煙塵隔，前蹤輦路荒，益知迷寵佞，惟恨喪忠良。

蓋宰相「燮和陰陽，代天治物」〔註54〕，故而任重職大，能得其人則治，不得其人則亂。開元之治，號稱得人，故能君臣一心，同其休美；其後寵信諂佞，奸相弄權，遂演成天寶之亂。檢之史書，開元中葉後，玄宗所寵信之人每為狡佞之士：高力士「性和謹少過，善觀時俯仰」；宇文融「性精敏，應對辯給」；李林甫「柔佞多狡數」，「出言進奏，動必稱旨」；安祿山「性巧黠」「善臆測人情」；楊國忠「言辭敏給」，凡此數人皆善阿諛逢迎，故甚得寵信。此玄宗用人之失，致使朝野怨咨，乃其敗國之主因也。

（二）縱情聲色

中唐李約〈過華清宮〉：〔註55〕

> 君王遊樂萬機輕，一曲霓裳四海兵，
>
> 玉輦升天人已盡，故宮猶有樹長生。

中唐李益〈過馬嵬二首〉之一：〔註56〕

> 世人莫重霓裳曲，曾致干戈是此中。

晚唐李商隱〈華清宮〉：〔註57〕

> 朝元閣迴羽衣新，首按昭陽第一人，
>
> 當日不來高處舞，可能天下有胡塵？

明皇晚年承平歲久，侈心漸生，其本身之沉耽宴樂，亦為致敗之源也。詩人每舉霓裳舞曲以譏評之，蓋以其意味著明皇與貴妃之間的情愛，與緩歌曼舞的享樂生活。

〔註53〕《全唐詩》，第十冊，頁3078。

〔註54〕《新唐書》卷一二五，〈蘇瓌傳〉，頁16905。（百衲本）

〔註55〕《全唐詩》，第六冊，頁184。

〔註56〕同前註，頁1714。

〔註57〕《李義山詩集》，頁228。

（三）縱容虎狼

晚唐崔櫓〈華清宮三首〉：〔註58〕

> 障掩金雞畜禍機，翠華西拂蜀雲飛，
>
> 珠簾一閉朝元閣，不見人歸見燕歸。

觀史書所載，開元二十四年，祿山兵敗，張守珪執如京師，雖張九齡力諫誅殺，然玄宗赦之；其後復為置第京師，寵極奢華；賜宴則為之設金雞障於座東，並賜金牌斷酒。天寶十三載，甚且縛送言其反狀者與之，此玄宗對之寵遇過甚，以種亂機，則漁陽兵變實「咎由自取」也。

二、美明皇之懸崖勒馬，挽救危亡

盛唐杜甫〈北征〉：〔註59〕

> 憶昨狼狽初，事與古先別；姦臣竟葅醢，同惡隨蕩析。
>
> 不聞夏殷衰，中自誅褒妲；周漢獲再興，宣光果明哲。

晚唐劉禹錫〈馬嵬行〉：〔註60〕

> 軍家誅戚族，天子捨妖姬。群吏伏門屏，貴人牽帝衣。

明皇於唐朝歷史上之評價，大致是毀譽參半，論者或盛稱開元治世，其雖有天寶之疵，然不可以「一眚掩大德」。此派詩文家以君親之義為至高無上，諱言君惡，直以玄宗之賜貴妃死為聖明之舉矣。杜甫出生於玄宗即位之年（713），於開元盛世中生長，復歷經天寶「家亡國破兵戈沸」時期，其興亡之恨尤為強烈。然未敢直斥玄宗，故以褒妲喻貴妃，直刺玉環禍國之罪。

三、譴責楊妃之禍國

晚唐李商隱〈華清宮〉：〔註61〕

> 華清恩幸古無倫，猶恐娥眉不勝人，
>
> 未免被他褒女笑，只教天子暫蒙塵。

晚唐羅隱〈馬嵬坡〉：〔註62〕

> 佛屋前頭野草春，貴妃輕骨此為塵，
>
> 從來絕色知難得，不破中原未是人。

〔註58〕《馬嵬志》，頁470（台北：美漢出版社，1967）。
〔註59〕傳庚生，《杜詩散繹》，頁118（香港：建文書局，1971）。
〔註60〕《全唐詩》，第七冊，頁2094。
〔註61〕《馬嵬志》，頁463。
〔註62〕《馬嵬志》，頁463。

此類詩文與老杜同調，古來美女禍國之觀念深植人心。楊妃以絕代之姿，受寵於耽好聲色之明皇，一旦鼙鼓動地，敗國之罪，自然指向楊妃，觀義山〈華清宮〉此首，簡直近乎口誅筆伐！

四、為楊妃鳴不平

中唐李益〈過馬嵬〉：〔註63〕

漢將如雲不直言，寇來翻罪綺羅恩，

託君休洗蓮花血，留記千年妾淚痕。

晚唐徐寅〈開元即事〉：〔註64〕

未必蛾眉能破國，千秋休恨馬嵬坡。

又〈馬嵬〉：〔註65〕

二百年來事遠聞，從龍誰解盡如雲，

張均兄弟皆何在？卻是楊妃死報君。

晚唐李商隱〈馬嵬〉：〔註66〕

冀馬燕犀動地來，自埋紅粉自成灰，

君王若道能傾國，玉輦何由過馬嵬？

晚唐韋莊〈馬嵬〉：〔註67〕

今日不關妃妾事，始知孤負馬嵬人。

晚唐黃滔〈馬嵬〉：〔註68〕

錦江晴碧劍鋒奇，合有千年降聖時，

天意從來知幸蜀，不關胎禍自蛾眉。

晚唐狄歸昌〈題馬嵬驛〉：（一作羅隱〈帝幸蜀〉）〔註69〕

馬嵬煙柳正依依，重見鑾輿幸蜀歸。

泉下阿蠻應有語，這回休更怨楊妃。

天寶之亂，咎在玄宗，儘管不能說與貴妃全無關係，然楊妃以一婦人負此敗國重罪，復遭誅於馬嵬，誠過甚矣！此類詩人為貴妃分辨，或責怪龍武將軍；

〔註63〕《全唐詩》，第六冊，頁1714。

〔註64〕《全唐詩》，第十三冊，頁425。

〔註65〕同前註，頁4259。

〔註66〕同註57。

〔註67〕《馬嵬志》，頁694。

〔註68〕《馬嵬志》，頁695。

〔註69〕《全唐詩》，第十三冊，頁412。

或慨歎諫臣之既亡，或以為天意如此；其中徐寅〈馬嵬〉詩，且謂貴妃一代
紅顏為君絕。誠如《鶴林玉露》評狄歸昌詩所云：「其胎變稔禍，必有出於女
寵之外者矣！」〔註70〕

貳、由愛情層面而論

一、譏明皇之寡情

晚唐李商隱〈馬嵬二首〉之一：〔註71〕

> 海外徒聞更九州，他生未卜此生休，
> 空聞虎旅傳宵柝，無復雞人報曉籌，
> 此日六軍同駐馬，當時七夕笑牽牛。
> 如何四紀為天子，不及盧家有莫愁。

晚唐鄭畋〈馬嵬坡〉：〔註72〕

> 肅宗回馬楊妃死，雲雨雖亡日月新，
> 終是聖明天子事，景陽宮井又何人。

晚唐于濆〈馬嵬驛〉：〔註73〕

> 一從屠貴妃，生女愁傾國，是日芙蓉花，
> 不如秋草色，當時嫁匹夫，不妨得頭白。

昔時明皇貴妃七夕私盟，無比恩愛，然幸蜀途中，被迫而置貴妃於死地。義
山七律此首別出機杼，斥明皇在危難關頭，不能保全所愛，揭露其山盟海誓
之虛偽，而玄宗之不才亦隱然可見。

二、詠明皇之多情

晚唐杜牧〈華清宮〉：〔註74〕

> 零葉翻紅萬樹霜，玉蓮開藥暖泉香，
> 行雲不下朝元閣，一曲淋鈴淚數行。

晚唐張祜〈雨霖淋〉：〔註75〕

〔註70〕《馬嵬志》，頁 253。
〔註71〕《馬嵬志》，頁 693。
〔註72〕《全唐詩》，第十一冊，頁 3389。
〔註73〕《馬嵬志》卷十六，頁 756。
〔註74〕《馬嵬志》卷十，頁 461。
〔註75〕《馬嵬志》卷十二。

雨霖淋夜卻歸秦，猶見張徽一曲新，

長說上皇和淚教，月明南內更無人。

晚唐徐夤〈華清宮〉：〔註76〕

簾影罷添新翡翠，露華猶濕舊珠璣，

君王魂斷驪山路，且向蓬瀛伴貴妃。

又〈再幸華清宮〉：

腸斷將軍改葬歸，錦囊香在憶當時，

年來卻恨相思樹，春至不生連理枝。

……

霓裳舊曲飛霜殿，夢破魂驚絕後期。

晚唐崔道融〈馬嵬〉：〔註77〕

萬乘淒涼蜀路歸，眼前珠翠與心違；

重華不是風流主，湘水猶傳泣二妃。

又：〔註78〕

天子還從馬嵬過，別無惆悵似明皇。

晚唐黃滔〈馬嵬〉：〔註79〕

鐵馬嘶風一渡河，淚珠零便作驚波，

鳴泉亦感上皇意，流下隴頭嗚咽多。

唐代人民對明皇、貴妃的愛情傳說，存在著廣泛的同情與懷念，揆其原因，或乃中唐以後的皇帝，才氣皆遠不及明皇，因而對明皇前期之功績，產生更深之眷念。故明皇於傳說中所塑造之藝術形象，已渲染和美化其對貴妃之情操！

參、就倫理道德著眼

晚唐李商隱〈龍池〉：〔註80〕

龍池賜酒敞雲屏，羯鼓聲高眾樂停。

夜半宴歸宮漏永，薛王沈醉壽王醒。

〔註76〕《馬嵬志》，頁468～469。

〔註77〕《全唐詩》，第十三冊，頁4267。

〔註78〕《馬嵬志》卷十四，頁696。

〔註79〕《馬嵬志》，頁694。

〔註80〕《馬嵬志》，頁402。

又〈驪山有感〉：

> 驪岫飛泉泛暖香，九龍呵護玉蓮房，
>
> 平明每幸長生殿，不從金輿惟壽王。

由於楊玉環曾是壽王之妃，雖有出家爲女道士的「掩耳盜鈴」之舉，然總難逃「新臺之醜」；此二首七絕義山以極明顯的批判，揭露此一「父奪子妻」的宮闈之私。壽王之妻無端被父親強奪，以人情言，含憤莫申，二詩皆能活現繪出壽王鬱悶之心情。同時，詩人嘲諷玄宗奢逸、貪色之主意亦被暗示出來。

　　綜合以上詩篇，從廣泛的角度言，不論由政治觀點或愛情觀點，詩人對明皇之縱逸樂、寵妃子、信奸慝、任小人而釀成巨禍，深爲不滿。至於貴妃，如純由愛情層面著眼，玉環不應被迫死於馬嵬，詩人對之有相當的同情，甚而發出「不及盧家有莫愁」之嘆！然如就政治層面而言，其對釀成大禍，亦不能說全無關係。杜甫其〈北征〉詩，喻貴妃爲褒姒妲己，據《資治通鑑》載張權輿言云：「幽王幸驪山爲犬戎所殺；始皇葬驪山，國亡；明皇宮驪山，而祿山亂，唐人每連類言之。」則杜甫、義山以「禍水」目玉環原不足怪〔註81〕。然如此將本朝興亡的政治罪責推到楊妃身上，唐人已有不盡贊同者，觀老杜〈哀江頭〉詩：「明眸皓齒今何在，血污遊魂歸不得，……人生有情淚沾臆，江水江花豈終極？」不也對楊妃之慘死，深表哀悼之情乎？可見唐人對楊妃並不是一概咬牙切齒的。

第四節　結語

　　綜觀玄宗朝局，開元致理而天寶兆亂，原因孔多。由本文第一節所述，知玄宗政治之敗壞，自李林甫爲相起，其獨專政柄十九年（開元二十二年至天寶十一年），助長玄宗豫逸之心，便利了安祿山坐大，爲固寵保位，使忠良斂跡，奸慝滿朝，由是國本動搖。林甫長期腐蝕國政，其破壞性尤甚於武韋之禍的狂風驟雨。楊國忠爲相先後僅三年餘，其專權腐化，誠罪無可逭；但若非林甫之敗壞國本，國忠雖惡，政局當不致崩潰如此之速。安祿山的漁陽鼙鼓響起，只在林甫死後三年，推源究始，實由林甫誤國所致。

　　玄宗朝之宰相，以林甫居位最長，考其得以爲相及固寵，實與武惠妃的

〔註81〕方瑜，《李商隱的詠史詩》，頁89（台北：中外文學雜誌社，《中外文學》五卷11期，1977）。

關係最爲重大，觀《舊唐書・李林甫傳》所載，開元十四年時，林甫已與武惠妃勾結，欲共擁立壽王奪太子之位，遂得惠妃之「陰助」晉位宰相〔註82〕。按武惠妃乃武則天之內姪孫女，開元初，特承寵遇，封爲惠妃〔註83〕，藩邸舊愛，悉被視如敝屣；王皇后亦因之廢黜；尤有甚者，其與林甫、楊洄共誣陷太子，陰謀奪嫡，開元二十五年，太子瑛，鄂王瑤，光王琚三皇子，終不能見容於惠妃而被殺〔註84〕。此太子國之儲君，無罪見廢，則玄宗之昏憒，與朝政之不綱，俱由此可見。故國變之徵兆，不待天寶四年，楊貴妃入宮，已月暈知風，礎潤知雨矣。

楊玉環自冊爲貴妃至逝世，共事玄宗十一年（天寶四～十五年，745～756），正當玄宗遲暮無聊之時，其於政治，並不熱中，於新舊《唐書》中，沒有載她的「穢史」、「進讒」、「作奸」、「陷害大臣」等具體事件，只有玄宗之專寵。安祿山之亂，誠由國忠燃起，然此事之主要責任，應由玄宗負之，實與貴妃扯不上直接關聯。但史家和文學家，將天寶之亂的重點，落在馬嵬坡事件上，於是，楊貴妃便成爲唐室盛衰轉捩點之代表人物。

自古人君失國，迂腐之士無不將其罪過，加諸女人身上〔註85〕，即妲己亡國之說，亦不免附會！關於楊妃，祿山之亂以後的文人，便將她列入妲己、褒姒一流，自此文人吟諷，許多壞事都由她，對她造作種種穢語，且眾口鑠金，沈冤莫白，即《資治通鑑》亦雜採「穢聞」入之正史；因之，歷來楊妃之形象已被歪曲，她除了政治包袱，又背上了社會道德的重罪。

天寶之亂主要人物，自應是當時的皇帝與朝臣，儘管不能說與貴妃全無關係，然竊以爲將祿山之亂歸罪楊妃，殊爲不是，蓋楊妃受寵之不得時而已。從史籍中考察，楊妃只不過是一受寵之后妃，其恃寵則有之，怙惡則未甚！

〔註82〕 《舊唐書》卷一〇六，及《新唐書》卷二二三，〈李林甫傳〉。

〔註83〕 玄宗本欲立武惠妃爲皇后，然因其爲武則天之遺族，受朝臣排斥，未能如願，而宮中禮秩，一如皇后。其侍奉明皇長達二十餘年。

〔註84〕 詳見《舊唐書》卷一〇七，〈太子瑛傳〉。
羅龍治，《唐代的后妃與外戚》，第四章，云「太子瑛廢死，東宮虛位，於是玄宗朝之皇位繼承問題遂愈爲嚴重起來。」可見此事影響之大，頁122（台北：桂冠圖書公司，1978）。

〔註85〕 袁珂，《中國古代神話》第九章，云「紂的故事乍看起來，幾乎就是桀的故事的翻版。不但故事相同，連登場人物也不兩樣：桀有一個妹喜，紂有一個妲己，而且據說都是這兩個『壞女人』弄得他們亡國破家的……使人懷疑是否出於同一傳說分化。而比較接近歷史眞實的紂的故事，倒頗有附會在遠年荒渺的桀的身上的可能。」，頁316（台北：里仁書局，1985）。

「完其宅心，可稱忠厚，絕不似武后之凶殘，武惠妃之陰險」〔註 86〕。清辛師雲〈馬嵬詠古〉云：

> 燕啄王孫事已非，三皇太子血侵衣；
>
> 玉環長解徵歌舞，遠勝當年武惠妃。

此詩對貴妃之評價，謂貴妃遠勝武惠妃，按諸史實，其見解甚覺適切。又宋劉克莊〈明皇按樂圖〉云：

> 惜哉傍有錦襴兒，蹴破咸秦跳河隴。
>
> 古來治亂本無常，東封未了西幸忙。
>
> 輦邊貴人亦何罪，禍胎似在偃月堂。

其將天寶變亂之根源，歸罪於李林甫之禍國，是較爲公正的。〔註 87〕

〔註 86〕 傅樂成，〈天寶雜事〉，頁 201（台北：《中華學術與現代文化》叢書第三冊，《史學論集》，1977）。
〔註 87〕 曾永義，《說俗文學》，頁 147（台北：聯經出版社，1984）。

第二章　傳說中之楊妃

　　楊貴妃因能歌善舞，才貌雙全，展開了曲折的人生，然卻落到悲慘的下場，這些成爲歷史上人物的條件，楊妃兼而有之。有關她的傳說，如身世、姿容、婚姻等，更是大家興趣專注的關鍵。經後世小說戲曲之加枝添葉，益使楊妃其人充滿傳奇色彩，茲就有關資料，分別探討之。

一、名字

　　依唐人鄭處誨《明皇雜錄》云「貴妃小字玉環」，宋〈太眞外傳〉亦同，而唐牛僧儒《周秦行記》及鄭嵎《津陽門詩注》謂貴妃名爲「玉奴」；世傳齊東昏侯妃子潘氏小字玉兒，亦曰玉奴，或謂女子皆通稱「奴」與「兒」，蓋從其少與小也，故可知玉奴非楊妃之名〔註1〕。

　　新舊《唐書》以貴妃入明皇宮時，度爲女道士，號爲「太眞」。玄虛子《長恨歌傳跋》關於玉環命名由來亦有記載：

　　　　楊太眞生而有玉環在其左臂，環上有塡起太眞二小字，故小名玉環
　　　　〔註2〕。

此段記述雖頗有趣，然「太眞」乃楊妃爲女冠居太眞宮時之稱號，故不可確信。

〔註1〕　王文誥，《蘇軾編注集成》（參閱《辭海》頁2961）；又宋吳曾，《能改齋漫錄》卷二，辨誤上，「以玉兒爲玉奴」條（台北：新興書局，《筆記小說大觀》續編，第二冊，1962）。

〔註2〕　《龍威秘書》所收。又元伊世珍，《鄉環記》所錄，頁3523（台北：新興書局，《筆記小說大觀》九編，第五冊，1962）。

明人鄺露《赤雅》總成前說，謂楊妃「名玉奴，別字玉環，號太眞」〔註3〕。郎瑛《七修類稿》〔註4〕則引用唐人狄歸昌與李商隱之詩，證明楊妃被暱稱爲「阿蠻」或「阿環」：

> 馬嵬烟柳正依依，又見鸞輿幸蜀歸，
>
> 泉下阿蠻應有語，這回休更罪楊妃。

又李詩：

> 十八年來墮世間，瑤池歸夢碧桃間，
>
> 如何漢殿穿針夜，又向窗前覷阿環。

吳世美《驚鴻記》第卅四齣「南內思妃」中，明皇稱楊妃爲「玉眞」，清修《全唐文》許子眞撰《容州普寧縣楊妃碑記》則云楊妃小名「玉娘」〔註5〕。

後世作品，多稱楊妃爲「楊玉環」或「楊太眞」。

二、籍貫

現存作品中，最早提到楊妃籍貫者爲陳鴻〈長恨傳〉〔註6〕，其云：

> 詔高力士潛搜外宮，得宏農楊玄琰女于壽邸。

《舊唐書》卷五十一，〈后妃傳〉中，不詳其本籍，云：

> 玄宗楊貴妃，高祖令本，金州刺史，父玄琰，蜀州司戶。妃早孤，
> 養於叔父河南府士曹元璬。

而《新唐書》卷七十六，〈后妃傳〉則云：

> 玄宗貴妃楊氏，隋末梁郡通守汪四世孫，徙籍蒲州，遂爲永樂人。

此二則爲正史上僅有之記載，於楊妃之原籍不詳，故近世學者對此爭議亦多〔註7〕。

〔註3〕 明《赤雅》，見《馬嵬志》卷一，頁66（台北：美漢出版社，1967）。

〔註4〕 《七修類稿》卷廿六，「楊妃小字」條。

〔註5〕 《全唐文》卷四百三，第十四冊。

〔註6〕 陳鴻，〈長恨傳〉，當以《文苑英華》、《太平廣記》所錄者爲最早。王夢鷗先生謂「二書採輯，體例略有不同；《太平廣記》以故事爲重，故於本文頗有刪節；以言全貌，《文苑英華》所載者較勝。」故本文採王先生校釋之：《文苑英華》本。（台北：正中書局，《唐人小說校釋》頁120，1985）。

〔註7〕 （一）日人岡本午一，《楊貴妃的底細》一文，謂新舊《唐書》載楊玄琰爲「虢州閿鄉（河南）人」，對於其祖籍「弘農華陰」頗疑其眞（台北：文星雜誌社，《文星》五十六期，1962）

（二）據《唐人小說選析》頁51，言楊玄琰爲「虢州閿鄉人」，虢州州治在弘農，弘農爲一古郡名，今河南靈寶縣南。

《唐國史補》「楊妃好荔枝」條云〔註8〕：

　　楊貴妃生於蜀，好食荔枝，南海所生尤甚……。

指出楊妃生於四川。

　　宋樂史〈太真外傳〉採摭前說，謂楊妃爲弘農華陰人（今陝西），後徙居蒲州永樂（山西），出生於四川，並云：

　　貴妃生於蜀，嘗誤墮池中，後人呼爲落妃池，池在導江縣前。〔註9〕

《全唐文》卷四百三「容州普寧縣楊妃碑記」，說楊妃是「容州楊衝人」（廣西），然此碑記經近人黃氏考定爲後人僞作，乃「俗語不實，流爲丹青」，惜其時代無從確考。〔註10〕

　　綜合上述，楊妃生於蜀地之說，似乎較爲可信，因其地至今尙有楊妃古蹟遺存，今摘錄於下：

宋王象之《輿地紀勝》：

　　父元琰爲蜀州司戶，貴妃生於蜀，嘗誤墮池中，後人呼爲落妃池，

　　池在導江縣前，今爲唐氏居。

《大清一統志》：

　　楊妃池，在灌縣，妃父元琰爲蜀司戶，生妃於此。〔註11〕

關於楊妃之籍貫，吾人所知僅止於此，至今因精確史料極難探求，仍無確切之論。

三、家世

　　楊妃生於開元七年（719）〔註12〕，入宮前之生平正史並無詳細記載，《舊唐書》僅說「父玄琰，蜀州司戶，妃早孤，養於叔父河南府士曹玄璬」，然考

　　（三）清俞樾先生以荔枝產地，謂楊妃爲廣州人。見《茶香室續鈔》卷廿五，頁3775。（台北：新興書局，《筆記小說大觀》廿三編，第六冊，1962）。

〔註8〕　《唐國史補》三卷，唐尚書左司郎中李肇撰（《津逮秘書》第十四函第十集一百卅四冊）。

〔註9〕　《楊太真外傳》，見《唐朝小說大觀》，《四部集要·子部》（台北：新興書局，1960）。

〔註10〕黃永年，《全唐文楊妃碑記僞證》，載《人文雜誌》，1982年第4期。又明郎瑛，《七修類稿》卷廿七，《楊貴妃生考》亦論及楊妃碑記，據此當可推斷此碑記當產生於明代。（中研院藏，光緒六年，廣州翰墨園重刊本）

〔註11〕清胡鳳丹，《馬嵬志》卷一，頁63（台北：美漢出版社，1967）。

〔註12〕詳見本文第一章，第二節註2。

《新唐書》，卻無楊玄璬此人，《唐大詔令集》〈冊壽王楊妃文〉中，卻謂楊妃乃楊玄璬長女。

如前所述，正史對於楊妃家世之記載不一，傳聞又如何？據〈長恨傳〉云：

> 得弘農楊玄琰女於壽邸。

五代《開元天寶遺事》亦云：

> 貴妃父楊玄琰。

此二說與《舊唐書》同，言貴妃之父乃楊玄琰。

至明代，鄺露《赤雅》〔註13〕附楊妃出生之傳奇云：

> 母葉氏懷孕十三月而生，都督部屬楊康求為女，才貌雙絕，楊玄琰為長史以勢求之，攜至京師。

按《赤雅》此段描述，只言貴妃母為葉氏，生父不詳，楊康為其義父，而楊玄琰又從康求為女，據此，則楊妃乃玄琰養女。《容州普寧縣楊妃碑記》〔註14〕不但敘其降誕時之奇蹟，與《赤雅》所述相仿，並更進一步謂楊妃才色兼備，出身庶民之家，將眾所關心的身世之謎，作一大概解說：

> ……父維，母葉氏……母懷娠十二月始生，初誕時滿室馨香，胎衣如蓮花，三日目不開，夜夢神以手拭其眼，次日目開，眸如點漆。抱出日下，目不瞬，肌白如玉，相貌絕倫，後軍都置楊康見之，以財帛啗其父，求為女，妃家素窶，不獲已與之。

我國古來傳統信念，認為非常之人，其降誕之日，必有神異聖跡，聖賢豪傑如此，美女英雄亦如此，楊妃既是「相貌絕倫」，則降誕之日，應不至平常無奇，「初誕時滿室馨香……」之靈跡，恰好滿足世人這一種心理。此碑記雖顯為里巷傳言，頗富樸拙淳厚之趣味，足填正史所缺。尤其「妃家素窶」之說，更為後世作品所採信。

《長生殿》第二齣「定情」，楊玉環道：

> 臣妾寒門陋質，充選掖庭，忽聞寵命之加，不勝隕越之懼。

第廿二齣「密誓」：

> 念寒微侍掖庭。

龍舟歌〈貴妃醉酒〉亦云：「想我玉環不過係一個尋常女」。此「寒微」之身

〔註13〕《馬嵬志》卷一，頁66。
〔註14〕《欽定全唐文》卷四百三（台北：匯文書局，第十四冊，1961）。

世，頗符合「姊妹兄弟皆列土，可憐光彩生門戶，遂令天下父母心，不重生男重生女」之語。

再者，爲一門榮寵代表之楊國忠，又與楊妃爲何種關係？據《新唐書·宰相世系表》言楊國忠與楊妃爲同曾祖之兄妹。而唐《楊珣碑》則言二人爲同祖父之兄妹，〔註15〕宋《楊太眞外傳》則云釗爲其再從兄。明《驚鴻記》更云楊妃乃國忠之親妹。

因楊氏之家系已不可考，楊妃與楊國忠之關係，眾說紛紜，後世之人難辨其眞假，然自《驚鴻記》後，人們大抵皆以楊國忠爲楊妃之親兄，至今猶然。

關於楊妃之家世，因正史記載疏略，而作爲一位絕代美女之家世，這樣粗枝大葉的傳略，當又不能滿足人們之好奇，故小說或戲曲家遂加枝添葉，增補許多詭異情節，豐富其內容，遂使楊妃之家世更披神秘外衣。《舊唐書》「妃早孤，養於叔父家」之語，頗可供後人想像之素材，既然早孤，身世必定淒涼，故後人皆謂楊妃「門第卑微」。於是《赤雅》傳述不尋常之家庭背景，楊妃碑記亦添加戲劇性之出生，其中附麗恢奇詭異之情節，無非爲此。

四、才貌

（一）容貌

論及楊妃之姿容，世有「環肥」之稱，茲就歷來描繪其姿容之作品，作一勾勒。

〈長恨歌〉中楊妃姿色已非平凡，其「天生麗質難自棄」「回眸一笑百媚生」之態，已生動活潑，又以「芙蓉如面柳如眉」喻之，更襯托楊妃之美豔。

傳爲牛僧儒所撰之《周秦行紀》中，記載作者迷途而遇豔，群芳中有楊貴妃，其貌爲：

> 纖腰修眸，容甚麗，衣黃衣，冠玉冠。

此但言楊妃之外形姣好，並無描述其驚人處。

宋傳奇〈驪山記〉對楊妃「天生麗質」之姿色，非但作了具體而細微之描述，且謂其乃一秉性聰慧之麗人。作者藉一老翁說出〔註16〕：

〔註15〕日人岡本午一，晚翠譯，《楊貴妃的底細》（台北：文星雜誌社，《文星》五十八期，1962）。

〔註16〕宋，劉斧，《青瑣高議》，前集卷六，頁55（台北：河洛出版社，1977）。

> 貴妃髮委地，光若傅漆，目長而媚，回顧射人。眉若遠山翠，臉若
> 秋蓮紅，肌豐而有餘，體妖而婉淑。唇非膏而自丹，鬢非煙而自黑。
> 眞香嬌態，非由梳掠。乃物比之仙姬，非人間之常體。笑言巧麗，
> 動移上意。帝對妃子論杜甫宮詞，他日常因思其詩，命宮人取其詩，
> 爲宮人遠去，妃子曰：「不須取，妾雖聽之，尚能憶之。」乃取紙錄
> 出，不差一字，其敏慧又可知也。

其中「肌豐而有餘」道出楊妃之體態。〈太眞外傳〉中有一則明皇以趙飛燕「身
輕欲不勝風」，漢成帝爲置七寶避風臺事，戲對楊妃曰：「爾則任吹多少」；《梅
妃傳》亦對楊妃有「肥婢」之譏，可知楊妃之體型爲豐肥之屬。又五代《開
元天寶遺事》卷下，亦載有二則傳說。〈吸花露〉條云：

> 貴妃每宿酒初消，多苦肺熱，嘗凌晨獨遊後苑，傍花樹以手攀枝，
> 口吸花露，藉其露液潤於肺也。

〈含玉嚥津〉條云：

> 貴妃素有肉體，至夏苦熱，常有肺渴，每日含一玉兒於口中，蓋藉
> 其涼津沃肺也。

然徵諸唐元和間陳鴻〈長恨傳〉形容楊妃爲：

> 鬢髮膩理，纖穠中度。

據此，則楊妃似爲肥瘦適中之美女。其眞正芳容，吾人雖未能親睹，今觀中
唐時期畫家周昉所畫之仕女〔註17〕，莫不「豐腴穠麗」，身材健碩，允爲唐代
婦女之典型形象。此與盛唐之國力恰成正比〔註18〕，《舊唐書》與《資治通鑑》
亦云太眞姿質「豐豔」，可證其姿容之美，當屬無疑。

清人筆記小說中，藉一成精老狐講述歷代美人〔註19〕，將二千年來所見

〔註17〕 周昉，生卒年不詳，是中唐代、德時期著名的仕女畫家，以「簪花仕女圖」
最爲有名。《宣和畫譜》載其所作「明皇鬥雞射鳥圖」、「明皇夜游圖」、「貴妃
出浴圖」等作品，具體地描寫了唐明皇和楊貴妃之各種生活情趣，惜皆未得
寓目。

〔註18〕 唐代婦女，顯以健碩爲美，此與李唐承北朝之政權，胡風未泯有關。當時婦
女，甚以武事相尚。如唐高祖起事太原，兵臨長安時，其女平陽公主，亦起
兵於司竹，並親率「娘子軍」牽制隋師。又武后初爲太宗才人，史稱后曾請
爲太宗制御悍馬，則其勇健可知，事見《資治通鑑》卷二○六。

〔註19〕 見清《香豔叢書》三集卷四，「老狐談歷代麗人記」頁832，（台北：古亭書屋，
1969）。

麗人粗分三等：超軼一時之麗、跨越一代之麗、橫絕千古之麗，楊妃爲第二
等麗人（跨越一代之麗），狐云：

> 有跨越一代之麗，此其人皆已至地仙神仙之地位，……唐楊玉環之
> 豔質豐肌……皆兩間精氣所萃，孕育數百年而一出者，所謂跨越一
> 代之麗也。

至今民間相傳，仍以楊妃爲中國以來之四大絕色美女之一，與西施、貂蟬及
王昭君齊名。

（二）才藝

　　楊妃之才藝，據《舊唐書・后妃傳》云「善歌舞、通音律」，又《新唐書》
亦云「善歌舞，邃曉音律」，由上所述，可知楊妃之「能歌善舞」，乃眾所公
認，同時亦爲唐代詩文家所喜歡歌詠的對象。

　　白居易〈胡旋女〉詩，言太眞善胡旋舞，〈太眞外傳〉、《碧雞漫志》與《廣
群芳譜》等書，均言貴妃善舞「霓裳羽衣曲」，《開天傳信記》更詳載其「善
樂」：

> 太眞妃最善於擊磬，拊搏之音冷冷然新聲，雖太常梨園之能人莫加
> 也。

《琵琶錄》及《唐音統籤注》並謂妃妙彈琵琶。

又張祜詩云：

> 虢國潛行韓國隨，宜春小院映花枝，
> 金輿遠幸無人見，偷把邠王小管吹。

可見妃又喜吹笛。鄭嵎〈津陽門〉詩，描述妃「善歌」云：

> 玉奴琵琶龍香撥，倚歌促酒聲嬌悲。

《明皇雜錄》載云「涼州詞，貴妃所製」，今《全唐詩》卷五，有詩一篇〈贈
張雲容舞〉：

> 羅袖動香香不已，紅蕖裊裊秋煙裏，
> 輕雲嶺上乍搖風，嫩柳池邊初拂水。

此詩題注云「雲容，妃侍兒，善爲霓裳舞，妃從幸繡嶺宮時，贈此詩」，故知
此詩爲楊妃所製。

　　根據以上資料，可知楊妃非但具絕豔之姿，復集眾藝於一身，歷代美人，
鮮能與之媲美，無怪乎風雅的明皇要爲之傾倒！

五、婚姻

（一）壽邸恩情

楊妃入明皇宮前之身分，正史《舊唐書》並無明述，然《新唐書》卷七十六，〈后妃傳〉云「始爲壽王妃」，《全唐文》及《唐大詔令集》中〈冊壽王楊妃文〉[註20]，非僅明載楊妃冊爲壽王妃事，並記其冊封之年月日，其云：

> 惟開元廿三年，歲次乙亥十二月壬子朔廿四日己亥……爾河南府士曹參軍楊玄璬長女，公輔之門，清自流慶……今遣使戶部尚書同中書門下李林甫，副使黃門侍郎陳希烈持節，冊爾爲壽王妃。

據此可知楊玉環受冊爲壽王妃時，年爲十七。

此外，傳聞亦云楊妃確曾爲壽王妃，只是入邸時間記載不同。

宋〈太眞外傳〉云：

> 開元廿二年十一月，歸於壽邸。

據此，則楊妃入邸時年僅十六，與前有異，然元《梧桐雨》本其說。

楊妃究竟如何進入壽王邸？明《赤雅》言其入宮緣由外，更言時年僅十四，文云：

> ……才貌雙絕，楊元琰爲長史以勢求之，攜至京師，選入壽邸，時年十四。

由此可知，楊妃是以「才貌雙絕」條件，被楊玄琰以勢求之，攜至京師，始得以進入壽邸，貴爲王妃。而《容州普寧縣楊妃碑記》云：

> ……惟妃性昭慧，諳音律，明經史，後進入壽宮。

此碑記言明楊妃之入壽宮，乃其秉性聰慧，知書達禮，又明音律也。

關於楊妃初與父母別離之悲懷，五代《開元天寶遺事》載有一段神奇傳說：

> 楊貴妃初承恩召，與父母相別，泣涕登車，時天寒，淚結爲紅冰。

楊妃幸蒙恩召後，其與壽王之恩情又如何？明《驚鴻記》言，楊妃於壽王邸期間，二人「恩情濃似秋霜」，其賓白云：

> 開元廿二年十一月嫁與壽邸，蒙壽王殿下教妾歌舞，精通音律，壽王受禪，妾亦道妝雅素，以娛其意，以此情思契合，思慕非常。

觀此文，可知楊妃與壽王宮中生活極爲融洽，然歷來作品極少記述有關其與

[註20] 《全唐文》卷卅八，第二冊，頁 506（台北：匯文書局，1961），及《唐大詔令集》卷四十，諸王冊妃類（《四庫全書珍本》十二集，第卅一冊）。

壽王恩情繾綣之事，至今日市井流傳之小說始著意敷演，南宮博《楊貴妃》
一書，且言楊妃與壽王婚後育有二子，名「優」、「伓」〔註21〕。

　　若據《冊壽王楊妃文》之載記，楊妃入壽邸時為開元廿三年，下距開元
廿八年入太眞宮〔註22〕，前後共有六年之久。無奈好景不常，六年情愛轉眼
成空，楊妃終究琵琶別抱，奪愛者非他，即為壽王父玄宗也。

（二）華清賜浴

　　如前所述，楊妃原為壽王妃，即玄宗與武惠妃之兒媳，然何故又成為明
皇之貴妃呢？

　　《新唐書》卷七十六，〈后妃傳〉，詳載其緣由，文云：

> 開元廿五年，武惠妃薨〔註23〕，後廷無當帝意者，或言妃資質天挺，
> 宜充掖廷，遂召內禁中。

陳鴻〈長恨傳〉亦云：

> 開元中，泰階平，四海無事，玄宗在位歲久，……以聲色自娛，先
> 是元獻皇后武淑妃皆有寵，相次即世……宮中雖良家子數千，無可
> 悅目者。上心忽忽不樂……顧左右前後，粉色如土。詔高力士潛搜
> 外宮，得弘農楊玄琰女於壽邸。

由上述二段記載，知楊妃入宮乃由於明皇失去武惠妃後，心情抑鬱，召高力
士外宮搜求所得。

　　元《梧桐雨》謂楊妃於主上聖節，進往朝賀，因「貌類嫦娥」，遂被選入
後宮，其賓白云：

> 開元廿二年，蒙君選為壽王妃，開元廿八年八月十五日，乃主上聖
> 節，妾身朝賀，聖上見妾貌類嫦娥，令高力士傳旨，度為女道士，
> 住內太眞宮，賜號太眞，天寶四年，冊封為貴妃。

至明《驚鴻記》卻言明皇之弟漢王，於宴樂中乘醉以腳戲踏梅妃，妃大怒而
去，三召不來，漢王遂與大臣商避禍之策，駙馬楊廻乃獻計：

> 我聞得壽王妃子楊玉環，乃楊太師親妹，美色絕倫……聖上好色無
> 厭，倘得宣幸之時，楊妃入宮，梅妃寵衰。（第九齣〈楊妃入宮〉）

按此，則楊妃入宮，乃朝臣設計排擠梅妃所致。

〔註21〕南宮博，《楊貴妃》頁32、頁60（台北：時報出版公司，1975）。
〔註22〕《新唐書》卷五，〈玄宗紀〉。
〔註23〕詳見本文第二章，第一節註6。

清《長生殿》隱去壽王妃一事，謂楊妃以宮女身分入明皇宮，在明皇賓白中云：

> 近來機務餘閒，寄情聲色，昨見宮女楊玉環，德性溫和，豐姿秀麗，
> 卜茲吉日，冊為貴妃。（第二齣〈定情〉）

以上與正史出入之傳聞雖夥，然可理出一端倪，即楊妃確實以「姿色過人」獲致主上恩寵。

《新唐書》卷五，〈玄宗紀〉云：

> 開元廿八年十月甲子，幸溫泉宮，以壽王妃楊氏為道士，號太真。

楊玉環終以女道士身分進入玄宗後宮，斷絕太子妃關係，天寶四年，玄宗復將韋昭訓女配壽王〔註24〕，繼之冊楊氏為貴妃。宋〈太真外傳〉云：

> 天寶四載七月，冊左衛中郎將韋昭訓女配壽邸，是月，於鳳凰園冊
> 太真宮女道士楊氏為貴妃。

自從楊妃「一朝選在君王側」，遂得明皇「三千寵愛在一身」，居明皇宮之歲月，乃其人生最絢爛時期。

〔註24〕事在天寶四載，七月廿六日，見《全唐文》卷卅八，「冊壽文韋妃文」，頁508（台北：匯文書局，1961）。

第三章　楊妃形象之演變

　　楊妃與明皇之風流豔情，是一場發生在皇家內院之帝妃愛情悲劇，自唐白居易〈長恨歌〉以來，迄今流傳一千二百餘年，經過改朝換代，不斷賦予時代意識與民族感情，楊妃形象代有不同，觀其形雖紛冗，而猶可覓其線索。在〈長恨歌〉中，楊妃是位忠於海誓山盟之美麗仙子，然宋人卻視其為挑起安史之亂的「亡國禍水」，此一形象深植人心；在異族統治之元代，更是加以露骨地貶責，甚而馬踐其屍；至清《長生殿》始一反前趣，重塑其對明皇愛情之堅貞與專一。

　　關於此故事之發展，本師曾永義教授在《說俗文學》一書，已略述其梗概，並指出四條發展之脈絡：其一即是白居易〈李夫人〉詩，於是楊妃變成「蓬萊仙子」；其二為劉禹錫〈望女几山〉和元微之〈法曲〉詩，楊妃遂成「月殿嫦娥」；其三為白居易之〈胡旋安〉，於是楊妃有了「錦褓祿兒」；其四為白樂天〈上陽白髮人〉，於是唐明皇後宮中冒出一個「梅妃」〔註1〕，此為本故事之四大線索，本文參酌其說，論述傳說演化之跡，並探其附會之因。藉此以對楊妃形象之歷史發展作較全面之說明。在一窺彼時流傳之餘，更可對吾人綿遠之感情傳統作一番總的回顧。

第一節　唐代詩文筆談

　　楊妃與明皇之愛情故事，肇始於白居易之〈長恨歌〉，此首七言古體敘事詩，

〔註1〕　曾永義，《楊妃故事的發展及與之有關之文學》，文載《說俗文學》，頁131～148（台北：聯經出版社，1984），又載於陳鵬翔主編之《主題學研究論文集》，頁119～138（台北：東大圖書公司，1983）。

全文百二十句，作於憲宗元和元年（805）〔註2〕，白氏藉著明皇與貴妃豔傳天下之史實與傳聞，將之傳奇化。其敘楊妃被縊死後，以一虛設幻想的仙界之事做主體，寫玄宗的思念是「三載一意，其念不衰」，神仙世界裡玉妃之哀怨是「復墮下界，且結後緣，或爲天、或爲人、決再相見，好合如舊」。對明皇、楊妃的耿耿相思與繾綣舊情作了生死不渝的描寫，爲後世明皇、楊妃藝術形象之淵源。陳鴻〈長恨傳〉，即依之予以散文化之敷演〔註3〕，二者內容方面，並無甚異處。本節以〈長恨歌〉爲中心，就唐代社會及傳說之演進，作一探討。

壹、長恨歌中之楊妃

在〈長恨歌〉之愛情世界，一個是「重色思傾國」之風流天子，一個是「回眸一笑百媚生」之絕世佳人；由於身分特殊，其表達愛情之方式亦有所不同，故有「春寒賜浴華清池」之恩寵〔註4〕，有「芙蓉帳暖度春宵」之戀情，楊妃「三千寵愛在一身」，非但「姊妹兄弟皆列土」，「遂令天下父母心，不重生男重生女」。仙樂飄飄，緩歌曼舞，明皇與楊妃即沈醉在「春宵苦短」「從此君王不早朝」之歡愉中。然「漁陽鼙鼓」，「驚破霓裳羽衣曲」，二人遂由樂極而生悲。

祿山既以討楊爲名，楊妃亦難逃責任，在「六軍不發無奈何」之情況下，面對著「宛轉蛾眉馬前死」之慘象，明皇是「掩面救不得」，徒有「血淚相和流」；一對戰火鴛鴦，卻落得生離死別！

馬嵬難後，「聖主朝朝暮暮情」，雖不能生死相共，然亦是精神相依，幸蜀途中傷心腸斷，亂平回京就養南宮，見池苑依舊而物是人非，更增淒涼寂寞：

> 遲遲鐘鼓初長夜，耿耿星河欲曙天。
>
> 鴛鴦瓦冷霜華重，翡翠衾寒誰與共？
>
> 悠悠生死別經年，魂魄不曾來入夢。

〔註2〕 有關白居易〈長恨歌〉創作之時地和經過，依據〈長恨傳〉中之記載，爲憲宗元和元年冬十二月（806），白居易自校書郎尉於盩厔，與好友陳鴻、王質夫，同遊仙遊寺，談及明皇楊妃事，相與感嘆而作，在友朋推崇之下，而潤色此希代之事。

〔註3〕 《文苑英華》卷七九四所收〈長恨傳〉，末尾有文：「歌既成，使鴻傳焉」語，可知陳傳，係根據白歌而來。

〔註4〕 華清池在陝西臨潼縣南驪山上，距西安市三十公里，爲唐明皇與楊貴妃羅曼史之舞台。大陸於西安郊外發現三隻浴盆，據稱爲當年（一千二百年前）楊妃洗凝脂所用。見《中國時報》第三版，74年5月29日。

此情何堪？此景何堪？於是「臨邛道士」為君王輾轉相思之深情所動，遂上
天入地揭術求索，終訪得「雪膚花貌」之太眞仙子於虛無縹渺之海上仙山。

　　仙境中之楊妃居於九華帳內，即使「玉蓉寂寞淚闌干」，仍似「梨花一枝
春帶雨」楚楚動人。於聞知明皇使節到來之時，便迫不及待欲會見「漢使」：

　　　　聞道漢家天子使，九華帳裏夢魂驚，

　　　　攬衣推枕起徘徊，珠箔銀屏迤邐開，

　　　　雲鬢半偏新睡覺，花冠不整下堂來。

此種急切心情，當然出於對明皇之惦念與關切。雖位列仙班，仍憂傷孤寂，
死別斬不斷其痴情，仙宮收不住其塵念：

　　　　昭陽殿裏恩愛絕，蓬萊宮中日月長，

　　　　回頭下望人寰處，不見長安見塵霧。

仙塵相隔，遙不可及，唯有「含情凝涕」，將定情之「鈿合金釵」託道士轉交
明皇，以寄無限相思，並囑語：

　　　　但令心似金鈿堅，天上人間會相見。

此語道盡了對明皇之眞誠相許與永恆期盼。在使者即將臨別之際，復殷勤託
寄「兩心知」之秘密：

　　　　在天願爲比翼鳥，在地願爲連理枝。

楊妃默記著長生殿之密誓，追憶著過去，嚮往著未來，決心將誓言付諸實現，
奈何「天長地久」，此情徒留綿綿無盡之遺憾與惆悵。

　　經過以上分析，楊妃雖爲歷史人物，然經過白居易之琢磨創造，非但塑
造楊妃超人之美，且有其性格特徵，其對明皇愛情之忠貞誠摯，有「衣帶漸
寬終不悔，爲伊消得人憔悴」之執意與深情，形象生動飽滿。在白氏筆下，
明皇楊妃雖是過著奢華之帝妃生活，卻像傳奇小說中之李娃與滎陽公子一
般，對愛情之堅貞專一，眞摯感人，儼然是一對忠於愛情之親密伴侶。

　　於《唐代筆記叢談》中，關於明皇楊妃濃情蜜意之記載，亦屢見不鮮，
如《開元天寶遺事》中之二則，〈解語花〉條云：

　　　　明皇秋八月，太液池有千葉白蓮數枝盛開，帝與貴戚賞焉。左右皆
　　　　嘆羨。久之，帝指貴妃示于左右曰：「爭如我解語花？」

又〈被底鴛鴦〉條云：

　　　　五月五日，明皇避暑興慶池，與妃子畫寢于水殿中。宮嬪輩憑欄倚
　　　　檻，爭看雌雄二鸂鶒戲于水中。帝時擁貴妃于綃帳內，謂宮嬪曰：「爾

等愛水中鸂鶒，爭如我被底鴛鴦？」

由這些生活細節之描述，更可看出二人之融洽關係，及明皇對楊妃之迷戀與陶醉。如此一位善解人意之「解語紅顏」，明皇對之寵愛，不僅是色貌所造成，亦當有「知音恰遇」之喜悅。〈長恨歌〉中極力渲染二人死別後刻骨銘心之相思，因此塑造此一帝妃相戀之悲劇形象，具有強烈之感染力，使讀者不能不對楊妃之慘死，與明皇晚年之孤寂，寄予深厚之同情。

對於〈長恨歌〉之創作，就內容言，白居易之所以塑造明皇之悲劇形象，雖為表現明皇楊妃纏綿悱惻之愛情，然仍有其諷諭之意味；我們若聯繫安史之亂前後，唐代社會之巨大變動，當不難看出詩中所以對明皇楊妃在天寶年間之愛情生活，描敘得那樣繁華熱烈，而對二人在安史之亂後的不幸結局，又渲染得那樣哀傷纏綿，此因在其愛情故事背後，有著特定的時代色彩；就其社會意義而言，白氏正是從李楊愛情生活的側面，反映出唐代社會興衰變化的面容，抒發了今不如昔之憾，歌中所云：

東望都門信馬歸，君臣相顧盡沾衣。

此當蘊涵著明皇晚年失勢之悲景。詩題「長恨」之含義〔註5〕，應包括兩方面，一為詩中直接描寫之明皇楊妃愛情悲劇結局之長恨，另一為作者藉此題材所抒發之感傷盛世衰亡之綿綿長恨〔註6〕，此亦作者將此詩歸入感傷一類之原因〔註7〕。所謂「王者行道，非始之難，終之實難也」，其對明皇晚年不再勵精圖治，而是「重色思傾國」，並沈溺聲色而荒廢國政，以致落得連妃子亦不能相保之可悲下場，從側面表現了他對玄宗的批判態度。對於楊妃這樣的豔色，白氏在新樂府〈胡旋女〉、〈李夫人〉詩中，雖指責十分直率、尖刻，然於〈長

〔註5〕近人周明氏謂〈長恨歌〉之「恨」字，應作「遺憾」解。例：
遺恨失吞吳（杜甫〈八陣圖〉）
恨不相逢未嫁時（張籍〈節婦吟〉）
商女不知亡國恨（杜牧〈泊秦淮〉）
自是人生長恨水長東（李煜〈烏夜啼〉）
傷心不獨漢武帝，自古及今皆若斯，……又不見泰陵一抔淚，馬嵬坡下念楊妃。縱令妍姿豔質化為土，此恨長在無銷期（白居易〈李夫人〉）。
參見周氏，《長恨歌主題新探》（北京：中華書局，《文學遺產增刊》十四輯，頁213，1982）。
〔註6〕王新霞，《從時代色彩看長恨歌之主題》（北京：《師院學報》第2期，頁72～78，1984）。
〔註7〕元和十年，白居易（四十四歲）在自編詩集時，將作品八百首劃分為諷諭、閒適、感傷、雜律等四類共十五卷。〈長恨歌〉不入諷諭類，卻入感傷類，可知其感傷之成份多於諷諭之成份無疑。

恨歌〉中之楊妃，則未必如陳鴻〈長恨傳〉所云〔註8〕：

> 欲懲尤物、窒亂階，垂於將來者也。

縱使楊妃之專寵，致使明皇縱情聲色帶來「弛了朝綱」之後果，然將亡國之罪加諸楊妃，唐人已有不盡贊同者〔註9〕，如羅隱〈帝幸蜀〉：

> 馬嵬山色翠依依，又見鑾輿幸蜀歸。
>
> 泉下阿蠻應有語，這回休更怨楊妃。

韋莊〈立春日作〉：

> 九重天子去蒙塵，御御無情依舊春，
>
> 今日不關妃妾事，始知辜負馬嵬人。

此二者皆詠唐末黃巢軍破長安，唐僖宗南奔蜀川事。二詩同謂天下變亂不能簡單歸罪女禍；若云楊妃爲安史之亂禍胎，則僖宗無此女寵，何以亦蒙塵幸蜀？

可見唐人對於楊妃抱著同情與譴責兩種態度，一爲強調其對愛情之忠貞，此至清《長生殿》傳奇，主題始更加顯現；二爲譴責楊妃爲「亡國禍水」，此傳統「美女國之咎」之觀念，雖自有其深遠之文化淵源，然至宋代更是露骨地諷刺，非但塑造出「傾國」楊妃，且更使其背負社會道德之罪責，集女人眾惡於一身。

貳、蓬萊仙子之形成與發展

〈長恨歌〉中，明皇遣方士求訪貴妃於海上仙山一段，此爲本詩之中心情節，帶有濃厚民間傳說色彩，此傳說在當時似乎流傳甚廣，迄今仍可見到一些與白歌陳傳所載相同或近似之記載，李益〈過馬嵬二首〉之二〔註10〕：

〔註8〕據陳寅恪先生，《韓愈與唐代小說》：「唐代傳奇小說盛於貞元、元和之世，和當時的古文運動一時並興。當時古文運動的中堅人物，往往也是寫小說的能手。」

陳鴻，〈長恨傳〉文末之正論，當與唐人「溫卷」之習有關。若參以元稹《鶯鶯傳》，謂張生之始亂終棄是「善於補過」之議論，當可益得其義。

趙彥衛，《雲麓漫鈔》（八）：「唐世舉人，尤藉當時顯人，以姓名達主司，然後投獻所業，踰數日又投，謂之溫卷。」

〔註9〕關於此點，請參見本文第一章第三節「唐代詩文家之吟詠」，有較詳細之論述。

〔註10〕按李益爲大曆十才子之一，久負詩名，生於天寶七載（748）。而〈長恨歌〉作於元和元年（806），白居易方三十五歲，時李益已五十九歲；從年代看，李詩當早於白詩。由此可認爲李詩所寫之情節，當爲較原始之傳說。

> 金甲銀旌盡已回，蒼茫羅袖隔風埃，
>
> 濃香猶自隨鸞輅，恨魄無由離馬嵬，
>
> 南內眞人悲悵殿，東溟方士問蓬萊，
>
> 唯留坡畔彎環月，時送殘輝入夜臺。

此與〈長恨歌〉中「爲感君王輾轉思，遂教方士殷勤覓」之情節一致。然李詩中之楊妃未成蓬萊仙子，而是「恨魄無由離馬嵬」，唯有彎月殘輝相伴而已。此正符合民間傳說於流傳之中，由簡至繁之發展規律。

又北宋董逌《廣川畫跋》卷一〈畫馬嵬圖〉〔註11〕云：

> 世傳太眞妃以爲委馬嵬時，正如愍懷妃事，而神迺仙去，非若當時史臣所記也。又謂天籍譴降，有數責其償負，而至委於人，亦其數也。逮陳鴻書其事，天下益以信。……予在蜀時見《青城山錄》，紀當時事甚詳：上皇嘗召廣漢陳什邡行朝廷齋場，禮牲幣，求神於冥漠。是夕奏曰：「已於九地之下，鬼神之中，搜訪不知。」二日又奏：「九天之上、星辰日月之間，虛空杳冥之際，遍之矣。」三日又奏：「人寰之中，山川岳瀆祠廟、十洲三島江海之間，莫知其所。」後於蓬萊南宮西廡，有上元女仙張太眞，謂曰：「我太上侍女，隸上元宮，而帝乃太陽朱宮眞人，世念頗重，上降理於人世，我謫人世爲侍衛耳。」因取玉龜爲信。其事在一時已有錄，宜爲世所傳。而陳鴻所書乃言「臨邛道士」，又不著其奏事，其有避而不敢盡哉？將亦傳之，未得其詳，故事隨以略也？今《青城山錄》好異者傳出久矣。……

惜所引之《青城山錄》今不得見，作者及時代均不能確考，然從中可知所記方士尋覓、仙山問答及托寄信物等情節，與白歌陳傳所載極爲近似。由此得致「玉妃歸蓬萊仙院」之傳說，已在唐代安史之亂後產生。此一民間傳說，除有力表現帝妃愛情之堅貞，當亦融注了人民之愛情理想〔註12〕。清趙翼《甌北詩話》卷四云：「此蓋時俗訛傳，本非事實……香山竟爲詩以實之。」

〔註11〕董逌爲北宋著名書畫鑒賞、考據專家。《廣川畫跋》六卷，明嘉靖間什邡知縣韓宸刊本。（中央圖書館善本室藏，編號6676）。
又此段《太平廣記》卷二十，神仙類亦載之，謂出自《仙傳拾遺》，頁139（台北：文史哲出版社，1981）

〔註12〕參見《唐人小說選析》〈長恨歌傳〉提示，頁57。

　　〈長恨歌〉中，楊妃出現之背景爲海上仙山，爲此對千古情人另闢一玄幻仙境，其云：

> 上窮碧落下黃泉，兩處茫茫皆不見。〔註13〕
>
> 忽聞海上有仙山，山在虛無縹緲間。
>
> 樓殿玲瓏五雲起，其中綽約多仙子。
>
> 中有一人名太眞，雪膚花貌參差是。

此「蓬萊仙子」之增飾，給楊妃故事開拓一無垠之境界，且富浪漫氣息；這種虛幻思想當然不從唐代開始，在中國可溯源到戰國時代的陰陽家和方士之流，甚至還可以更早些。然此一情節之來歷，當有其形成之背景，或可作如下之推想：

（一）唐代道教思想的影響

　　唐王朝起自夷族，自附於華夏，又因姓李之由，遂攀老子爲始祖，以道教爲國教。自高宗竭力推崇老莊思想，於是道家思想極盛一時，「海上仙山」之說自爲唐人所樂於稱道，如蘇鶚《杜陽雜編》〔註14〕中略云：

> 元和五年，內給事張維則自新羅使回云：「於海上泊舟島間，忽聞鷄犬鳴吠，似有煙火，遂乘月閒步，約及一、二里，則見有數公子，載章甫冠，著紫霞衣，吟嘯自若，惟則知其異，遂請謁見，公子曰：『唐皇帝乃吾友也，汝當旋去爲吾傳語。』還舟中，廻顧舊路，悉無蹤跡。」上曰：「朕前生豈非仙子乎？」

關於海上仙山之說本屬虛構，然在彼時社會思潮之下，白居易於詩中亦常加以歌詠，其〈客有說〉〔註15〕：

> 近有人從海上回，海山深處見樓台，
>
> 中有仙龕虛一室，多傳此待樂天來。

又〈答客說〉言：

> 吾學空門非學仙，恐君此語是虛傳，
>
> 海山不是我歸處，歸即應歸兜率天。

〔註13〕據羅錦堂先生云：〈長恨歌〉中「上窮碧落下黃泉」，其稱天上爲碧落，地下爲黃泉，即道家語。羅錦堂，《長恨歌疏證》（台北：《學術季刊》第六卷第二期，頁122，1957）

〔註14〕見商務書局，叢書集成本。

〔註15〕《全唐詩》第十七函，白居易三六。

又〈海漫漫〉云：

> 海漫漫，直下無底旁無邊，
>
> 雲濤煙痕最深處，人言中有三神山，
>
> 山上多生不樂死，服之羽化爲天仙。

〈長恨歌〉中海上仙山一段之增飾，不僅表現詩人對無限境界的嚮往，而詩末「天上人間會相見」，此種將愛情超越於死生之外的想像和憧憬，亦是道教之神仙說法。

唐代崇尚道教之另一特出型態，即當時許多公主妃嬪，多喜入道，並令建道觀，如太平公主、安樂公主等〔註 16〕。於此，足見楊玉環於冊妃前之入觀修道，乃其來有自。當白氏作〈長恨歌〉時，適道教盛行，以楊妃曾經度爲女道士號太眞，自易聯想至所謂蓬萊仙境，並同時「幻設」美麗仙子，以之點染在太眞妃身上，此爲白氏神化楊妃之首要因素。

（二）漢武帝李夫人故事之影響

〈長恨歌〉云：

> 臨邛道士鴻都客，能以精誠致魂魄，
>
> 爲感君王輾轉思，遂教方士殷勤覓。

按臨邛，即今四川省邛崍縣。歌中所謂「鴻都客」者，未知何指，疑即《龍城錄》中，邀明皇同遊月宮之「申天師道士，鴻都客也」〔註 17〕。陳傳亦云：

> 適有道士自蜀來，知上心念楊妃，自言有李少君之術，玄宗大喜，
>
> 命致其神，方士乃竭其術以索之。

此傳中所謂「有李少君之術」者，蓋指漢武帝故事而言；李夫人者，乃漢李延年女弟，妙麗善舞，武帝甚寵幸之。據《漢書・李夫人傳記》載：〔註 18〕

> 李夫人少而蚤卒，上憐閔焉，圖畫其形於甘泉宮。……上思念李夫
>
> 人不已，方士齊人少翁言能致其神。乃夜張燈燭，設帷帳，陳酒肉，
>
> 而令上居他帳，遙望見好女如李夫人之貌，還幄坐而步。又不得就
>
> 視，上愈益相思悲感，爲作詩曰：「是耶？非耶？立而望之，翩何姍

〔註 16〕 關於公主入道事，均見於《新唐書》卷八五〈諸公主傳〉。

〔註 17〕 《龍城錄》謂開元六年，上皇與申天師道士鴻都客，八月望月夜，因天師作術，三人同在雲上遊月中云云。

〔註 18〕 《漢書》卷九七上，〈外戚傳〉，〈李夫人傳〉，頁 3951～3952（台北：鼎文書局，1977）。

姍其來遲？」令樂府諸音家絃歌之。上又自爲作賦，以傷悼夫人，
其辭曰：「……秋氣憯以淒戾兮，桂枝落而銷亡，神煢煢以遙思兮，
精浮遊而出畺。……驩接狎以難別兮，宵寤夢之芒芒，忽遷化而不
反兮，魄放逸以飛揚。何靈魂之紛紛兮，哀裴回以躊躇，勢路日以
遠兮，遂荒忽而辭去，……思若流波，怛兮在心。」

漢武一生，英雄美人故事與玄宗極爲相似，白居易據之，而以楊妃媲比李夫
人，《漢書》此傳即〈長恨歌〉中，方士升天入地，求索楊妃魂魄之張本。又
同傳中載：〔註19〕

孝武李夫人，本以倡進，初夫人兄延年性知音，善歌舞，武帝愛
之。……延年侍上起舞，歌曰：「北方有佳人，絕世而獨立，一顧傾
人城，再顧傾人國，寧不知傾城與傾國，佳人難再得！」上嘆息曰：
「善！世豈有此人乎？」平陽主因言延年有女弟，上乃召見之，實
妙麗善舞，由是得幸。

可知白居易在〈長恨歌〉中首句以「漢皇重色思傾國」開篇，有意稱唐帝爲
「漢皇」，目的無非是將此二傳說聯繫在一起，使讀者增添一些美麗之聯想。
此外，吾人於白氏〈李夫人〉詩中，亦可見出端倪，詩云：

漢武帝，初喪李夫人。夫人病時不肯別，死後留得生前恩。君恩不
盡念未已，甘露殿裡令寫眞。丹青寫出竟何益？不言不笑愁殺人。
又令方士合靈藥，玉釜煎鍊金爐焚。九華帳裡夜悄悄，反魂香降夫
人魂。夫人之魂在何許，香煙引到焚香處。既來何苦不須臾，縹緲
悠揚還滅去。去何速兮來何遲？是邪非邪兩不知。翠蛾髣髴平生貌，
不似昭陽寢疾時。魂之不來君心苦，魂之來兮君亦悲。背燈隔帳不
得語，安用暫來還見違？傷心不獨漢武帝，自古及今皆若斯。君不
見，穆王三日哭，重璧臺前傷盛姬。又不見泰陵一掬淚，馬嵬坡下
念楊妃。縱令妍姿豔質化爲土，此恨長在無銷期。生亦惑，死亦惑，
尤物惑人忘不得。人非木石皆有情，不如不遇傾城色。〔註20〕

〔註19〕《漢書》卷九七上，〈外戚傳〉，〈李夫人傳〉，頁3951～3952（台北：鼎文書
局，1977）。
〔註20〕陳寅恪先生謂此篇實可以〈長恨歌〉之箋注視之，其云：「樂天之〈長恨歌〉，
以『漢皇重色思傾國』爲開宗明義之句，其《新樂府》此篇，則以『不如不
遇傾城色』爲卒章顯志之言。其旨意實相符同，此亦甚可注意者也。故讀〈長
恨歌〉，必須取此篇參讀之，然後始能全解。」參見《元白詩箋證稿》，頁264
（台北：里仁書局，1981）。

其常將漢武帝與李夫人，唐明皇與楊貴妃並論，則〈長恨歌〉中之神話色彩，自是直接襲自於李夫人故事；陳鴻〈長恨傳〉「如漢武帝李夫人」句，可為明證。陳寅恪先生亦謂〈長恨歌〉「後半節暢述人天生死形魂離合」之作法，蓋「由漢武帝李夫人故事轉化而來」〔註21〕。

（三）與明皇晚年信神仙道術有關

唐代道教思想之盛，由於帝王之提倡，於是道士成為社會上之特殊階級。明皇尊老子為玄元皇帝，招致方士張果、羅公遠、葉法善等，賜以名號，寵以殊禮〔註22〕。明皇自己亦常說神道鬼，故弄玄虛。其曾對宰相云：「朕比以甲子日，于宮中為壇，為百姓祈福，朕自草黃素置案上，俄飛升天，聞空中語云：『聖壽延長』〔註23〕。」

由於明皇崇道教、慕長生，故所在多言符瑞，群臣表賀無虛日。〔註24〕於是明皇與道士遊月宮之傳說紛紛出籠，明乎此，則民間於馬嵬難後產生方士訪求楊妃幽靈之傳說，當不足為奇。

〈長恨歌〉將明皇楊妃關係，由人世發展至靈界，於是附會以神仙之事愈演愈盛，按方士覓魂之情節，在〈長恨歌〉中尚是仙凡咫尺，教人悵念；其發展至玄虛子《長恨歌傳跋》〔註25〕，遂有明皇與楊妃二人泣見於五色帳內，此突破時空限制之人仙相見，是一樁圓滿而妙之安排。明《彩毫記》、《驚鴻記》皆以楊妃宿根俱隸仙籍，祇緣塵念，謫在人間。清《長生殿》更安排在馬嵬難後，楊妃痛悔前愆，得復位仙班，復使明皇與之月宮團圓，永世為夫婦，終圓補馬嵬之恨。

〔註21〕《元白詩箋證稿》，《新樂府·李夫人》，頁 262（台北：里仁書局，1981）。

〔註22〕事跡見新舊《唐書》〈玄宗紀〉及〈方伎傳〉。

〔註23〕《資治通鑑·天寶九載》，頁 6900；今《全唐文》卷三十八存有玄宗「賜皇帝（肅宗）進燒丹竈詔」，文曰：「……吾比年服藥物，比為金竈貴煉石英，自經寇戎，失其器用，前日晚際，思欲修營一，昨早遽聞進奉，有同符契，若合神明，此乃汝之因心測吾之本意。……」由此更可見明皇之崇信仙道（台北：匯文書局，第二冊，1961）。

〔註24〕《資治通鑑·天寶九載》「……時上尊道教，慕長生，故所在爭言符瑞，群臣表賀無虛日。李林甫等皆請捨宅為觀，以祝聖壽，上悅。」（頁 6900）

〔註25〕元伊世珍，《瑯嬛記》所錄，頁 3523～3525（在《筆記小說大觀》九篇，第五冊）《曲海總目提要》云玄虛子之跋，即《梧桐雨》第四折畫像入夢一節之所本。

參、月殿嫦娥之形成過程

由於唐代道教盛行及明皇之崇尚，於是有關明皇之傳說大多附上琦瑋譎詭之神怪色彩，其中唐明皇遊月宮之故事，唐人《筆記叢談》載錄甚夥〔註26〕，頗盛傳於民間；而楊妃之神奇色彩，亦隨之增衍。考遊月宮實因〈霓裳羽衣曲〉而起。劉禹錫〈望女几山詩〉云：

> 開元天子萬事足，惟惜當年光景促。
>
> 三鄉陌上望仙山，歸作霓裳羽衣曲。
>
> 仙心從此在瑤池，三清八景相追隨。
>
> 天上忽乘白雲去，世間空有秋風詞。

元微之〈法曲〉詩中亦有：

> 明皇度曲多新態，宛轉浸淫易沈著。
>
> 赤白桃李取花名，霓裳羽衣號天樂。

此二首皆提到「仙山」「天樂」，或因之將〈霓裳羽衣曲〉附會成廣寒之樂。杜牧〈華清宮三十韻〉，曾寫到關於〈霓裳羽衣曲〉的傳說，有「月聞仙曲調，霓作舞衣裳」二句，在〈津陽門詩〉，則鋪展成遊月宮譜霓裳之故事，詩云：〔註27〕

> 蓬萊池上望秋月，無雲萬里懸清輝。
>
> 上皇夜半月中去，三十六宮愁不歸。
>
> 月中秘樂天半間，丁璫玉石和塤箎。
>
> 宸聰聽覽未終曲，卻到人間迷是非。

原註記載：

> 葉法善引（明皇）入月宮，時秋已深，上苦淒冷，不為久留，歸，於天半間尚聞仙樂，及上歸，且記憶其半，遂於笛中寫之。會西梁都督楊敬述進婆羅門曲，與其聲調相符，遂以月中所聞，為之散序，用敬述所進曲為其腔，而名霓裳羽衣法曲。

《異人錄》〈明皇遊月宮〉條〔註28〕：

〔註26〕關於明皇遊月宮的故事，鄭處誨《明皇雜錄》、鄭嵎《津陽門詩注》、《異人錄》、《逸史》、《鹿革事類》、《開天傳信記》、《仙傳拾遺》及《幽怪錄》等皆有所述及。請見王灼，《碧雞漫志》卷三，有極詳盡之考述。

〔註27〕據計有功者，《唐詩紀事》卷六二，民國上海涵芬樓影印，明嘉慶間錢塘洪氏刊本。

〔註28〕曾慥，《類說》，卷十二（台北：新興書局，《筆記小說大觀》三十一編，第二冊，頁843～844，1962）。

開元六年，上皇與申天師道士鴻都客中秋夜同遊月中，過一大門，在玉光中見一大宮，府榜曰：「廣寒清虛之府」，守門兵衛甚嚴，三人皆止其下不得入，天師引上皇躍身起烟霧中，下視玉城嵯峨下若萬里琉璃之田，仙人道士乘雲駕鶴往來其間，尋步向前覺翠色冷光相射，目眩極寒，不可進，下見素娥十餘人，皓衣乘白鸞笑舞於廣庭大桂樹下，樂音嘈雜清麗，上皇歸，編律成音，製霓裳羽衣舞曲。

據王灼《碧雞漫志》考述，〈霓裳羽衣曲〉原係婆羅門曲，從西涼傳入，經明皇潤色，易美名而成，其他飾以神怪者，皆不足信。〔註29〕

經由上述，可知〈霓裳羽衣曲〉被附會成廣寒仙樂之緣由。

楊妃善歌舞乃唐代詩文家公認之事實，〔註30〕霓裳羽衣舞為當時最流行之舞蹈，〈長恨歌〉首將此舞與楊妃故事聯在一起。宋《楊太真外傳》亦云：

上又宴諸王於木蘭殿，時木蘭花發，皇情不悅，妃醉中舞霓裳羽衣一曲，天顏大悅。

此後楊妃已化入〈霓裳曲〉，二者時常並稱。加以楊妃貌美，而遊月宮之傳說又盛行於當代，人們自然將太真妃比作月中仙娥。唐張祐《南宮嘆詩》（自註：亦述玄宗追恨太真妃事），似乎就有此意。詩云：

北陸冰初結，南宮漏更長，

何勞卻睡草，不驗返魂香，

月隱仙娥豔，風殘夢蝶揚，

徒悲舊行跡，一夜玉階霜。

「月隱仙娥豔，風殘夢蝶揚」雖然說得很朦朧，但隱約之中則是把月中仙娥比作太真妃的。

至元白仁甫《梧桐雨》雜劇，其楔子中之明皇賓白有云：

六宮嬪御雖多，自武惠妃死後，無當意者。去年八月中秋，夢遊月宮，見嫦娥之貌，人間少有。昨壽邸楊妃，絕類嫦娥，已命為女道士，既而取入宮中，冊為貴妃，居太真院。

又第一折貴妃賓白有云：

開元二十八年八月十五日，乃主上聖節，妾身朝賀，聖上見妾貌似嫦娥，令高力士傳旨，度為女道士，住太真院，賜號太真。

〔註29〕宋王灼，《碧雞漫志》卷三，「考述霓裳羽衣曲」條，知不足齋叢本。
〔註30〕請參閱本文第二章，才貌一節。

這兩個賓白裡，都說玄宗初見楊妃，是在八月十五日，而玄宗當意的緣由，是為了她貌類嫦娥，雖言「貌類」，但恐怕直把太真妃附會成月中仙子了。

遊月宮傳說早已盛行，〈霓裳羽衣曲〉既已牽涉為廣寒之樂，明人亦將嫦娥稱為霓裳仙子〔註31〕；楊妃既貌美又善舞霓裳，那麼把嫦娥附會在專寵後宮的美麗妃子身上，文人們這種想法，其實很自然。清《長生殿》〈製譜〉一齣，且由明皇云：「覷仙姿，想前身原是月中娃」，至今坊間說部明皇遊月宮，遂以楊妃為月殿嫦娥。

第二節　宋代傳奇

美女故事，本為眾人所津津樂道，亦如其他故事之發展一樣，歷經時空之流轉，文人之附會誇飾，楊妃故事至宋代有著令人驚異之發展，其重要關目有二：一為楊妃與安祿山穢亂後宮之附會，一為塑造梅妃以導上陽宮人之幽怨。其枝蔓展延之方法，乃極盡渲染可能之事，使其更富傳奇性，更滿足人們的好奇與幻想，但也因此導致楊妃形象趨於醜惡。

延承唐人「懲尤物，窒亂階」之論，宋傳奇中對楊妃之塑造，集讒言惑主，爭寵善妒，穢亂宮闈之罪於一身，致使楊妃「亡國禍水」之形象確立不移，傳延至今。為明其源，本節論述重點有二，首先，就宋傳奇《楊太真外傳》、《梅妃傳》、《驪山記》等三篇，析述楊妃於文中之形象，次為考察各有關傳記之記載，依序探討傳說之形成過程，及其所代表之意義。

壹、太真外傳中之楊妃

宋真宗咸平元年樂史《楊太真外傳》摘撦唐末五代有關楊妃事跡之雜錄，鉅細畢載，為太真遺事之集大成者，其中載錄〈清平調詞〉三首，傳說是李白為明皇「賞明花，對妃子」之盛會而作，且與李白一生之得失盛衰具有關鍵性之影響。其詞云：

（一）雲想衣裳花想容，春風拂檻露華濃，
　　　若非群玉山頭見，會向瑤台月下逢。

（二）一枝紅豔露凝香，雲雨巫山枉斷腸，
　　　借問漢宮誰得似，可憐飛燕倚新妝。

〔註31〕《西遊記》九十五回，豬八戒之語，稱嫦娥為霓裳仙子。

（三）名花傾國兩相歡，常得君王帶笑看，

解釋春風無限恨，沉香亭北倚欄干。

關於此三首流傳之「本事」，《松窗雜錄》〔註 32〕、《唐詩記事》〔註 33〕，〈太真外傳〉等書所記互有詳略，茲合敘之：

> 開元中，白爲翰林學士，時禁中木芍藥盛開，帝乘照夜車賞之，貴妃以步輦徒。既坐於沉香亭，李龜年手捧檀板，押眾樂前，將欲歌之；帝意有所感，欲得白爲樂章，曰：「賞名花，對妃子，焉用舊詞爲？」遽宣白入宮，白扶醉進，呼高力士脫靴，左右以水頮面，宿酒未解，帝命龜年持金花箋，賜白爲清平樂詞三章，授筆成文，婉轉精切無留思。梨園子弟撫絲竹，龜年歌之，帝親調玉笛以倚曲；每典遍，將換，則遲其聲以媚之，貴妃持玻璃七寶盞，酌西涼葡萄酒笑飲。會高力士終以脫靴爲深恥，譖於妃曰：「以飛燕指妃子，是賤之甚矣！」上嘗三欲李白官，妃輒阻止，白既不得志，因益縱酒，已而去京。

按李白乃唐代才氣洋溢，風流倜儻之詩人，確蒙受過玄宗之寵渥禮遇，其個性狂放不拘，藐視權貴乃眾所周知。此段極富傳奇意味之「逸聞佚事」豔傳千古，其發展之脈絡據薛順雄先生剖析，謂其成就於唐末或宋初〔註 34〕，故事以李白爲主角，雖對楊妃故事之發展無重大影響，然楊、李二人遂因此詩牽扯出許多傳聞，或謂楊妃乃李白仕宦不得意之罪魁禍首，清平調遂蒙灰矣。依《外傳》所言「會高力士終以脫靴爲深恥……上嘗三欲命李白官，卒爲官中所捍而止」，已將李白宦途多舛之責，歸罪於楊妃一身而爲定論，自此楊妃讒言惑主，左右朝中大臣錄用之形象，已牢不可破矣。

自〈太真外傳〉錄此〈清平調〉故事，遂爲宋代太真遺事之另一滋衍，歷代文人皆喜取之爲題材，復增飾「貴妃捧硯」事，「脫靴捧硯」遂爲後代劇作一重要關目〔註 35〕，其中尤侗之作務翻其案，譜李白中狀元，評定者即楊

〔註32〕《太平廣記》卷二百四「李龜年」條。

〔註33〕計有功，《唐詩紀事》卷十八。

〔註34〕薛順雄，《李白〈清平調詞〉叢考》（台中：東海大學，《東海學報》二十一卷，1980）。

〔註35〕如元王伯成，《天寶遺事諸宮調》有「楊妃捧硯」套。明初無明氏，《沉香亭》（見董康《曲海總目提要》卷十五）；吳世美，《驚鴻記》十五齣「學士醉揮」；屠隆，《彩毫記》十三齣「脫靴捧硯」。清尤侗，〈李白登科記〉；張韜，〈李翰林醉草清平調〉等。

玉環，雖屬遊戲文章，亦可見後世文人於此事憤憤不能平也。

貳、梅妃傳中之楊妃

（一）爭寵善妒

據《新唐書》所載，楊妃嘗因「微譴」、「忤旨」兩次出宮，至〈太眞外傳〉標明是因「妒悍」所致，〈梅妃傳〉便渲染其宮廷生活之爭寵，楊妃「褊狹善妒」之性格，在梅妃襯托之下，乃更昭然鮮明。

傳中梅妃是一「喜性梅」、「淡妝雅服，而姿態明秀，筆不可描畫」之賢淑女子，能詩（八賦）、能舞（驚鴻舞），嬌蘊知性，不可言喻，本極受明皇寵愛，卻因楊妃入宮奪寵，逼得明皇將之遷置上陽東宮，寂默一生。梅、楊二妃兩相極端之個性，於「二人相疾、避路而行」，「太眞忌而智、妃性柔緩」中顯示無疑。

因梅妃性柔，楊妃更是盛氣凌人，於明皇密召梅妃至翠閣時，「太眞大怒」之狀，與梅妃躲身屏後之可憐相較，楊妃直是個雙手插腰，目露凶光之潑婦；雖梅妃以千金壽高力士，擬求詞人作〈長門賦〉以迴挽明皇之心，然力士「方奉太眞，且畏其勢」未能相助，妃乃自作〈樓東賦〉以表相思寂苦，太眞卻訴之明皇曰：

> 江妃庸賤，以廋詞宣言怨望，願賜死。

其忌恨梅妃，屢進讒言，反更顯其無才無德，與知書達理之梅妃成強烈對比。復使節獻荔枝，而非「梅使」，徒使梅妃「悲咽泣下」，其遭遇自是哀凄可憐，令人感慨。然而藉著梅妃之悲劇結局，更襯托楊妃爲一以色邀寵、縱情享樂之妖姬。

於文末贊中，作者對於明皇之未能善始善終，身覆國滅，雖作有力之抨擊，然云「晚得楊氏，變易三綱，濁亂四海，身廢國辱」，比明皇失邦之由，咎因楊氏而起。

（二）上陽怨女之形成背景

據考，明皇妃嬪之中實無梅妃其人﹝註36﹞，疑是作者見「今世圖畫美人，

﹝註36﹞ 近人魯迅，《稗邊小綴》云：「梅妃傳……後有無名氏跋，言『得於萬卷朱遵度家，大中（按即大中祥符，宋眞宗年號）二年七月所書』。又云：『惟葉少蘊與予得之。』案朱遵度由後周入宋，宋眞宗時人；少蘊則葉夢得之字，夢得爲宋哲宗時人，是南北宋間人，年代遠不相及，何從同得朱遵度家書。蓋

把梅者號梅妃，泛言唐明皇時人」〔註37〕，據此傳聞，便大加渲染，謂江氏名采蘋，福建人，曾入宮因楊妃妬之，復見放，值祿山之亂，死於兵。此一悲劇性人物之創造，爲人所憫，遂爲後代許多文學作品之重要題材〔註38〕。《古今圖書集成》附〈梅妃傳〉於〈明皇后妃傳〉中，不免妄採稗官野史，殊欠考據〔註39〕。此故事雖屬子虛烏有，然「梅妃」之際遇，卻是長久以來後宮怨女之典型。故其形成背景，自有相當之社會意義。

自古以來，帝王享有許多特權，在「寡人有疾，寡人好色」的宮廷裏，妍紅粉黛，何止三千，然妃嬪們究竟是如何入宮的呢？自從隋煬帝廣開民間選女之風氣，宮中女子的來源，一是民間女子，一是沒官罰臣之婦女，此實爲專制帝政下之孽毒〔註40〕。《新唐書・呂向傳》云：「玄宗開元十年，召（呂向）入翰林集賢院校裡，侍太子友諸王爲文章，時帝歲遣使采擇天下姝好，內之後宮，號花鳥使。」玄宗歲遣「花鳥使」采擇天下姝好，這些經過千挑萬選入侍宮闈的女子，誰能「長得君王帶笑看」？除了先天、客觀的條件之外，就有所謂「幸」與「不幸」，誠如白居易〈井底引銀瓶〉詩：「爲君一日恩，誤妾百年身」。因此，宮人們羨慕「姊妹弟兄皆列土」，妬忌「一枝紅豔露凝香」，無不積極追求寵愛，而光彩生門戶的父母更是「不重生男重生女」。吾於唐代詩文，屢見楊妃專寵之記載，溫庭筠詩謂：

> 憶昔開元日，承平事勝遊；
>
> 貴妃專寵幸，天子富春秋。

《開元天寶遺事》卷上，〈隨蝶所幸〉條亦云：

> 開元末，明皇每至春時，旦暮宴於宮中，使嬪妃輩爭插豔花，帝親捉粉蝶放之，隨蝶所至，幸之。後因楊妃專寵，遂不復此戲也。

又卷下〈投錢賭寢〉云：

「跋」亦係僞作，非眞識石林者之所作也。但文爲北宋人所作，則無疑義。」（此段引自龔德柏，《戲劇與歷史》，頁353，台北：文星書店，1967）。

〔註37〕引自〈梅妃傳〉之跋，見《百部叢書集成》，陽山顧氏文房所收（台北：新興書局，《筆記小說大觀》，1962）。

〔註38〕太眞遺事增加梅妃爭寵的故事後，以之演爲戲曲者，最早見於院本存目之中，《輟耕錄》諸雜砌有「梅妃」一本，明朝無名氏之《沉香亭》，與吳世美《驚鴻記》，清藤花主人梁廷枬撰《江梅夢雜劇》石韞玉「梅妃作賦」一折。

〔註39〕曾永義，《說俗文學》，頁144（台北：聯經出版社，1980）。

〔註40〕嚴紀華，《全唐詩婦女詩歌之內容分析》，第七章，第二節。（七十年政大碩士論文）。

　　明皇未得妃子，宮中嬪妃輩投金錢賭得帝寢，以親著爲勝，召入妃

　　子，遂罷此戲。

由上所記，可知開元以下，宮人盈斥於掖廷，其命運是一樣的難測，當其失
寵之時，即終身監禁之際，〈長恨歌〉中「後宮佳麗三千人，三千寵愛在一身」
之語，亦含蓄地反映出三千宮女之悲慘命運；另於〈上陽白髮人〉〔註41〕一
詩，白居易藉老宮女之口，道盡了被棄擲之宮女的悲哀：

　　上陽人，紅顏闇老白髮新。

　　綠衣監使守宮門，一閉上陽多少春，

　　玄宗末歲初選入，入時十六今六十。

　　同時采擇百餘人，零落年深殘此身，

　　憶昔吞悲別親族，扶入車中不教哭，

　　皆云入內便承恩，臉似芙蓉胸似玉，

　　未容君王得見面，已被楊妃遙側目，

　　妒令潛配上陽宮，一生遂向空屋宿，

　　宿空房，秋夜長，

　　夜長無寐天不明，耿耿殘燈背壁影，

　　蕭蕭暗雨打窗聲。

　　春日遲，日遲獨坐天難暮，

　　宮鶯百囀愁厭聞，梁燕雙棲老休妒，

　　……

　　上陽人，苦最多

　　少亦苦，老亦苦，

　　少苦老苦兩如何，君不見昔時呂向美人賦，〔註42〕

　　又不見今日上陽白髮歌。

如此深切的痛苦歛藏，在上陽宮的妃嬪群中不知有幾？白氏以宮女那血淚交
織的悲慘史，深刻地揭露李隆基「密采豔色」之罪行。「梅妃」角色之塑造，
或乃作者有感於〈上陽白髮人〉詩中「未容君王得見面，已被楊妃遙側目，
妒令潛配上陽宮，一生遂向空房宿」之詩意而來，其一生悲劇之結局，誠爲
殘酷現實之反應。

〔註41〕《新唐書》卷二○二，頁936。

〔註42〕《天寶遺事》：天寶五載已後，楊貴妃專寵，後宮之人無復幸進矣。六宮有美
　　　　色者，輒置別所，上陽是其一也，貞元中尚存焉。

其次，〈梅妃傳〉中妃作〈樓東賦〉之情節，當受漢武陳后故事之影響，陳皇后擅寵瑤宮十餘年，怎堪得住剎時的失寵？退居長門宮，乍入寂院深宅，心靈的孤寂有誰能知，既不堪回首往事，又不敢想望未來，鬱悶悲愁，乃乞司馬相如爲賦，以迴聖意，〈長門賦〉即刻畫出一個棄后的憂傷，其末段：〔註43〕

> 忽寢寐而夢想兮，魄若君之在旁，惕寤覺而無見兮，魂廷廷若有亡，眾雞鳴而愁兮，起視月之精光。觀眾星之行列兮，畢昂出於東方。望中庭之藹藹兮，若季秋之降霜。夜曼曼其若歲兮，懷鬱鬱不可再更。澹偃寒而待曙兮，荒亭亭而復明。妾人竊自悲兮，究年歲而不敢忘。

此文道盡閉鎖深宮之悲愁，「長門」二字已成宮怨之象徵。上陽宮人之遭遇與陳皇后之寵黜心境，已是跨越時空不謀而合。只是陳皇后有相如之賦得以復寵，而上陽宮人卻因楊妃之故，「一生遂向空房宿」的終其殘生。

然而，造成類似「梅妃」之上陽怨女，與其說是專寵善妒之楊妃所致，無寧該怪選妃入宮之皇帝。故梅妃之塑造，除襯托楊妃褊狹善妒之性格外，且揭露明皇之好色荒怠，而透露出極端不平等的社會現象。然此種不平，是誰的影響？誰所造成？便值得人們深思了。楊妃故事增飾此一角色，自有其社會意義。

參、驪山記中之楊妃

（一）穢亂宮闈

楊妃與安祿山之關係，自司馬光將之「坐實」於「《通鑑》卷二一六，天寶十年正月」後，楊妃穢亂之名，遂成定論。〈太眞外傳〉載錄妃常賜安珍品，其間關係相當親密：

> 交趾貢龍腦香，有蟬蠶之狀，五十枚。……禁中呼爲瑞龍腦，上賜妃十枚。妃私發明馳使（明馳使腹下有毛，夜能明，日馳五百里），持三枚遺祿山。妃又常遺祿山金平脫裝具、玉合、金平脫鐵面椀。

然此傳對於安、楊穢亂之說，並不採信。而〈驪山記〉傳奇藉由一老翁之言，道出玄宗年間後宮軼事，楊妃與安祿山之關係遂「化暗爲明」。

〔註43〕《天寶遺事》：天寶末，有密採艷者，當時號花爲使，呂向獻〈美人賦〉以諷之。

正史載錄，祿山極受明皇榮寵，遂「得出入禁中，因請爲貴妃兒」〔註44〕。此事於〈驪山記〉中，言楊妃爲掩祿山非禮醜聞，只得忍氣吞聲，以祿山爲子：

> 貴妃自處子入宮，上幸傾後宮，常與遊者，祿山也。祿山日與貴妃嬉遊，帝從觀之以爲笑，……貴妃慮其醜聲落民間，乃以祿山爲子。

他日，祿山醉戲楊妃，無禮尤甚，貴妃怒罵道：

> 小鬼方一奴耳，聖上偶愛爾，今得出入禁掖，獲私於吾，尚敢爾也！

祿山非但不止，悖慢更甚，雖宮女以奏帝要脅，祿山卻云：

> 奏帝我不過流徙，極即刑誅，貴妃未必無罪，得與貴妃同受禍，我所願也。……

祿山冒犯楊妃，高力士亦早有所聞，然恐皇上不悅，未敢據實以告。楊妃雖恨祿山，但無計絕之，乃於祿山出守漁陽之前，屢言於上曰：

> 漁陽天下之精兵所聚，宜用心腹臣，祿山陰賊，不可爲帥。

玄宗未答。祿山趁辭別酒酣之際，再訴情意，然貴妃不采。祿山既至漁陽「多求珍異物，並私書上貴妃，盡爲國忠抑而不達」，故移恨國忠，益有反意，乃興兵向闕，並對其左右言：

> 吾之此行，非敢覬覦大寶，但欲殺國忠及大臣數人，並見貴妃敘吾別後數年之離索，得回往三五日，便死亦快樂也。

此言既出，流落民間，故馬嵬大軍不進，指楊妃而爲言。

　　觀〈驪山記〉中，楊妃對於祿山之非禮，「恨無計絕之」，「晚年尤不喜」；二人之私情實爲祿山之「一廂情願」耳。而作者非但將安祿山與楊國忠之磨擦歸因於楊妃，且祿山興兵，亦以楊妃爲燃火線。據正史所載，安祿山之反，是以誅楊國忠爲名，毫無牽涉貴妃，然自〈驪山記〉而後，楊妃已成挑起安史之亂的禍水。

（二）錦褓祿兒演進之跡

　　楊妃與安祿山穢亂之傳說，爲楊妃故事在情節與形象上的一大轉變，且爲後代許多文學創作的主要關節。本文首章第二節已對此事件採史實的角度，提出質疑，然因史料之不足，殊未敢必。今由唐人筆記詩文之推察，的確可以使此傳說和附會，尋到根據之處。在白居易《新樂府‧胡旋女》一詩，首將祿山、楊妃二人之名並載，言二人最善胡旋舞。

〔註44〕見《昭明文選》，〈長門賦并序〉，頁293，（台北：華正書局，1982）。

……胡旋女，出康居，徒勞東來萬里餘。……

天寶季年時欲變，臣妾人人學圜轉。

中有太眞外祿山，二人最道能胡旋。

梨花園中冊作妃，金雞帳下養爲兒。

祿山胡旋迷君眼，兵過黃河疑未反。

貴妃胡旋惑君心，死棄馬嵬念更深。

從茲地軸天維轉，五十年來制不禁。

胡旋女，莫空舞。

數唱此歌悟明主。〔註45〕

白氏此詩作於憲宗元和初年，寓有明皇躭於聲色，沈淪昏瞶誤國之譏，旨在點明楊妃、祿山爲天下罪魁，以資獻諫於「明主」莫蹈覆轍〔註46〕。其將楊妃、祿山並提，不禁使人聯想到，二人可能頗有密切關係，白氏此詩當爲傳說之胚胎。李肇《國史補》說得更明白些：

安祿山恩寵寢深，上前應對，雜以諧謔，而貴妃常在坐，詔令楊氏三夫人約爲兄弟，由是祿山心動，及聞馬嵬之死，數日欷惋，雖林甫養育之，而國忠激怒之，然其他腸有所自也。〔註47〕

從「由是祿山心動」及「然其他腸有所自也」句推論，已蒙上感情色彩。此一傳說顯然是以安祿山爲中心而發展形成的，楊妃不過是祿山「戀愛」之對象而已！

晚唐張祜大概也信以爲然，詩云：

月殿眞妃下綵煙，漁陽追虜及湯泉，

君王指點新豐樹，幾不親留七寶鞭。（〈驪山道中〉）

以上作品確寫於何年，殊不可考，但可斷言其上距馬嵬之變已百餘年，此時並未道出二人之穢行。在當時人之觀念裏，顯然都認爲祿山造反，與楊妃美

〔註45〕《資治通鑑》（卷二百一十五，天寶六載（747））：
上嘗宴勤政樓，百官列坐樓下，獨爲祿山於御座東間設金雞障，置榻使坐其前，仍命卷簾以示榮寵。命楊銛、楊錡、貴妃三姊皆與祿山敍兄弟。祿山得出入禁中，因請爲貴妃兒，上與貴妃共坐，祿山先拜貴妃，上問何故，對曰：「胡人先母而後父。」上悅。

〔註46〕此詩旨在諷勸君王戒色。或與憲宗宮庭生活有關，據《新唐書‧郭皇后傳》，憲宗「後庭多私愛。」

〔註47〕《宋樂史‧楊太眞外傳》亦採入此說。李肇撰，《唐國史補》三卷，在《津逮秘書》，第十四函，第十集，一三四冊（中央研究院藏）。

貌有關。此一題材屬宮闈秘聞，時人仍是半信半疑，然在人們獵奇心理要求
下，這些零星的痕跡，遂爲發展成此一傳說之重要關鍵。至唐末五代，便具
體的附會成錦襁拜母，穢亂後宮了。溫畬《天寶亂離西幸記》：

> 祿山詔約楊妃，誓爲子母，自號國已下，次及諸王，皆戲祿兒，與
> 之促膝娛宴。上時聞後宮三千合處喧笑，密偵則祿山果在其內。貴
> 戚猱雜，未之前聞；凡日釵鬟，皆啗厚利；或通宵禁披，暱狎嬪嬙。

姚汝能《安祿山事跡》載楊妃錦襁祿兒，玄宗賜妃洗兒錢：〔註48〕

> 正月二十日，祿山生日，玄宗及太眞賜祿山器皿衣服，件目甚多。
> 後三日，召祿山入內，貴妃以錦繡綳縛祿兒，令內人以綵輿昇之，
> 宮中歡呼動地。玄宗使人問之，報云：「貴妃與祿兒作三日洗兒。」
> 玄宗就觀之，大悅。因賜貴妃洗兒金銀錢物，極歡而罷，自是宮中
> 皆呼祿山爲祿兒，不禁其出入。」

王仁裕《天寶遺事》云：

> 祿山常與妃子同食，無所不至。帝恐外人以酒毒之，遂賜金牌子繫
> 於臂上，每有王公召宴，欲沃以巨觥，即祿山以金牌示之云：「準敕
> 戒酒」。

李義山〈西郊百韻〉詩亦云：

> 皇子棄不乳，椒房抱羌渾。

大中進士鄭嵎〈津陽門詩〉：

> 祿山此時侍御側，金雞畫障當罘罳。

> 繡襁衣祿日員贔，甘言狡計愈嬌癡。

至宋司馬光採集野史載入《通鑑》，於是楊妃、祿山之間，不清不白之罪名，
千載而下，便無法洗淨。楊妃自從被司馬溫公定讞爲「淫婦」後，文人賦詠
便每每以此爲指責。如宋代宋旡《唐宮詞補遺》云：

> 罷朝輕輦駐花邊，催喚黃門住靜鞭，
> 三十六宮人笑話，上前爭索洗兒錢。

又元薩都剌〈楊妃病齒圖〉云：

> 妾身雖侍君王側，別有閒情向誰說；
> 斷腸塞上錦襁兒，萬恨千愁言不得。

又明王思任〈馬嵬歌〉云：

〔註48〕見《資治通鑑》卷二一六，天寶十載（751）。

深宮曾見錦裯眠，死後徒留一股鈿，

莫恨漁陽鼙鼓逼，當時曾賜洗兒錢。

如此之吟詠，仍屬詩人含蓄之諷刺。

五代宋初，楊妃、祿山之醜聞已普遍流傳，〈驪山記〉一文，即此傳說被文人所具體描述之最早紀錄，後世作品，率皆據之敷演渲染。經過「加料添椒」，其間私情愈加逼眞。元王伯成諸宮調，更強調安、楊二人感情發展，寫其穢亂私情，極盡猥褻誨淫之能事。此後，楊妃淫蕩之形象，蓋由流言所定型矣！

綜合上述，楊妃故事在文學上之發展過程，因白居易〈上陽白髮人〉一詩，於是唐明皇後宮冒出一個「梅妃」；由〈胡旋女〉一詩，於是楊妃有了「錦裯祿兒」。由詩人吟詠之詩句，孳乳成小說中如此複雜之情節，亦正可見民間文學生枝長葉之本事。

按楊妃在〈長恨歌〉中，原爲一忠於海誓山盟之美麗仙子，何以宋人卻背道而馳，將之醜化成「讒言、善妒、放蕩」之形象？《通鑑》「頗有醜聲聞於外」一語，實爲楊妃形象轉變之重大關鍵。〈驪山記〉中，祿山爲楊妃大舉興兵，亦指明楊妃爲罪魁禍首，此時楊妃非但肩負惑主禍國重罪，與褒姒、妲己同屬「女禍」之流，更須挑起「穢亂」之罪名。此宋人加諸楊妃之種種毀謗與中傷，雖根源於古來「美女國之咎」之傳統觀念，然宋人對婦女之偏見尤甚，﹝註49﹞吾人於〈驪山記〉傳奇可見出端倪。傳中楊妃與祿山之醜聞，顯爲祿山一廂情願，然作者卻有意歸罪於楊妃：

俞曰：「吾嘗觀唐紀，見妃與祿山事，則未之信。……果如是乎？」
翁曰：「……婦人女子性猶水也，置於方器則方，置於圓器則圓。且宮人數千，幽之深院，綺羅珠翠，甘鮮肥脆，皆足於體，所不足者，大慾耳。

此論露骨地顯現出，傳統社會裏，士大夫對待婦女之觀點。

宋代梅、楊二妃爭寵及安祿山穢亂深宮故事，雖並不可信，然由於流傳較早，故後之作者，皆採爲典實，此二情節之所以盛行，與其描寫宮闈內幕，迎合人們之好奇心理有關。此後，元明作品中，更強調楊妃以美色、妖嬈、

﹝註49﹞孫仲崙，《從唐代人物造型藝術看當時的社會》，第六章，第一節。其云：我國仕女畫受有宋以來對婦女的約束，如「大門不出，二門不邁」、「三從四德」及「纏足」等，塑造出弱不禁風似的美女以爲典型。

狐媚明皇，兩人之間，幾無眞情可言。元《天寶遺事諸宮調》更極力渲染楊妃私生活之醜惡，將楊妃與祿山、楊妃與明皇之關係，等量齊觀。

第三節 元明戲曲

楊妃故事，因時代環境不同，在文學的變遷和發展上表現形態亦異；元明爲戲曲盛行之時代，由於取材重點不一，流入市井後之楊妃，更呈現鮮活之面貌。繼承著宋代傳奇「楊妃亂國」之傳統觀點，元代更有過之而無不及，並對「錦褓祿兒」之情節，極盡誇張描摩。

元代在異族統治之下，文人對於「胡人」之觀念自是非常敏感，況安祿山造反，更容易激起民族力量的反抗，自宋以後，又傳楊妃與之有私，劇作家以此歷史題材作爲反映現實、批評現實的依據，而賦予作品時代的脈搏，人們在楊妃身上注入了民族思想，此一特色在《梧桐雨》及《天寶遺事諸宮調》中顯而易見。

現存明代劇作，有關楊妃故事者僅《驚鴻》、《彩毫》二記，此二傳奇各以梅妃、李白爲主角。《驚鴻記》即承襲宋《梅妃傳》之載記，敷陳二妃妬寵之事，傳中之楊妃爲一潑辣妬悍之婦女；《彩毫記》演清平調故事，楊妃雖終悔罪而稍釋前愆，然而只是個庸俗，毫無光彩的平凡女人，無突出之造型和氣質。

壹、元作品中之楊妃

（一）《梧桐雨》

楊妃與祿山私情一經〈驪山記〉之增飾，便盛行於元代。在白樸《梧桐雨》中，楊妃因欣賞祿山善胡旋舞，明皇乃命祿山爲妃之義子，並賜洗錢以寵之：

> （旦）陛下，這人又矬又會舞旋，留著解悶倒好。
> （正）貴妃就與你做義子，你領去。（第一折）

安祿山貶漁陽時，不僅說出「只是我與貴妃有些私事，一旦遠離，怎生放的下心」，而楊妃七夕乞巧前之語，更詳細地道出了二人兩地相思之痛苦：

> 近日邊庭送一番將來，名安祿山，此人猾黠能奉承人意，又能胡旋舞，聖人賜與妾爲義子，出入宮掖，不期我哥哥楊國忠看出破綻，奏准天子，封他爲漁陽節度使，送上邊庭。妾心中懷想，不能再見，好是煩惱人也。（第一折）

楊妃因懷想祿山而產生「煩惱」，然明皇卻不知其心已有所屬，尚且命令宮娥「不要走的響」地莫擾伊人，再悄悄移步細聽楊妃祈語，幸而善知人性的鸚鵡「不住的語偏明」，倒圓滿了一場尷尬，造就了一幅花前月下長生密誓，明皇情痴至此，楊妃卻是虛情假意。

楊妃與祿山情投意合，故而漁陽變起，祿山狂語：

> 單要搶楊妃一個，非專為錦繡河山。

一言道出祿山叛變，全為楊妃；且由陳玄禮之言：

> 祿山叛變，皆因楊氏兄妹。

楊妃罪狀，既全點明，馬嵬自盡之際，即便苦苦哀求，訴諸情義說：

> 妾死不足惜，但主上之恩不曾報得，數年恩愛怎生割捨的也？

然眾怒難排，重情如明皇者，亦無能相救，直任六軍馬踐其屍。白樸筆下之楊妃，在劇中扮演著淫穢的角色。

（二）《天寶遺事諸宮調》

王伯成《天寶遺事諸宮調》，敘述楊妃與明皇之歡，純以色情成分居多：從一開始的「楊妃」（套名）啟幕，楊妃「施逞盡窈窕，馳騁妖嬈」與明皇正是「歡歌宴樂」；「明皇寵楊妃」中，「阿環早是風流殺」的以色相邀寵，其「旖媚臉海棠灼灼，舞纖腰楊柳絲絲」之姿態，誠是「南威絕代、西子傾城」之一代佳人，雖終日與玄宗逸於雲雨，醉於柔鄉，然而卻有「一點春心未足」。於七夕密誓時，「那裡肯虔心暗禱」。這種「心暗牽」之楊妃，在明皇遊月宮之際，已「厭守皇宮內院」。

作者繼之極盡渲染楊妃與祿山偷情事，其與明皇之恩愛至此已一筆勾銷，諸宮調中之二套，一題為〈祿山戲楊妃〉，一題為〈祿山偷楊妃〉，即敷演〈遺事引〉之關目：

> 無端乳鹿入禁苑，平欺狂，慣得箇祿山野物縱橫恣往來，避龍情子
> 母似龍情，登鳳榻夫妻般過生活。

於〈祿山偷楊妃〉套中，〈麻婆子〉一曲云：

> 寢殿裡從今夜，玳筵前自此宵，隱匿著漁陽變，包藏著蜀道遙，宮
> 中始長亂萌芽，人間初動禍根苗，祿山本虛推醉，太真妃實醉倒。

在一推一進的藉酒調情中，已「隱匿著漁陽變」。安、楊二人的「春心飄蕩，色膽狂疏」，「鎮日同行同坐同眠」，無異是對亂倫之「奸婦奸夫」的寫照。

楊妃雖身在唐宮闈，而內心仍朝朝暮暮想著異地的祿山兒。貶至漁陽地

的祿山，亦是「猛想起太眞妃情況，萬斛愁先滿九迴腸」，因而「一場寵幸起干戈」，天驚地動，乃是因個「禍根芽」所引。故而馬嵬之難，楊妃實是罪有應得，〈埋楊妃〉云：

> 〈么篇〉好難容，好難容，祿山何人，比之爲兒，往來私情暗通，
> 使亂宮，差離長安，使鎮漁陽，恨輕別，氣沖沖，忽然反國驅兵，
> 撞破潼關，自作元戎，一朝命盡身雖痛，蓋因爾罪，莫怨天公。

咎由自取之楊妃，何能怨人，得六軍馬踐。「羽衣曲翻成薤露歌」，蓋是「天意與人情暗合」。楊妃以一身背負了漁陽變亂之全責，故「風流種」、「亂宮賊」、「禍根芽」實爲楊妃別名。楊妃在諸宮調中，已成一薄情淡義的蕩婦！

從上可知，元人對安史之禍源，全歸於楊妃與祿山之縱欲難收，文人賦詠此事，亦作如是想，張可久《天寶補遺・落梅風》：

> 桓娥面，天寶年，鬧漁陽鼓聲一片。

又馬致遠《馬嵬坡・四塊玉》亦云：

> 睡海棠，春將晚，恨不得明皇掌中看。霓裳便是中原患，不因這玉
> 環，引起那祿山，怎知蜀道難。

「傾國傾城，到底成何用？」楊妃傾國之姿，於元人看來竟是如此不堪，死後復得馬踐其屍。楊妃形象之惡劣，在元代已至萬劫不復之境地。

此一宮闈失德的女人，到了明代，「錦裀拜母」醜聞算是有了轉折，即使楊妃與祿山仍有隱私，已未若元人之穢行彰著。

貳、明傳奇中之楊妃

吳世美《驚鴻記》著意描寫楊、梅二妃之宮廷生活，雖以梅妃爲主角，卻藉楊妃「爭寵善妒」性格大作文章；劇中楊妃非但是個致力於爭風吃醋之悍婦，對情敵梅妃亦充滿嫌猜和嫉妒。只是本劇對楊妃的塑造前後不甚一致，然卻因後段楊妃成仙之悔罪，已令人對之微感同情。

於第九齣〈楊妃入宮〉中，因明皇弟漢王爲避醉戲梅妃之禍，而薦壽王妃於明皇，以奪梅妃之寵，楊氏甫入宮時對明皇云：

> 妾身已事壽王，天下皆知，今更事至尊，恐有污清史。

聞此言，倒可見楊妃之知禮，故明皇使之入觀修道，復冊爲貴妃。梅、楊二妃爭寵，並賦詩相嘲，一稱他人肉勝，另稱彼方骨勝，雖是平分秋色，但明皇對梅妃已寵渥日移，對楊妃則恩愛有加。

　　然楊妃卻不以爲滿，處處設計陷害梅妃，在第十齣〈兩妃妬寵〉中，楊妃收祿山爲義子，唯恐他人生疑，乃乘機進上讒言：

　　　　（貼）：此事梅妃與太子聞之，還要造謠生事。

　　　　（生）：梅妃原來是這等嫉妬。

　　　　（貼）：他妬奴家也不足恤，還污了陛下。

　　　　……

　　　　（貼）：梅亭玩月，陛下請三思。

　　　　……

　　　　（生）：呵！我省起了，這等禽獸。高力士何在？……你可與朕收太
　　　　　　　　子印綬、賜令自裁，梅妃即時斬首。

即爲爭寵，不惜置梅妃於死地，婦人之毒可見。又於〈花萼霓裳〉一齣裡，明皇暗想梅妃，卻懼楊妃知情，楊妃臆知，卻是口是心非：

　　　　陛下自屬意樓東，何用東支西吾，可遣高力士至召梅精，賤妾當避
　　　　歸私第。

明皇只得答云「朕無此心，妃子你又多心了」，楊妃復遣高力士密看梅妃動靜，且交待云：「此事須要緊密些」。梅妃鑑於失寵，擬託高力士求人以作〈樓東賦〉，然力士云：

　　　　楊娘娘甚是妬悍，聖上也怕她。……楊娘娘十分厲害，奴婢眞情不
　　　　敢。（〈梅妃遣賦〉折）

後楊妃知明皇往至翠閣會宿梅妃，潑辣凶狠急往捉姦，大罵「敢是伊，偷遞翠鈿，管取你命歸九泉」，明皇驚慌藏躲梅妃，楊妃話中帶刺：

　　　　陛下何晏起，日移晌午尚未臨朝，豈成個皇帝？敢是梅精在此迷惑
　　　　聖躬。（〈翠閣好會〉）

其悍婦形象，活靈活現。

　　然此劇於安、楊之事，稍有隱晦，未若元劇之誇大形容，此〈洗兒賜錢〉中，楊妃送祿山歸院，二人關係頗有曖昧：

　　　　（淨）：今宵才離膝下，明早又候宮前。

　　　　（貼）：你進見不拘晝夜，我倚門相望懸。

且於「祿山辭朝」時，又贈與白玉環爲禮。而與明皇之七夕密誓，雖言：「天呵！我楊玉環不願爲后妃，只願做一個江村之婦，得風流的李三郎世世爲

夫。」，然卻未見眞情。明皇雖對之寵幸寬愛，但於安史之亂起，卻云：「縱
霓裳一曲，亦難遣朕懷」，由此一語得見明皇與楊妃之情，在《驚鴻記》中並
非甚是深刻感人。

　　馬嵬難起，楊妃形象卻有些轉折，六軍不發，罪指國忠，陳玄禮謂楊妃
雖則無罪，但身居皇上左右，「不宜供奉」。楊妃知大勢已去，竟也慷慨赴義：

　　　　（貼向生作跪云）：陛下應遠計宗社，何戀一妃？妾誠負國，死無所
　　　　　　　　　　　　　恨。……願大家好自珍愛，遂置誠念。……

　　　　（唱）：謝君王恩誼長，向與奴紫磨金釵合。上若心似金堅，管取地
　　　　　　　府天堂，與你盈盈相向。……

　　　　（尾聲）：我別伊頃刻歸天上，你爲我堅心奉聖皇。（二十七〈馬嵬
　　　　　　　殺妃〉）

此處楊妃與往日妬悍之相，直是判若兩人。死後成仙，追悔前情，頓覺萬事
皆空：

　　　　（貼）：早知別離永相憶，誰待要生時妬取。

　　　　……端的是妾惧你霓裳羽衣太癡迷，雲雨朝夕，樂極悲至，那賊奴
　　　　弄兵戈，因此上攻擊了楊氏門楣。（〈幽明大會〉）

如此之楊妃，怎教人再作「禍根芽」視之？畢竟明代人對於楊妃之責難，已
非似元人之深惡痛絕。此於《彩毫記》中甚明白顯示，楊妃即使生前惡孽無
數，成仙後亦尚知反悔，作者給予「傾國」楊妃有了重生之機。

　　《彩毫記》中楊妃明豔自不在話下，第十六齣由宮女之口作如下的描述：

　　　　若問我娘娘，且休論羞花閉月，萬種丰姿，好叫他喫烟火的仙子，
　　　　單只說送暖偷寒，千般妖媚，眞是個施香粉的狐狸。有時沈酣盃盞，
　　　　水晶簾下低垂……，淡溶溶微展秋波，乍醒睡容更妙，君王未曾擧
　　　　意，早已猜破機關。掩扇回眸，不由人不入迷魂陣，遣還偶爾失歡，
　　　　做出許多情態，毀容截髮，一發教送上鬼門關。六宮美色豈無，縱
　　　　然容貌過他，只輸他著人的嬌態。……

可見，楊妃是個「智算警穎，動移上意」之嫵媚名花。她愛才，在第六齣〈爲
國薦賢〉中，明皇云：「朕聞隴西有一布衣李白，道品清高，天才宏放，卿等
知否？」楊貴妃聞之即說：「皇上適聞李白，妾亦久聞此人，果是不凡，皇上
若聘取來，必能潤色鴻業，匡佐太平。」此種言語態度，倒還令人感到可喜。
甚肯降尊奉硯。且讚：

爛醉抽毫，一揮而就；清雅新麗，光彩射人。世間有此人品，有此才
調，豈不可愛？我最喜他二句：「借問漢宮誰得似，可憐飛燕倚新妝。」
然而卻也禁不住高力士讒言：

娘娘，奴婢只道娘娘恨此人切齒，元來反喜他。……漢家趙飛燕出
身倡家，淫亂無行，以此人比娘娘，玷辱極矣。娘娘是一國之母，
他為臣子，輒敢放肆，奴婢切為不平。（十六齣〈宮禁生讒〉）

一語驚醒夢中人，楊妃怒道：

高內侍你說的是，我倒一時不曾檢點。這廝播弄筆端，譏訕太甚，
全無人臣之禮，可恨、可恨。

於是進言明皇欲貶李白，李白有鑑於「君側之謗難防，枕邊之言易入」，加上
「主上荒迷於酒色，朝綱大壞于宵人」而自求離去。楊妃的缺乏學養、喜怒
無常，又易受人煽動播弄，倒也的確是個徒具美色，卻少大腦的庸俗女人。

楊妃與祿山之醜聞，《彩毫記》中卻不表贊同，在第十四齣〈祿山謀逆〉，
安祿山賓白云：

自家東平郡王安祿山，……，天子殊恩，鐵券開裂土之賞；貴妃異
寵，錦褓賜洗兒之錢。中外雖傳醜聲，宮闈實未及亂。彼不過視我
為弄臣，烏鴉豈偶彩鳳；我未免因而生邪念，黑蟆妄想天鵝。

一句「彼不過視我為弄臣，烏鴉豈偶彩鳳」，總算還予楊妃一些尊嚴，試以安
祿山一個肥胖的「黑蟆」，怎是風華絕代的楊妃所欲以身相許的？不過視他為
弄臣，「留著解悶倒好」。

又言祿山謀反之因：

方今天子耄昏，女寵布列，權相竊柄，藩鎮擁兵，乃奸人得志之秋、
豪傑奮身之日，不免潛造兵戈，陰養死士，相機觀變，反叛朝廷，
豈不是好？

因而可見祿山之反並非全為楊妃，乃明皇昏鈍，沈迷美色，又奸相弄權玩政，
致使祿山俟機起兵，以逞奪江山、美人野心。楊妃的宮闈失德，倒也未被繪
聲繪影的描述。

漁陽事起，安史兵變，以誅楊為名過潼關而來，明皇即刻下令帝位傳子，
駕幸西蜀。楊妃鑑此，跪云：

賤妾猥以陋軀，荷蒙皇上異寵，正謂永承清驊。不想倏遭大難，反
賊既以誅楊氏為名，罪在賤妾，敢致一死，以謝萬姓，請賜自盡，
忽悞國家大事。

亂事既起，雖知「胡奴駕妾以爲兵端」，自謂責不可委，只得以死謝罪，此生死攸關之際，楊妃竟也未求玄宗爲之保身。

第三十四齣〈蓬萊傳信〉中，楊妃死後魂歸三島，蓬萊道士指責她荒淫嫉妒，迷卻夙根，釀亂召災，自召罪業，罰作仙都下使。而素髻粗衣的楊妃「掃地汲水，好生辛苦，罪業應爾，不敢怨尤」，也委實良心自譴，仍知反悔。甚且對於李白作品〈清平調〉一事，無上的掛心：

賤妾不合聽高力士讒言，廢阻其大用，誰想李白是這裏仙，後面如
何相見，借問李君近來如何？

知太白漂泊流離，身經多難，楊妃悲曰：

此君多難，皆賤妾爲之也，追悔何及？

如此能後悔自責，可知她仍是心地善良；而馬嵬之難，反倒引人同情。

其後有感於明皇多情，楊妃亦悲云：

上皇信人，眷念不肖之心，始終無間，教賤妾如何不感他？煩師父
爲我傳言，善保聖體，衰年勿苦苦以不肖爲念。

此種處處爲他人著想之態，與以前笙歌樂舞，聽信讒言的楊妃相較，已是不可同日而語；即使其傾城絕色使明皇荒於朝政，其浪蕩引發漁陽之變，然明皇躭於逸樂並非其責，而安祿山之變只以之爲藉口，就算李白一生因其讒言而宦海浮沈，畢竟，爲仙後之淒涼境遇，已可稍償前世之罪了。

參、形象轉變之緣由

即如前文所述，楊妃在元人心目中早已成爲淫亂的人物，而且一提到安祿山，亦莫不與貴妃聯想在一起。由本文第二章「錦襴祿兒」線索之考察，得知此一傳說是以安祿山爲中心而發展形成的，此一故事背後所含之民族心理究竟爲何？揆其原因，或可歸結於二：一爲諷刺玄宗奪媳爲妃。二爲胡人入侵引起反感。茲分述如下：

楊妃初封壽王李瑁之妻，後由父皇納爲貴妃，雖經女道士之階段，洗刷掉過去的身分，然仍被目爲有違理法之亂倫行爲。不過，唐人對此事之看法是很微妙的，無獨有偶，武則天亦是由父親的側室，經過尼姑的階段，終於作爲兒子高宗的皇后；因此，玄宗在表面上，對冊封楊玉環作貴妃之事，總算對社會、朝野作了一個簡單的，不足爲稱的交待。然自宋以降，受倫理道德思想的箝制，玄宗此一行爲，遂爲人們責難之對象，遭嚴厲的批評和指責。

在《梧桐雨》中，明皇寵祿山，使出入宮掖不禁，又賜安爲貴妃之義子，並加封平章政事，意在取悅貴妃及拉攏祿山鎭守邊關；然祿山竟與貴妃私通情款，並帶兵攻城引起安史之亂，此莫不是對「養癰蓄疽」、「栽林養虎」之玄宗作一種相當殘酷之嘲諷，作者的一點苦心不外藉此事來浮雕明皇之「違背人倫」，由諸宮調〈祿山偷楊妃〉套，可知作者乃有所爲而爲，〈般涉調‧墙頭花〉曲：

> 玄宗無道，把兒媳強奪，要直上天瞵不高，自從親子行攜來，已有他人候著。

經由上語，顯知本意在藉此特寫明皇「奪媳爲妃」之醜行，元人笑其無道，也就怨不得祿山偷楊妃之情，玄宗得此報應乃是理所當然。時至今日，子弟書〈楊妃醉酒〉亦明顯地揭露：

> 壽王妃楊氏，百媚千嬌非等閒……明皇一見淫心動，鎖不住意馬與心猿，情迷那管綱常廢，顧不的（得）人倫納了玉環。

按祿山本營州柳城胡，在人們的觀念裏，對祿山之唾罵含有與他人不同之要素，即「反叛」與「種族歧視」，故加諸其身之種種，亦多是憎恨與謾罵。安史之亂後，受回紇及吐蕃入侵之唐人，痛恨異族情緒愈發高漲，對祿山之怨懟亦與日俱增。五代、宋朝繼受契丹、女眞、蒙古人壓迫，意識到民族危機時，安祿山必然又成眾矢之的。因而不斷地被加入偏見、懲罰及報復；從出身至野心施展，安祿山完全被形容成反派角色。

至元代，異族入主中國，在政治上之統治，將人民劃分爲蒙人、色目人、漢人、南人四個等級，露骨的標示著對漢人之歧視，文人對蒙古人之黑暗統治懷著極度不滿，然又不能暢所欲言的一吐爲快，故充塞於胸中之民族意識更爲強烈。

《諸宮調》〈力士泣楊妃〉套，〈紅繡鞋〉曲云：（《雍熙樂府》卷七，頁47～49）

> 那廝生得來矮罷，下結來寬胯臂，粗古魯恁來闊腰圍頭圓蠢，腮𡃈哝胖容儀，胸凸報肚礐垂，卻是那些兒引動你。

此處於安祿山形象之描繪，可見出作者對異族之態度。作品中，稱祿山爲「野物」「臊羯狗」「夷狄賤類」「雜種牧羊奴」等語，正體現著人民對異族之鮮明仇恨，及展現出民族意識特徵。

由上可知，楊妃穢聞傳說之形成，隱含著後人對明皇之諷刺，對安祿山

之不滿，然此罪名，卻推教楊妃負擔去了。

　　除此之外，安、楊私情的渲染滿紙，出現於《諸宮調》中，本是不足爲奇。按《諸宮調》爲講唱體，聽眾主要是市井小民，說話者爲招徠生意，必以新奇、誇大爲號召，而此一題材又屬宮闈秘聞，在好奇心理要求之下，王伯成的一番「想當然耳」的放筆敷演，「主在娛心而雜以勸懲」當可理解。尤其在元代政治之下，儒士地位甚低，即有才力亦無從發揮，感慨涕零之餘，將才情訴諸當時流行甚廣之曲，藉此展現科舉廢後，英雄無用武之地的才能，一發被列名第九等人之牢騷與悲慨，並且也解決了作者現實生活的問題。

　　其次，元人對祿山造反之因，與正史記載出入甚大，此蓋依作者藉天寶之亂的歷史題材，賦與作品時代的脈搏，以「借古喻今」。《梧桐雨》第二折描述到皇帝和妃子在宴樂時，大臣前來報告緊急事變，作者藉明皇之口，刻鑄亂離時六軍醜陋之心態，〈滿庭芳〉一曲云：

> 你文武兩班空列些烏靴象，簡金紫羅襴內沒箇英雄漢，掃蕩塵寰慣
> 縱的箇無徒祿山，沒揣的撞過潼關，先敗了哥舒翰。疑怔昨宵向晚，
> 不見烽火報平安。

此段反映統治階級內部的昏庸窳敗，平時尸位素餐，及至亂起，卻爭相推諉，毫無抵抗外患之能力。劇中祿山造反，陳玄禮明言皆因楊妃而起，然在第三折中，復由玄宗口中表露楊妃：

> 他又無罪過，頗賢達。他不如呂太后般弄權，武則天似篡位，周褒
> 姒舉火取笑，紂妲己敲脛覷人。（第三折）

如此一位「嬌滴滴海棠花，怎做得鬧荒荒亡國禍根芽」，亂國者豈一弱女子可爲？而楊妃竟須背起敗國殃民重罪，可見作者全意在諷刺宋室亡於異族之眞相；作者所加入的這些內容，更加豐富了楊妃故事的社會意義與時代意識。

　　換言之，胡人異族帶予中國之苦難，那是元代士人所最不能平心的，在痛定思痛的覺醒之際，元人以此題材來反映「苦悶的象徵」，因此管道來注入民族精神意識，即使作品粗俗簡陋，但卻有其時代特色。

　　明代神道色彩極爲濃厚，傳奇作品率皆以大團圓作結；在《驚鴻記》中，楊妃、明皇、李太白等人均是仙子謫降，於《彩毫記》中更誇大仙人神境。透過宿命之安排，楊妃馬嵬之死，及其所經歷的一切悲歡離合，都是源於生前早被決定之命運；二記既終於「幽明大會」，理當使楊妃對自己生前之罪過，作一沈痛之懺悔。

　　《驚鴻》、《彩毫》二記既以梅妃、李白爲主角，作者之所以安排「反賓爲主」，意在二人既受害於楊妃之「讒言惑主」而懷才不遇，文人爲此而大抱不平，遂以楊妃悔罪，平反二人所受之冤屈。《驚鴻記》劇末下場詩云：

　　　　生不逢辰可奈何，且裁伶語任婆娑，

　　　　驚鴻更是傾城舞，只少香山長恨歌。

作者爲梅妃「生不逢辰」伸恨，或即藉此以渲洩一已之牢騷也；《彩毫記》亦以李白因受無知婦人之譖而宦海多舛，文人之寓情於作品中，其心可知！

　　以上二點，或爲明代楊妃形象轉變之緣由，楊妃即使無德，明人還是給予死後尚能反悔之機，改變元代對楊妃極盡嚴苛之評。故而到洪昇《長生殿》，更將「錦襧祿兒」無稽之談統統去除，楊妃仍是一款款深情女子，明皇亦對其感情至誠。此對亂世鴛鴦之愛情歷程，走得竟是如此艱遙。

第四節　清傳奇及俗文學

壹、《長生殿》重塑楊妃新形象

　　洪昇筆下之楊妃，一反元明之「禍根芽」、「悍婦」之形象，而是個實情實性，忠貞於明皇的多情女子。

　　明代傳奇作品，雖有意開脫楊妃於過去之罪名，賜予了一個「反悔」機會。然在《驚鴻記》中，楊妃只是個「爭寵善妬」之悍婦，在《彩毫記》裏，楊妃仍爲徒具姿色，善進讒言之庸俗女人，洪昇既不否認受寵妃嬪易生妬心，亦不承認楊妃純以色欲邀寵，故而楊妃經過洪昇的「藝術加工」，完全具備「帝王寵妃」之本質與特徵，天生之「尤物」，仍具七情六慾，符合封建后妃希冀受寵之心。

（一）《長生殿》中之楊妃

　　《長生殿》中的楊妃，既無「女色亡國」之神奇魔力，亦無興風作浪，左右政局之本事，其柔和性格，於第二齣〈定情〉明皇之形容云：

　　　　昨見宮女楊玉環，德性溫和，丰姿秀麗。

出身庶民之楊妃，感受到幸寵承恩「一霎裏身判人間天上」，溫柔多情之心，自當全傾明皇。復被冊爲貴妃，更見嬌羞，其云：

　　　　臣妾寒門陋質，充選掖庭，忽聞寵命之加，不勝隕越之懼。

明皇悅稱「妃子世胄名家，德容兼備」，對之寵愛益深，楊氏家族亦因滿門貴顯。楊妃受寵後，不免恃寵而驕，甚與其姊虢國夫人，爭風吃醋，因之忤旨遭遣。楊妃乍出宮門，愁淚千行，終剪髮託高力士轉奏聖上：

> 說妾罪該萬死，此生此世不能再覩天顏，僅獻此髮，以表依戀。
> 　（〈獻髮〉）

明皇雖怒遣楊妃，卻也是茶不思飯不想地思念情深：

> 寡人在此想念妃子，不知妃子又怎生思念寡人哩！早間問高力士，
> 他說妃子出去，淚眼不乾，教朕寸心如割。（〈復召〉）

再覩青絲，更腸斷魂迷。然「有罪放出，悔過召還」，楊妃感念「聖主如天之度」，淚悔云：

> 念臣妾如山罪累，荷皇恩如天容庇，今自艾，願承魚貫，敢妬蛾眉？
> 　（〈復召〉）

後又與梅妃爭寵，蓋非得已之事，因對明皇專情，要求與之長情，楊妃為博取明皇之心，盡展其才創製〈霓裳羽衣曲〉，以壓倒梅妃之《驚鴻舞》，於第十八齣〈夜怨〉中，楊妃說道：

> 唉！江采蘋、江采蘋，非是我容你不得，只怕我容了你，你就容不
> 得我也。

此與第一次出宮「漬愁妝滿面啼痕，其間心事，多少難論，但惜芳容，憐薄命，憶深恩」之軟弱言語相較，已不可同日而語。

當梅妃復邀寵幸時，楊妃「聞言驚顫、傷心痛怎言」，因而對明皇之態度，由溫柔轉為潑辣，由淚水感化轉為強制挾抑，連趕至翠閣討公道：

> 妾自知無狀，謬竊寵恩，若不早自引退，誠死謠詠日加，禍生不測，
> 有累君德鮮終，益增罪庚。今幸天眷猶存，望賜斥放。陛下善視他
> 人，勿以妾為念也。……這釵、盒是陛下定情時所賜，今日將來交
> 還陛下。（〈絮閣〉）

明皇見楊妃「顰眉淚眼，越樣生嬌」，更是不忍。楊妃爭寵失態，愈顯「情深妬亦真」矣！

七夕密誓原應是楊妃與明皇愛情之保證，然楊妃卻由此感傷，在第二十二齣〈密誓〉，楊妃嘆云：

> 妾蒙陛下寵眷，六宮無比，只怕日久恩疏，不免白頭之歎。

即使貌美、聰明，總有色衰寵移之日，此種不安，乃造成楊妃善忌之心。

　　漁陽兵變，楊妃受國忠之累，難逃馬嵬一難，明皇之語：「國忠縱有罪當加，現如今已被劫殺，妃子在深宮自隨駕，有何干六軍疑訝」雖為楊妃伸辨，楊妃卻深明大義跪云：

　　　臣妾受皇上深恩，殺身難報，今事勢危急，望賜自盡，以定軍心。
　　　陛下得安穩至蜀，妾雖死猶生也。(〈埋玉〉)

雖明皇意愛美人，寧棄江山，然楊妃已決意捐生，全為明皇設想，自己的生死，倒是置之度外，其云：

　　　陛下雖則恩深，但事已至此，無路求生，若再留戀，倘玉石俱焚，
　　　益增妾罪。望陛下捨妾之身，以保宗社。

臨死之際，又時時以明皇為念，對高力士言：

　　　聖上春秋已高，我死之後，只有你是舊人，能體聖意，須索小心奉
　　　侍。再為我轉奏聖上，今後休要念我了。

如此願以身殉情、殉君、殉國之深明忠義女子，爭忍教六軍「碜磕磕馬蹄兒臉上踏」。馬嵬難後之楊妃，「幽明隔，情難了，死生分，情不滅」：

　　　(山坡五更) 惡嘔嘔、一場嘍囉，亂匆匆、一生結果，蕩悠悠、一
　　　縷斷魂，痛察察、一條白練香喉鎖。風光盡，信誓捐，形骸渧。只
　　　有痴情一點，一點無摧挫。拚向黃泉，牢牢擔荷。(〈冥追〉)

第三十齣〈情海〉中，楊妃鬼魂唱道：

　　　一曲霓裳逐曉風，天香國色總成空，
　　　可憐只有心難死，脈脈常留恨不窮。

復對前世驕侈，作一沈痛之愧悔與自責：

　　　只想我在生所為，那一樁不是罪案，況且弟兄姊妹，挾勢弄權，罪
　　　惡滔天，總皆由我，如何懺悔得盡。

此以他人之咎，責於己身，顯見其性格之良善；然萬事可悔，「只有一點那癡情，愛河沈未醒」之固執，使其對明皇堅貞不二之情愛，在死後更提升至另一超凡境界，楊妃道：

　　　那土地說我原是蓬萊仙子，謫謫人間，天啊！只是奴家恁般業重。
　　　(唱) 敢仍望做蓬萊座的仙班，只願還楊玉環，舊日的匹聘。
　　　(〈情海〉)

　　馬嵬之難「一代紅顏為君絕」，只是「薄情的李三郎」，「負了他的恩情廣」。第三十三齣〈神訴〉中，「馬嵬坡土地」明白地道出楊妃之死，乃為國捐軀：

> 當日個鬧鏕鐸，激變羽林徒，把驛庭四面來圍住。若不是慷慨佳人
> 將難輕赴，怎能夠保無虞，扈君王直向西川路，使普天下心悅服。
> 今日裏中興重觀，兀的不是再造了這皇圖。

經由土地神口中，楊妃已成中興唐室之功臣。又稱「他原是蓬萊仙子，只因
夙孽，迷失本眞」，現「既悔前非，諸愆可釋」，可再歸仙班。然成仙之楊妃，
難忘塵世之情，「金釵、鈿盒」隨身攜帶，思量再續前緣；第四十七齣〈補恨〉
中，楊妃甚而願意謫下仙班，不顧織女勸諫：

> 只是你如今已證仙班，青緣宜斷，若一念牽纏呵，怕無端又會從此
> 墮塵劫。

楊妃受制於情，甘於受罪，答云：

> 位縱在神仙列，夢不離唐宮闕，千迴萬轉情難滅。娘娘在上，倘得
> 情絲再續，情願謫下仙班。雙飛若註駕鴛鴦牒，三生舊好緣重結。又
> 何惜人間再受罰。

言及至此，洪昇筆下楊妃「堅貞」「專情」之美德，眞是萬事可悔，唯一點癡
心難卻，遂令人「恨唐帝情薄負盟」了。

　　爲彌補楊妃之癡，明皇之憶，《長生殿》中〈重圓〉一齣，使其愛情得以
重續。明皇見楊妃是「滿心慚愧，訴不出相思萬萬千千」，楊妃則言：

> 是妾孽深命蹇，遭磨障，累君幾不免，梨花玉殞，斷魂隨杜鵑。只
> 爲前盟未了，苦憶殘緣，惟將舊盟癡抱堅。荷君王不棄，念切思專，
> 碧落黃泉爲奴尋遍。

其溫柔敦厚，不念前隙之寬懷心胸，已是純美至善的傳統女性代表，於是，
此對恩愛之「比翼鳥」，理當歸宿於瓊樓玉宇，而「使情留萬古無窮」，喜劇
圓滿收場，楊妃終能圓補馬嵬之恨！

（二）洪昇重塑楊妃形象之緣由

　　在《長生殿》以前之作品，作者幾乎將楊妃視爲禍國尤物，即使未有敘
及罪責重孽，然亦是貶多於褒，不是說其「善妒爭寵」「讒言惑主」，就是評
爲「庸俗潑辣」「淫蕩不堪」。此一「以色取寵，狐媚君王」之女子，在清《長
生殿》中，卻是個深明忠義的全美女性；然何以洪昇非但爲楊妃翻案，將其
從「亡國禍水」中拯救出來，且進而美化其人格，重塑其愛情之純眞與專一，
此事頗耐人尋味。茲就作品本身及作者所處之時代，作個力求正確之探討。
　　首從《長生殿》例言，得知作者之旨意：

史載楊妃多污亂事，予撰此劇，止按白居易〈長恨歌〉，陳鴻〈長恨歌傳〉爲之。而中間點染處，多採《天寶遺事‧楊妃全傳》。若一涉穢跡，恐妨風教，絕不闌入，覽者有以知予之志也。

由上可知，《長生殿》乃一去蕪取精之作，例言中「若一涉穢跡，恐妨風教」及「念情之所鍾，在帝王家罕有」之語，乃爲作者描寫帝妃釵合情緣之因由。在第一齣〈傳概〉裡，作者很清楚的表明此種立場，〈滿江紅〉曲：

今古情場，問誰個眞心到底？但果有精誠不散，終成連理。萬里何愁南共北，兩心那論生和死。笑人間兒女悵緣慳，無情耳。感金石，回天地。昭白日，垂青史。看臣忠子孝，總由情至。先聖不曾刪鄭、衛，吾儕取義翻宮、徵。借太眞外傳譜新詞，情而已。

不惟人間兒女私情需有眞誠，即「臣忠子孝」亦由於眞性情之流露，故末曲乃明言「借太眞外傳譜新詞，情而已」，是以爲《長生殿》五十齣，寫情之作也。然所含之情非盡爲帝王、后妃間之愛情而已，更乃含蘊「臣忠子孝」之民族感情。〔註 50〕

從五十齣之結構觀得，本劇乃由兩個線索貫穿而成，一是以明皇、楊妃之愛情生活爲中心，二以楊國忠之攬權誤國、及安祿山之積極準備叛亂爲內容，兩者交錯緊密地對照發展；作者有意識地要反映天寶政治衰敗之景象，結合作者寫作之時代背景而言，當有其深厚意義。

從劇中〈疑讖〉一齣，作者藉著酒保之言，舖敘出唐代外戚驕奢與番兒爭寵、爭妍鬥富之奢靡風氣：

只爲國舅楊丞相，并韓國、秦國、虢國三位夫人，萬歲爺各自造新第，在這宣陽里中，四家府門相連，俱照大內一般造法。這一家造來，要勝似那一家的。那一家造來，又要賽過這一家的。若見那家造得華麗，這家便拆毀了重新再造，定要與那家一樣，方纔住手。一座廳堂，足費上千萬貫錢鈔。今日完工，因此合朝大小官員，都備了羊酒禮物，前往各家稱賀。

而〈褉遊〉，再以村姬拾簪撿履，襯托三國夫人之佚麗淫靡，此種豪門富家之闊綽，與民間疾苦百姓恰成對比。處處呈現了天寶年間社會之腐蝕跡象。〈進果〉齣外扮老田夫云：

〔註 50〕孟繁樹，《論長生殿中的「情」》一文，有極詳盡之剖析（揚州：《楊州師院學報》，1984 年，第 1 期）。

〈十棒皷〉田家耕種多辛苦，愁旱又愁雨。一年靠這幾莖苗，收來
半要償官賦，可憐能得幾粒到肚，每日盼成熟，求天拜神助。

又云：

天啊！你看一片田禾，都被那廝踏爛，眼見得沒用了。休説一家性
命難存。現今官糧緊急，將何辦納，好苦也。

又云：

哎！那跑馬的呵！乃是進貢鮮荔枝與楊娘娘的，一路上來，不知踏
壞了多少人。不敢要他償命，何況你這一箇瞎子。

田夫之語，句句皆反映群黎心聲，亦現當時唐室縱慾奢靡之情形，然「朱甕
碧瓦，總是血膏塗」。上述現象之描繪，顯示作者不滿於政治之污腐，以及對
百姓疾苦之哀憫。

此外，對於當代朝廷政治，洪昇又藉楊國忠與安祿山關係點染而出。在
〈賄權〉中，安祿山賄賂楊國忠買通關節，一卑一尊，一佞一奸。然至〈禊
遊〉，兩人之勢已旗鼓相當，埋下互相傾軋根苗。〈權鬨〉中，衍成相互攻訐，
正面衝突之形勢。〈偵報〉一齣，安楊勾心鬥角更呈白熱化。楊國忠弄權玩政，
居然以國家安危作為私人恩怨之賭注，期望祿山叛亂以證己忠貞：

〈風入松〉……（白）咳！但願祿山此去，做出事來，（唱）方信我、
忠言最早。聖上聖上，到此際，可也悔今朝。（〈權鬨〉）

而安祿山知此事後，亦還之以牙，第二十三齣〈陷關〉云：

巨耐楊國忠那廝，屢次説我反形大著，請皇上急加誅謬。……若不
早圖，終恐遭其暗算。

朝廷竟為楊、安二人戲耍之地，真令人髮指。無怪乎第二十齣〈偵報〉，道出
天寶之亂源為「外有道藩、內有奸相」；第二十五齣〈埋玉〉，更言明「祿山
造反，聖駕播遷，都是楊國忠弄權，激成變亂」。以上針針見血之言，彌足洗
刷楊妃「亡國禍水」之罪責。朝綱敗壞，小人用事實為主因，何能歸罪於一
弱女子之身。

此一連串污濁敗壞之政治狀況，及奸相之弄權誤國，與洪昇所處之時代
實在太像，按滿清原是明朝之臣屬，後勢力漸擴、雄厚跋扈，終滅明朝。滿
清入關後，採行以漢治漢策略，加諸亡國遺民種種壓抑手段，致使當時愛國
志士每有抑鬱不平之恨。作者身處異族政制之下，對民族國家之關懷時縈胸
臆，洪昇即借《長生殿》一劇，露骨表達其反抗意識，以抒發亡國之恨。第
十一齣〈聞樂〉首曲〈步蟾宮〉云：

清光獨把良宵占，經萬古纖塵不染。

又次曲〈梁州序犯〉云：

明河斜映，繁星微閃。

起句各鑲以「清」字「明」字，乃另有寓意。「清」光獨把良宵占，其以「清」賊獨占大明江山之意頗明〔註51〕。又於〈疑讖〉一齣，假郭子儀之口大罵安祿山，語語皆有影射，令人聞而骨慄：

見了這野心雜種，牧羊的奴。料蜂目豺聲，定是狡徒。怎把箇野狼
引到屋裡來居。怕不將題壁詩符，更和那私門貴戚一例逞妖狐。

再於〈罵賊〉一齣中，洪昇借樂工雷海青之口，對投降異族之文武大臣，噴口痛斥：

恨只恨潑腥臊莽將龍座淹，癩蝦蟆妄想天鵝啖，生克擦直逼的箇官
家下殿走天南，你道恁胡行堪不堪？縱將他寢皮食肉，也恨難剗。
誰想那一班兒沒恬三歹心腸賊狗男。

如此冷峻鋒利之話語，豈不使那些賣身投靠的奸賊膽戰心驚？所以在〈彈詞〉一齣中，借李龜年之語：

〔轉調貨郎兒〕唱不盡興亡夢幻，彈不禁悲傷感歎。大古里淒涼滿
眼對江山，我只待撥繁絃，傳幽怨，翻別調，寫愁煩，慢慢的把天
寶當年遺事彈。

洪昇於此將民族情感流露在繁絃怨調之中，滴滴血語，盡傾亡國遺民生存於異族鐵蹄下之哀傷。

總而言之，洪昇著作《長生殿》經歷三次修改，才決定以二種意象作為此歷史戲曲之鋼架。除了要把被視為亡國女妖之楊妃從色情氾濫中拯救出來，重塑其愛情專一之優美造型，鍍以溫柔詩教的光輝外，更要把其親身體會「國破山河在」之痛苦傾洩而出，藉李、楊愛情背後之歷史悲劇，點破滿清異族之蹂躪，以激起民族意識與情感，楊妃故事於洪昇筆尖上，躍然而起的是更豐富的生命力。

貳、俗文學中之楊妃

自《長生殿》刪盡太真穢事，專寫李、楊二人真摯精誠，至死不變之感

〔註51〕黃敬欽，《梧桐雨與長生殿比較研究》，頁26（65年師大碩士論文）。

情，楊妃乃成一可愛、可念、可敬之女子。此一美麗形象給楊妃故事增添清新色彩，清代盛行之俗文學或據之加以敷演，然仍有承襲穢亂之說，極力描摹楊妃淫冶姿態者。今擇俗文學作品，品評楊妃之代表作，分同情與譴責二類論述，以觀楊妃在俗文學中之形象。

一、同情

（一）馬嵬坡下香魂冤

馬嵬逼妃，這帶有悲劇色彩的一幕，是所有楊妃故事作品之主要情節，川劇《九華宮》對楊妃馬嵬之死，嘆爲「巾幗殉難」；《子弟書‧馬嵬坡》詩篇亦云「馬嵬坡下無窮恨，苦壞了絕代佳人楊玉環」，究兵變原因，高力士說「楊國忠專權行奸佞，私通吐蕃把聖主瞞，因此上激惱了軍兵行殺戮」，而楊妃於死別之際，是何等純情，從容就義，云：

> 軍心一變非兒戲，到不如我項橫素怕把大事全，望吾皇總以社稷爲珍重，爺吓捨了臣妃罷，莫戀我玉環，況臣妃一門受恩如山重，又係那國忠欺主把事耽，現如今軍事危急無可救，小妃就分身碎骨也報不全，倘若稍遲出不測，反增奴怕死的污名萬古傳。

蓋因國忠之累，遂使「可憐絕代羞花貌，作了淒涼土一攅」，此如花似玉之美人香消玉殞，乃民間所最痛惋者。川劇《驚夢》一齣爲之抱不平，由楊妃唱云「休提起馬嵬坡，令人埋怨，一國君把妃子保之不全」。鼓詞〈憶真妃〉中，更以唐明皇自慚的口吻道出：

> 悔不該兵權錯付卿義子，悔不該國事全憑你令兄，細思想都是奸賊他誤國，真冤枉偏說妃子你傾城，眾三軍何恨何仇合卿作對。可愧我要保你殘生也是不能……眼睜睜既不能救你，又不能替你。……妃子呀！我一時顧命就擔擱了你。

又〈錦水祠〉寫明皇悔負當年誓，以楊妃「爲國捐軀」，特爲之建祠刻像，篇中充滿自責之意：

> 想妃子爲國捐軀情最慘，是必要特爲旌表慰魂靈，……妃子呀，我有背深盟負情意，致使那生拆鸞鳳各西東。……最可恨造逆的胡兒，秉權的元帥，要留你一條性命竟不能。也是我失勢的孤家所見得短，絕不該任憑妃子你傾生。……那時節我要抵搪他能怎的，大料他不敢有能犯朕躬，即使能也落個生則同衾，死則同穴。……看如今苟

延餘生有何取處。不過是流乾眼淚，盼斷魂靈，也是朕無德無能無
福分，要與卿白頭偕老再不能，今日裏睹像思人悲往事，叫朕躬何
顏見卿，將何以酬卿？

於此可知，楊妃之死，非但不是「罪有應得」，更是「捐軀保國」，民間對之
寄以無限哀憐，竟由明皇悔罪，並每以「三郎負玉環」訾之。此論就中國傳
統視楊妃爲「女禍」之思想看來，實大不相同；然畢竟此一情感源自民間，
較具淳樸眞實之特色。粤劇更安排了一場「祭貴妃」，主角未知是否爲明皇？
首云「失卻了連城玉，滿胸懷恨。」祭者於夜靜寒風中，感感惶惶趕祭香墳，
可見楊妃在其心中之形象甚爲完美，遂以「祭」來感懷。「憐香惜玉」之情，
人皆有之，貴妃死於馬嵬兵變，年僅三十八歲，無論人們對此一歷史著名之
美女，是抱以何種觀感；然而，正當青春年華，享盡人間榮華旖旎之際，卻
霎時香消玉殞，哀怨落幕，此一悲劇，足令人不禁爲之一掬同情之淚！

（二）伴駕如同伴虎狼

「在天願作比翼鳥，在地願爲連理枝」，此至死不渝之誓詞，爲楊妃、明
皇愛情最重要之一頁；七夕密誓之情節，亦廣受民間所愛好及稱頌。川劇《長
生殿》演繹此景，楊妃乞詞表明堅貞：

> 信女楊玉環，虔心禱告上界雙星，伏乞釵盒長圓，情緣永佑，毋使
> 秋風扇冷也！（唱）願君王與信女百歲同衾。

粉淚哀懇之楊妃，引得明皇一片憐愛，追問之下，遂娓娓道來：

> 妾想牛郎織女，雖則一年一會，卻也天長地久，只恐陛下與妾恩情，
> 不能似他們那般久遠！

雖身居豪宮，享盡塵寰富貴，占盡人間風流，楊妃卻感悽然：

> 妾承陛下寵幸，六宮無比，尤恐日久恩疏，難免白頭之嘆！

即使三千寵愛在一身，然對未來仍是充滿疑慮。在極樂之時，猶是悲從中來，
此豈不是「伴君如伴虎」之悸？

在粤劇「貴妃乞巧」一齣中，楊妃之乞詞已不僅爲一己之情愛，更祈江
山萬載、萬歲福壽，其云：

> 一炷香，本來是龍涎供養，祈保江呀山，萬載綿長。
> 二炷香，本來是越南貢上，祈保萬歲，福壽延長。
> 三炷香，本來是西來寶藏，祈保天顏，永護紅妝。

時時以社稷爲念，以君王爲上，且在杯觥交錯時亦云「但只願君臣們，地久

天長」。楊妃於此，身集中國古代女子之美德，得眾俗文學讚譽中之最高評價，
多麼「溫柔可讚」。但明皇「原本是風流所慣」，豈易獨鍾於楊妃一人？

龍舟歌、蘇州彈詞之〈貴妃醉酒〉，內容演述楊妃候駕，而君王未臨之憂
情。此二劇皆迥異於他本描述貴妃醉酒之失態者，而著重刻畫楊妃之「借酒
澆愁」乃因「情場失意」耳。龍舟歌中，楊妃殷切期盼，心焦如焚，心揣「定
係議政群臣奏遞本章。抑或別宮留駐駕」，但事實是「今宵王失約」，在「相
思恨重愁千種」之下，只得藉酒抒發抑鬱情懷：

> 今日伉儷^{自知}_{難遇}王，娘自猶恨不逢時，
>
> 非關盅酒心如醉，只爲多情想到痴。

宿醉寂寥之態，豈可謂爲「放浪形骸」？痴情之楊妃「牽愁一夜，都係爲憶
君顏」。此千愁萬緒，蘇州彈詞以「宮怨」名之，指責「君王原是個薄情郎」，
害得楊妃「衾兒冷，枕兒涼」，愁淚兩行：

> 勸世人莫把君王伴，伴駕如同伴虎狼，君王原是個薄情郎。
>
> 倒不如嫁一個風流子，朝歡暮樂度時光，紫微花相對紫微郎。

只因「今宵萬歲幸昭陽」，楊妃只得靜夜獨坐西宮。而造成楊妃宮怨的，卻是
長久以來被視爲弱者之梅妃所致。粵劇「安祿山祭墳」，演祿山憐祭香塚，罪
責梅妃：

> 最可恨那梅妃，全無量力，偏偏要在王面前惹是、招非。至今日，
>
> 紅粉飄零因他而起。

歷來提及梅妃之文，幾責楊妃之褊狹善妒、狐媚惑主，而粵劇此本，反道楊
妃宮怨爲梅妃所陷，此翻案之語，可見民間對楊妃之同情。

二、譴責

楊妃之穢聞，雖經洪昇《長生殿》極力加以淨化，然其淫亂之罪名流傳
既久，根深蒂固已難拔除，故仍有一部分俗文學作品，承襲穢亂之說加以敷
演，以貶黜其人格，詆毀其操守。《子弟書・貴妃醉酒》，便極力描摹楊妃淫
冶之醜態；書述明皇復納梅妃，楊妃深宮寂寞，苦悶不已，遂至御園賞春，
獨酌飲酒，醉後失態竟「慾火難禁」欲與宮官行好，被拒未成，復酣夢與祿
山敘舊愛，「彼此說到情濃處」，忽被黃鸝聲驚醒。

《納書楹曲譜》所錄之〈醉楊妃〉一齣，情節與前齣極似，亦述楊妃獨
坐百花亭，百般無聊只得借酒澆愁，「不覺得酒興兒高，色興兒漸漸迷」，但
「安祿山在何處？」：

想當初那樣的恩情，到如今一旦忘恩義。自古道，痴心腸的婦人，
狠心腸的男子……。

堂堂一位大唐妃子，竟如此春情蕩漾，行為不檢。今皮黃〈貴妃酒〉演述其
淫態，仍栩栩如生。無怪乎川劇《驚夢》述及安祿山洗宮殺院，專為搶楊妃
一箇。

旦：賊啊賊！你造反長安為那件？

粉：要續當初洗兒緣。

皇：罷！罷！罷！孤把這萬宏基讓爾去管。

粉：不要江山要玉環。

楊妃、祿山二人既是如此恩愛情濃，於粵劇中甚而安排有「安祿山祭墳」一
節，劇中祿山大嘆紅顏薄命，哭憶往事：

你辜負了從前恩愛，付落江湄，我憐卿，卿憐我，試問有誰可比？

在御花園同耍樂，我都不畏人知。

其對仙凡隔別之楊妃，仍是痴心如醉，憶戀非常，甚且追敘前歡，不畏人知。
楊妃至死，猶受祿山深愛，可知二人生前是如何纏綿悱惻。此宮闈失節之楊
妃，於中國傳統對婦女貞節要求之觀念下，誠為大惡難赦，因而對馬嵬之難，
南音〈唐明皇遊月宮〉便云：

貴妃持寵貪淫慾，紅羅自縊馬嵬圖。

而譴責楊妃最厲之作，當屬粵劇《天寶遺恨》，其改變楊妃死後歸位仙班之說，
甚而將之打入寒冰地獄中受苦受難，遭致陰司報應。楊妃被禁於地府，悔恨
不已：

閻羅王，他判我荒淫無理。他說我，生嬌恃寵，擾亂宮幃。兒女情，

少年時，只曉歡娛二字。怎知道陰司報應，悔恨就遲。

作者藉閻羅王判定楊妃「荒淫無理」罪名，可見對其痛惡之深。

此外，對於楊妃故事中之另一悲劇角色「梅妃」，後人基於同情弱者之心，
亦藉其指責楊妃之失，龍舟歌〈梅妃宮怨〉責云：

佢狐媚獻纏時惑主，蛾眉邀寵太心偏，蒙蔽君恩憑舌劍。

在情敵梅妃之眼中，楊妃為其妒恨之焦的，後人亦為梅妃之失寵抱憾，遂譴
責楊妃以舌劍惑主，大加抨擊。

第四章　唐宋元明時期有關作品

　　楊妃故事，因其本身之傳奇性，配以主角之特殊身分，後代演化於各類型之作品，其數量相當可觀，本章僅以搜羅所得，依時代先後檢閱以楊妃故事爲題材之作品，析論其主題、特色，以見楊妃愛情故事，在文學史上的發展與流傳。而清代以降，迄於民國之作，因形式龐雜，故別立一章，俟後論之。

第一節　唐〈長恨歌〉與〈長恨傳〉

　　詩與傳奇爲唐代文學兩大奇葩。白居易的〈長恨歌〉、元稹的〈連昌宮詞〉，以及鄭嵎的〈津陽門詩〉，都是以明皇和楊妃故事爲題材而寫成的長篇敘事詩，然因元稹與鄭嵎之作無故事趣味，[註1]不具傳奇色彩，亦無戲劇功能，遂不被重視。在唐人之詩文中，白居易之〈長恨歌〉，是現存最早的一首以明皇楊妃之生離死別爲題材的愛情敘事詩，陳鴻的〈長恨傳〉，則是最早的一篇傳奇文，二者關係至爲密切，其情節且爲後世戲曲家之張本，故本節以〈長恨歌〉、〈長恨傳〉爲主，作一詳盡之探討，希藉此對後代有關作品之分析，有所裨益焉。

〔註 1〕　〈連昌宮詞〉及〈津陽門詩〉都是藉由一老翁之口，將開元、天寶年間瑣事
　　　　　貫串起來，而〈津陽門詩注〉所網羅之遺聞軼事，則甚富贍，例如念如唱歌、
　　　　　邠王吹管、李謩偷曲、明皇入月、祿山跋扈，以至馬嵬賜死、貴妃香囊等等，
　　　　　足與小說相發明，當有其史料價值。

一、〈長恨歌〉

此篇見於《白氏長慶集》卷十二，作者白居易，字樂天，號香山居士，下邽（今陝西渭南附近）人，生於代宗大曆七年、卒於宣宗會昌六年（772～846）。因其事蹟眾所周知，今略而不談。

〈長恨歌〉是白居易敘事詩之巨構，全詩一百二十句，八百四十字，以一歷史事件和虛設幻想仙界之事作主體，來處理此一宮廷中帝妃之生死愛恨，有寫實、有浪漫，哀淒動人。依情節之發展，可分為四大段，據高步瀛《唐宋詩舉要》的看法「每段末二句皆攝下文」，足見白氏構思之細密和寫作技巧的高妙：

> 首先，自「漢王重色思傾國」至「驚破霓裳羽衣曲」，共三十二句，敘述楊妃之美態，及安史亂前，明皇、楊妃歌舞享樂之盛事；此段反映楊妃受寵，帶來滿門貴顯，生活極奢，以及明皇之荒逸，是造成變亂之因。第二段，自「九重城闕煙塵生」至「夜雨聞鈴腸斷聲」，共十八句，描寫安祿山亂起，玄宗出奔入蜀、及楊妃賜死馬嵬坡之悲哀；於此慘酷之變亂中，君王無力搭救愛妃，此亦是「長恨」的開始。第三段，自「天旋地轉廻龍馭」至「魂魄不曾來入夢」，共二十四句，刻劃明皇回京，重過馬嵬驛，居西宮南內思念貴妃之悲苦情懷；明皇見景物依舊，而人事全非，「悠悠生死別經年，魂魄不曾來入夢」，搭起了後來訪仙的橋樑。第四段，自「臨邛道士鴻都客」至「此恨綿綿無絕」，共四十六句，虛構道士奉玄宗之命訪貴妃於蓬萊，得貴妃鈿釵等舊物及愛情誓言，並以綿綿無絕期之恨為結語。末段一連串的承轉照映，句句扣住讀者的期待與心情，至於「此恨綿綿無絕期」，情緒被提至高超幽深的悲涼意境，令人懷古之情，亦悠悠不絕。

綜觀全詩，亦可以馬嵬事變分為二大部分，前半部分主要描寫玄宗寵幸貴妃，荒廢政事，導致安史之亂；後段則敘述玄宗與楊妃異界思念之悲哀。對於此一截然不同的氣氛，詩中僅用「漁陽鼙鼓動地來，驚破霓裳羽衣曲」作為轉折。如果說，長詩的前半部分偏重於寫事，詩篇的後半部分就充分的圍繞著「情」來展開。作者極意渲染主角的相思苦情，使玄宗成為一個念念不忘舊情的傷心天子，楊妃則是一個忠於海誓山盟的美麗仙子。此一歷史題材之詩作，作者為了要表現對李楊的同情，對材料作了精心的剪裁，凡是可能損及李楊形象之處，或棄之不用，或巧運匠心，使整個作品諧調一致。但

吾人亦不能割斷它與史實之聯繫，今以此觀點，就詩中的內容情節，分三部分作重點式的探討，以見作者如何塑造楊妃、明皇之純美愛情。

（一）關於楊妃之入宮，〈長恨歌〉云：「楊家有女初長成，養在深閨人未識，天生麗質難自棄，一朝選在君王側」，眾所周知，楊妃本為楊玄琰之女，開元二十三年，為玄宗十八子壽王瑁之妃，即玄宗之兒媳。玄宗幸溫泉宮，使高力士取于壽邸，度為女道士，號太真，其後乃冊為貴妃。故「養在深閨人未識」之語，與史實不符。此事古人早有說明，趙與時《賓退錄》云：

> 白樂天〈長恨歌〉書太真本末詳矣，殊不為魯諱，然太真本壽王妃，顧云楊家有女云云，蓋宴昵之私猶可書，而大惡不容不隱，陳鴻〈傳〉則略言之矣。

又史繩祖《學齋佔畢》云：

> 唐明皇納壽王妃楊氏，本陷新臺之惡，而白樂天所賦〈長恨歌〉，則深沒壽邸一段，蓋得孔子答陳司敗遺意矣，春秋為尊者諱，此歌深得之。〔註2〕

以上二說，俱以為白居易有意隱去明皇奪媳為妻之內醜，係仿效春秋之筆法。然而細讀〈長恨歌〉全文，一股纏綿悱惻之情自然流露，白氏之所以言「楊家有女初長成，養在深閨人未識」，與其說是有意「為尊者諱」，不如從文學上之美化與誇張之角度視之。蓋如前文所言，作者為塑造人物形象之完美統一，自然重新賦予楊妃與明皇有純潔之戀情。

（二）作者在馬嵬事變後，以大半篇幅寫明皇對楊妃之思念，極盡哀傷淒涼；一個曾經威振四海、功業赫赫的明皇，倉皇迫難時，竟連一個平日寵愛之妃子也不能庇護，而陷入「回看血淚相和流」的悲慘地步。此種慘劇，杜甫亦對之寄予無限的同情，而有「人生有情淚沾臆，江水江花豈終極」（〈哀江頭〉）的詩句。《唐詩紀事》卷五六云：「馬嵬太真縊所，題詩者多淒感。」可見唐代詩人對馬嵬事件的感情。

歌中舖敘明皇入蜀途中之沈重心情云：「蜀江水碧蜀山青，聖主朝朝暮暮情，行宮見月傷心色，夜雨聞鈴腸斷聲」，此明皇悔恨、悼念之深情，鄭處誨《明皇雜錄》載其作〈雨霖鈴〉一曲云：〔註3〕

〔註2〕上二條轉引自林文月，《〈長恨歌〉對〈長恨歌傳〉與《源氏物語》（〈桐壺〉）的影響》，頁95（台北：《現代文學》第四十四期，1971）。

〔註3〕《明皇雜錄補遺》，見《筆記小說大觀》十六編，第一冊，頁158（台北：新興書局，1962）。

> 明皇既幸蜀西，南行初入斜谷，屬霖雨涉旬，於棧道雨中聞鈴音，
> 與山相應。上既悼念貴妃，採其聲爲「雨霖鈴」曲以寄恨焉。時梨
> 園子弟善吹觱篥者，張野狐爲第一，……上於望京樓中命野狐奏雨
> 霖鈴曲，未半，上四顧淒涼，不覺流涕，左右感動，與之獻欷，其
> 曲今傳於法部。

明皇的雨霖鈴曲，當時播於樂府，甚是有名，杜牧、張祐、羅隱等詩人都有詩篇歌詠。〔註4〕

　　明皇自蜀回京後，被尊爲太上皇，獨居深宮，對楊妃仍是念念不忘，歌云：「夕殿螢飛思悄然，孤燈挑盡未成眠，遲遲鐘漏初長夜，耿耿星河欲曙天，鴛鴦瓦冷霜華重，翡翠衾寒誰與共？悠悠生死別經年，魂魄不曾來入夢。」此段描寫對明皇之性格及處境，寫得淋漓盡致。鄭嵎的〈津陽門詩〉，於「宮中親呼高驃騎，潛令改葬楊貴妃。花膚雪豔不復見，空有香囊和淚滋。」等詩句下，有自注云：「時肅宗詔令改葬太眞，……惟有胸前紫繡香囊尙得冰麝香，時以進上皇。上皇泣而佩之。」此段記載，可見明皇晚年悼念楊妃之眞情。而當時，玄宗父子因受李輔國之離間，致使明皇失勢後之晚境，極爲淒涼。〔註5〕時人對李輔國的弄權非常痛恨，又懷想開、天年間的太平盛世，更對明皇幽居內宮的淒涼晚境深表同情。〈長恨歌〉中的馬嵬之變、蜀地聞鈴、深宮憶念等動人情節，就是在此種感情支配下產生的。〔註6〕

　　（三）長生密誓一節是楊妃與明皇愛情生活中，最重要的一頁。廣爲民間所愛好和稱頌。歌云：「七月七日長生殿，夜半無人私語時，在天願爲比翼鳥，在地願爲連理枝。」這裏有二問題，一時間，一空間。陳寅恪先生以研究歷史之方法，對此作了正確的考據〔註7〕。關於時間問題，陳氏云：

> 今詳檢兩唐書〈玄宗紀〉無一次於夏日炎暑時幸驪山，而其駐蹕溫
> 泉，常在冬季春初，可以證明也。夫君舉必書，唐代史實，武宗以
> 前大抵完具。若玄宗果有夏季臨幸驪山之事，斷不致漏而不書。然

〔註4〕 王灼，《碧雞漫志》卷五。

〔註5〕 《舊唐書》卷九，〈玄宗本紀〉云：「乾元三年七月丁未，移內西內之甘露殿。
　　　　時閹宦李輔國離間肅宗，故移居西內。高力士、陳玄禮等遷謫，上皇寢不自
　　　　懌。」

〔註6〕 本段論述參採王運熙氏，《略談長恨歌內容的構成》，文載《漢魏六朝唐代文
　　　　學論叢》（排印本）。

〔註7〕 陳寅恪，《元白詩箋證稿》，頁40～42（台北：里仁書局，1982）。

則決無如〈長恨歌傳〉所云，天寶十載七月七日玄宗與楊貴妃在華
清宮之理，可以無疑矣。

關於空間問題，陳氏又云：「唐代宮中長生殿雖爲寢殿，獨華清宮之長生殿爲
祀神之齋宮。神道清嚴，不可闌入兒女猥瑣。樂天未入翰林，猶不諳國家典
故，習於世俗，未及詳查，遂致失言。」從史實考察，陳氏之論點，應當很
正確；不過，若衡以明皇對楊妃寵愛之無微不至，則此比翼連理之事，未嘗
不可能發生。

若嚴格地說，此事應屬用典之范疇，七月七日爲乞巧，是牛郎織女相會的
日子；「比翼鳥、連理枝」則似可與《搜神記》中「韓憑夫婦」之愛情傳說聯繫
起來，作者如此描寫，就美學觀點而言，當可使讀者增添許多美麗之聯想。

經由上述，可知白居易成功地塑造了此一帝妃相戀的悲劇形象，不但受
到當時人們的喜愛，且產生了深遠的影響，後世之詩歌、小說、戲曲都把李
楊愛情當作「帝王家罕有」之事加以渲染。於是，明皇與楊妃之愛情故事，
因此而在歷史上永垂不朽。

二、〈長恨傳〉

本傳作者陳鴻，字大亮，生於代宗大曆十四年，卒於文宗太和五年〔註8〕。
少學爲史，志在編年，唐德宗貞元二十年（805）登太常第，始閒居遂志，乃
修《大統記》，官至尙書主客郎中〔註9〕。其著作除〈長恨傳〉和《大統紀》
三十卷外，尚有《開元昇平源》一卷〔註10〕、《宋史藝文志》之〈東城老父傳〉
一篇，及《清修全唐文》所錄三篇。

本篇見錄於《文苑英華》卷七九四，又《太平廣記》卷四八六亦錄之，
題名〈長恨歌傳〉，而今傳明刊《文苑英華》，於本傳後且附載一篇〈長恨傳〉，
云出《麗情集》及《京本大曲》〔註11〕，此三者爲今可見之傳本，不但文字

〔註 8〕　葉耐霜，《中國小說至唐才成立之因素》，頁 29（台北：《建設》第十四卷，第
　　　　　三期，1965）。
〔註 9〕　《全唐文》卷六一二，陳鴻小傳。
〔註10〕　《新唐書藝文經籍志》，子部小說類。
〔註11〕　《麗情集》二十卷，爲宋詳符間張君房所編。晁公武，《郡齋讀書志》卷二謂
　　　　　其書「編古今情感事」，君房當有所本。是故《長恨傳》之自唐至宋，至少即
　　　　　有兩種以上不同之傳本。究以何者可視爲陳鴻之原作，遂不無可議之處。此
　　　　　王夢鷗先生，《唐人小說校釋》已有詳論，茲不贅述（台北：正中書局，上冊，
　　　　　頁 121，1988）。

詳略頗不一致，文末敘作傳經過亦異。如《太平廣記》本，篇中云：「至憲宗
元和元年，盩厔縣尉白居易，爲歌以言其事，幷前秀才陳鴻作傳，冠於歌之
前，目爲〈長恨歌傳〉。」而《文苑英華》本則云：

> 元和元年冬十二月，太原白樂天自校書郎尉于盩厔，鴻與瑯琊王質
> 夫家於是邑，暇日相攜遊仙遊寺，話及此事，相與感歎。質夫舉酒
> 於樂天前曰：「夫希代之事，非遇出世之才潤色之，則與時消沒，不
> 聞於世。樂天深於詩，多於情者也，試爲歌之，如何？」樂天因爲
> 〈長恨歌〉，意者不但感其事，亦欲懲尤物，窒亂階，垂於將來者也。
> 歌既成，使鴻傳焉。

此段既交待故事來源，敘作傳緣由，又兼而發抒議論，乃爲唐傳奇結構上的
一大特徵。〔註12〕

　　白居易作〈長恨歌〉，鴻因爲之記其本事，以作此傳。唐時同一故事由一
人作歌、一人作傳之例甚多，如元稹作〈鶯鶯傳〉，而李坤作〈鶯鶯歌〉；元
稹作〈李娃行〉，白居易之弟白行簡作〈李娃傳〉皆是。陳氏此傳，作於元和
初，傳既依歌而作，故謀篇亦本於歌，敘楊妃入宮，以至死於蜀道本末，茲
略述其內容：

> 開元中，四海無事，明皇在位歲久，倦于旰食宵衣，政無小大，始
> 委於右丞相，以聲色自娛。時上詔高力士，潛搜外宮，得弘農楊元
> 琰女于壽邸。進見之日，奏霓裳羽衣曲以導之，定情之夕，授金釵
> 鈿合以固之，上甚悅。自是叔父昆弟，皆在清貴，爵爲通侯，姊妹
> 封國夫人，富埒王侯，愚弄國柄，及安祿山引兵向闕，以討楊氏爲
> 辭。潼關不守，翠華西幸，出咸陽道，次馬嵬亭，六軍徘徊，持戟
> 不進。從官郎吏，伏上馬前，請誅「晁錯」以謝天下。國忠奉犛纓
> 盤水，死於道周。左右之意未愜。上問之，當時敢言者，請以貴妃
> 塞天下之怨。上知不免，而不忍見其死，反袂掩面，使牽之而去。
> 倉皇輾轉，竟就死於尺組之下。後肅宗收京即位，尊明皇爲太上皇，
> 就養南宮，遷於西內。明皇三載一德，念妃不衰。適有道士自蜀來，
> 以方術旁求貴妃之神，至蓬萊仙山，始得叩見，貴妃取金釵鈿合，
> 各折其半，授之以爲驗。使者還奏太上皇，皇心震悼，日日不豫。
> 其年夏四月，南宮宴駕云云。

〔註12〕請見本文第三章，第一節註8，茲不贅言。

近人魯氏評云：「陳鴻爲文，辭意慷慨，長於弔古，追憶往事，如不勝情。」〔註13〕，觀此〈長恨歌傳〉，斯言甚信。

再者，本傳與白居易〈長恨歌〉關係密切，明刊《白氏長慶集》卷二十，即以《文苑英華》所輯本篇，轉載於〈長恨歌〉之前。陳寅恪云：「〈長恨歌〉爲具備眾體裁之唐代小說中之詩歌部分，與〈長恨歌傳〉爲不可分離獨立之作品，故必須合併讀之、賞之、評之。」根據此原則，那麼〈長恨歌〉的主題就是陳鴻〈長恨傳〉中所說的「欲懲尤物、窒亂階、垂於將來者也。」然就詩論詩，作品中楊玉環的形象並不是一個尤物，而是一個體現堅貞專一的愛情形象。故吾人認爲歌之與傳具爲「長恨」而命題，觀陳鴻傳末之自敘，可知二者共取材於王質夫之「扶希代之事，非遇出世之才潤色之，則與時消沒，不聞於世」一席話，乃使二者情節出於一轍，歌、傳並讀益可曉其事之始末，言歌與傳之關係，實不過如此而已。〔註14〕

所謂「希代之事」爲何？玄宗迷戀楊妃引起安史之亂幾至亡國乎？實則不然，因此事根本稱不得爲「希代之事」，從夏桀、殷紂，乃至陳後主、隋煬帝，傳統上均被認爲是因女色亡國，幾可謂代而有之。故此「希代之事」顯然只能說是明皇與楊妃那種天上人間、生死不渝之愛情故事；而「意者非但感其事，亦欲懲尤物、窒亂階」之說，也只能推測是陳鴻本身之思想。兩種創作意圖之差異，導致〈長恨歌〉與〈長恨傳〉有了根本上之區別。二者不僅韻語與史筆之風貌不同，寫作之旨趣亦頗異。〈長恨歌〉雖亦不離其諷諭之旨，然而敘事甚隱約而持慎，如篇中極力迴避明皇新臺之醜，以「天長地久有時盡，此恨綿綿無絕期」二語結篇，蓋所重者在「情」；而陳鴻作傳，則出於史家之義旨，此作意亦可於《華清湯池記》〔註15〕印證，其云「窮奢極欲，古今罕匹」直斥明皇以私欲招致邦國傾危，立意嚴峻如此，亦可見其與歌之差異。

本傳對後世楊妃作品之影響，可謂至深且鉅。傳末之「懲尤物、窒亂階」一語，竟使原本單純美麗的帝妃之愛，牽鑿附會地忐衍了好幾代，至清《長生殿》，始革新此一觀念，還此故事之本來面目。

〔註13〕魯迅，《中國小說史略》，頁81（排印本）。
〔註14〕參閱王夢鷗先生前書，頁122～124。
〔註15〕《全唐文》，卷六一二。

第二節　宋傳奇與話本

壹、傳奇

　　帝王縱恣爲世人所不欲遭而所樂道，宋代譜隋煬、明皇二帝之作甚夥，然繼承著「懲尤物、窒亂階」之傳統正論，對楊妃之指責更爲露骨。宋代有關楊妃故事的傳奇作品有四，即《楊太眞外傳》、《梅妃傳》、〈驪山記〉、〈溫泉記〉等，茲析述如下：

（一）《楊太眞外傳》二卷

　　此書《新唐志》及《崇文總目》均未載錄，《宋志》著錄「楊妃外傳一卷」，註云「不知作者」；《郡齋讀書志》及《通考》載「楊貴妃外傳二卷」，晁公武云：「皇朝樂史撰。敘唐楊妃事跡，迄孝明之崩。」是此書爲宋樂史所撰無疑。而陶宗儀《說郛》卷三八，錄載全文，唯於註文則頗有刪削，其題「唐樂史撰」，非也。〔註16〕

　　樂史字子正，撫州宜黃人，自南唐入宋，太宗時賜進士及第，擢著作郎，歷三館編修、著作郎直史館，至司封員外郎直昭文館，景德四年卒，年七十八（930～1007），史又長於地理，有《太平寰宇記》二百卷〔註17〕。

　　此文摭採《明皇雜錄》、《開天傳信記》、《安祿山事跡》、《酉陽雜俎》、陳鴻〈長恨傳〉等唐人之小說雜記，雜合著正史，排比潤色而成。敘述楊妃身世始末，舉凡楊妃之事，均鉅細畢載，故首尾備具，斐然可觀；上卷描寫人世之繁華，下卷載敘凋落之況，兩相對照，頗有予人悲涼之慨，尤以馬嵬一段，寫得特別淒惋：

　　　　……至馬嵬，右龍武將軍陳玄禮懼兵亂，乃謂軍士曰：「今天下崩離，

〔註16〕此本宋人著錄或一卷，或作二卷、三卷，疑字之僞也。今知見傳本有顧氏文房小說、重編《說郛》卷一一一、《五朝小說》、《龍威秘書》，及《觀古堂刻唐人小說》六種。唯重編《說郛》及五朝小說本，沿《說郛》卷三八之誤，題「唐史官樂史撰」。考曾慥，《類說》卷一，嘗刪載此書三十條，其霓裳羽衣曲條「是夕授金釵鈿合」句下，較傳本多「卻暑犀、如意辟香塵，……白花文石硯」三十九字；又珠翠可掃條之文，不見於今本，疑傳本尚有闕佚歟？又《說郛》卷七，收有《楊妃外傳》凡十二條，乃自《類說》摘出，文句幾相同。

〔註17〕事詳《宋史》樂黃目傳首；及參見魯迅，《中國小說史略》頁107、昌彼得，《說郛考》頁249（台北：文史哲出版社，1979）。

萬乘震蕩，豈不由楊國忠割剝黎庶，以至於此，若不誅之，何以謝
天下？」眾曰：「念之久矣！」會吐蕃和好使在驛門，遮國忠訴事，
軍士呼曰：「楊國忠與蕃人謀叛。」，諸軍乃圍驛四合，殺國忠、并
男暄等。上乃出驛門，勞六軍，六軍不解圍，上問左右責其故，高
力士對曰：「國忠負罪，諸將討之，貴妃即國忠之妹，猶在陛下左右，
群臣能無憂怖，伏乞聖慮裁斷。」……進曰：「乞陛下割恩忍斷，以
寧國家。」遂巡上入行宮，撫妃子出於廳前，至馬道北墻口而別之，
使力士賜死，妃涕泣嗚咽，語不勝情，乃曰：「願大家好住，妾誠負
國恩，死無恨矣，乞容禮佛。」……玄禮擡其首，知其死，曰：「是
矣」，而圍解。

又正史載記楊妃兩次出宮，未明言何事所致，此傳則云：

（天寶）九載二月，上舊置五王帳，長枕大被，與兄弟共處其間。
妃子無何竊寧王紫玉笛吹，故詩人張祐詩云：「梨花靜院無人見，閑
把寧王玉笛吹」，因此又忤旨，放出。

後世述及馬嵬之變、及楊妃出宮之事者，皆是採自〈太眞外傳〉也。

從唐至宋已改朝換代，故作者對玄宗之指責極爲尖刻，篇末所云天寶致
亂之由，徵諸史實，極爲確當。文云：

悲夫！玄宗在位久，倦於萬機，常以大臣接對拘檢，難徇私欲，自
得李林甫，一以委成，故絕逆耳之言，恣任燕樂，衽席無別，不以
爲恥，由林甫之贊成矣。乘輿遷播，朝廷陷沒，百僚繫頸，妃王被
戮，兵滿天下，毒流四海，皆國忠之召禍也。

又文末言：

今言外傳，非徒拾楊妃之故事，且懲禍階而已。

蓋可謂爲作者著述之意。

本文所摭取之材，可視爲太眞遺事之集大成者，雖過於蕪雜，但爲後世
創作者提供最豐富完整之題材，其在楊妃故事之發展上，起了承先啓後之作
用，此即本篇傳奇之價值所在。

（二）《梅妃傳》

作者佚名，本篇出於陶宗儀《說郛》卷三十八，未載作者姓名，此書唐
宋史志不載，但據書末無名氏跋，推知作者當爲宋人。今傳諸本悉出自《說

郛》〔註18〕，或題「唐曹鄴撰」蓋明人妄增之。〔註19〕

本傳描寫玄宗兩妃子互妒爭寵之事，情節雖無真實根據，然作者發揮其想像力，以宛轉曲折之筆法，寫楊妃潑辣，梅妃柔和個性，曲盡人情物態。其情趣頗能引人入勝。文中大意是：

> 開元中，高力士使閩粵，見采蘋之麗色，挑選入宮，忽被寵幸。時長安之大內、大明、興慶三宮，及東都之大內、上陽兩宮，幾有四萬宮女，自得妃後，帝視宮人如塵土，宮人亦自歎不及。妃善屬文，性淡泊，愛梅，故賜號梅妃。一日，帝命破橙呈諸兄弟，漢王潛以足躡妃履，妃退閣，上連召之，妃恃寵，卒不至。妃善驚鴻舞，然自楊貴妃入宮，舊寵頓失，貴妃嫉妒深，大與梅妃為難，終被遷於上陽東宮。玄宗一夜私召梅妃敘舊歡，忽貴妃闖入，遂被離散。梅妃悲身世之不遇，以千金贈高力士，求詞人彷司馬相如作〈長門賦〉，欲藉此邀天子之意，高力士畏楊貴妃之勢力，未敢奉命。妃乃自作〈樓東賦〉。後玄宗思梅妃賜珍珠一斛，妃不受，獻詩述志。安祿山之亂，貴妃從幸，縊於馬嵬；梅妃在長安，死於亂兵之手。玄宗還幸後，懸賞百萬，搜妃所在，卒不得。又命方士，昇天入地，搜訪消息，亦是杳然。宦者進妃之畫容，玄宗視之，雖極相似，惜非活也，因取筆題一詩於上。後玄宗夢見梅妃，知其葬於溫泉池側梅樹下，自製文誄之，以妃禮改葬。

據文可知作者對「梅妃」此一悲劇性人物之創造，甚為人們所同情，而成為後來許多文藝作品之重要題材。明吳世美作《驚鴻記》傳奇，清洪昇《長生殿》〈夜怨〉、〈絮閣〉二齣，即以此傳所提供之人物情節為基礎，而予以加工創造。

又文末贊中，略謂明皇善始而不善終，晚年窮奢極侈，貪戀美色，變易三綱，一日殺三子，終身辱國廢，均其媚忌自取。此報應之理，毫忽不爽。其對玄宗之驕奢淫逸，作了有力之抨擊，此當為本傳之旨意。按唐傳奇作品中間多插有詩句，在幅末往往出現一段議論，發揮見解，或進行說教，《雲麓

〔註18〕今見傳本有明顧氏，《文房小說》、《重編說郛》卷一一一、《五朝小說》、《龍威秘書》、《琳琅秘室叢書》；及葉氏，《觀古堂刻唐人小說》。

〔註19〕據考曹鄴（816～875？），字鄴之，當生於晚唐宋初之際。參見《新編中國文學發展史》上冊，頁166（台北：千金出版社）。

漫鈔》云：「此等文備眾體，可見史才、詩筆、議論」〔註20〕，此〈梅妃傳〉亦正合唐傳奇之特色。

　　宋之傳奇，除上述〈楊太眞外傳〉、〈梅妃傳〉二篇外，尚有《青瑣高議》一書所收之傳奇二篇。《青瑣高議》為北宋劉斧編撰，斧生平未詳，僅知其為秀才，約仁宗、哲宗間人。本書前、後集各十卷，別集七卷，共收作品一百四十五篇，大多摘錄前人著述，加以潤飾，間附議論，內容相當龐雜。本書價值乃保存了一些內容較完整之宋代傳奇小說，往往為他書所未載，茲依所見，分述如下：

（三）〈驪山記〉

　　此篇見於今本《青瑣高議》前集卷之六，題下又名「張俞遊驪山作記」，全文極長，約三千一百多字。內容敘述張俞不第還蜀，于驪山下就故老問楊妃逸事，故老為之具道。全篇結構模仿陳鴻《東城老父傳》之跡甚顯。作者是否即文中之張俞，今不得知。

　　又曾慥《類說》所收之《青瑣高議》，亦有〈驪山記〉一篇〔註21〕，其文簡略甚多，僅五百餘字，取二文以相校，除少數幾字差異外，餘約略相同。案曾慥《類說》六十卷，成書於南宋紹興六年，而北宋《青瑣高議》成書年代在《類說》之前，可見《類說》之篇，應是節略之文。今錄之以參考：

> 張俞遊驪山，見老叟曰：「吾嘗見大父言唐明皇時事。」因取驪山六幅圖，大小九殿，臺亭六十二處。當時有獻牡丹者，謂之楊家紅，乃楊勉家花，貴妃夕面，口脂在手，印於花，上詔於先春館栽，來歲花開，上有指印紅跡，帝名為一撚紅。帝詔郡國鑄開元錢，妃指甲誤觸摸，冶吏不敢換，迄今錢背有甲痕焉。民間獻黃牡丹，花面幾一尺，高數寸。帝未及賞，為鹿銜去，有佞人奏云：「釋氏有鹿銜花，以獻金仙。」帝私曰：「野鹿遊宮中，非嘉兆也。」殊不知祿山亂深宮，此其應也。貴妃日與祿山嬉遊，一日醉戲，無禮尤甚，引手抓傷妃乳間，妃泣曰：「吾私汝之過也。」慮帝見痕，以金為訶子遮之，後宮中皆效之。祿山嘗醉臥明霞閣下，宮人誤覆水於面。祿山瞋目噴氣，頭上生角，體亦生翼，蜿蜒欲飛，帝急往觀曰：「不足

〔註20〕此段見張友鶴，《唐宋傳奇選》，頁6（台北：明文書局，1982）。
〔註21〕見《類說》卷之四十六，頁3067（台北：新興書局，《筆記小說大觀》三一編，第五冊，1962）。

畏也，此乃豬龍。」少頃，祿山睡覺曰：「臣夢爲人以水沃臣，臣化爲龍。」妃以問帝，帝曰：「祿山非眞龍，乃是豬龍，異日須死兵刃。」妃曰：「莫爲患乎？」曰：「此外非汝可知。」一日，妃浴出對鏡勻面，裙腰上微露一乳，帝捫弄曰：「軟溫新剝雞頭肉」，祿山對曰：「潤滑初來塞上酥。」妃大笑曰：「信是胡奴只識酥。」祿山初守漁陽，白妃曰：「此行深非所樂，此別復有相見期乎？」妃笑而不答。祿山曰：「人但患無心耳，苟有心，雖抽腸瀝血，萬生萬死猶且不顧，臣須來見娘娘。」因抱妃，泣久不止。祿山數失禮於妃；妃晚年尤不喜，恨無計絕之耳。既行，甚怏怏，令前騎作樂。祿山曰：「樂有離聲，人多別恨，自古迄今也。」後舉兵反，私曰：「吾非敢覬覦大寶，但欲殺楊國忠等數人，一見貴妃敍離索，得同歡三五日，便死亦快樂也」。

蓋此文之長僅今本《青瑣高議》篇之五分之一，由於簡略太甚，不免有語句過簡及交待不清之處。然對安、楊幽情之描寫，其誇張渲染已昭然可見。此一傳奇雖是文人的設想，卻足以反證宋代安楊私情之傳說頗盛，原來世傳「祿山之爪」之典即出乎此傳。而「楊貴妃私安祿山」之關目亦爲說話人所取資，此待下文析述。至元代諸宮調中，於安、楊私情之細膩描摹，情節皆本自此篇。今查〈驪山記〉之內容，乃採《國史補》、《明皇雜錄》、《開天傳信記》、《開元天寶遺事》、《楊太眞外傳》等書，加以附會增飾也。

（四）〈溫泉記〉

此篇收於《青瑣高議》前集卷六，題名一曰〈西蜀張俞遇太眞〉，下署有「亳州秦醇子履撰」，作者生平待考。此文情節奇異，敍張俞他日再經驪山，夜宿溫湯，夢楊妃遣使相召，問人間事，且賜浴，明日敕吏引還，並與之訂後約云「後二紀待子於伊水之陽」，俞驚起如夢覺，乃題詩于驛，後步野外，有牧童送酬和詩，云是前日一婦人之所託也。

此記謂楊妃爲蓬萊第一宮仙子，姿容豔麗「高髻堆雲，鳳釵橫玉，豔服霞衣，瓊環瑤珮，鸞姿鳳骨，仙格清瑩」。其對祿山、楊妃、明皇事亦有段記載；將穢聞之事，歸諸天理，文云：

俞曰：「俞少好學，雖望道未見，然於唐史見仙事跡甚熟，今見仙之姿豔，一祿山安能動仙之志，而仙自棄如此也？」仙復曰：「事係天理，非子可知，幸無見詰。」俞曰：「明皇蘊神聖之姿，天日之表，

沒當不化，今在何地？」仙曰：「人主皆天之高眞也，明皇乃眞人下
　降，今住玉羽川。」俞曰：「玉羽川何地也？」仙曰：「在潭衡之間。」
文中神道色彩頗濃，乃作者想像之詞，遣詞簡明易曉，結構舖述自然，觀全
文情節之發展，若前篇〈驪山記〉之續集，且行文形式亦同採對話之語氣，
頗疑二篇爲同一人所作。

　　曾慥《類說》所收〈題驪山詩〉一文〔註22〕，內容、文字與此相同，文
長僅二百八十餘字，當亦自《青瑣高議》節略而來。

　　近人魯氏總評〈驪山〉、〈溫泉〉二文云〔註23〕：

　　　其文頗欲規撫唐人，然辭意皆蕪劣，惟偶見一二好語，點綴其間；
　　　又大抵託之古事，不敢及近，則仍由士習拘謹之所致矣。

（五）〈貴妃襪事〉

　　此篇收於《青瑣高議》卷六，題下又曰「老僧贖得貴妃襪」，未署撰者。
敘述明皇、楊妃爲賑災而捨衣物，由一老僧得香襪，引得好事者眾，添增趣
話。此事首見於李肇《國史補》，言楊妃死於馬嵬梨樹下。店媼得錦襪一隻，
過客傳玩，每出百金，由此致富。《玄宗遺錄》，又載高力士於妃子臨刑遺一
襪，取而懷之，後獻於明皇云云。〔註24〕

　　元伊世珍《瑯嬛記》載楊妃襪事，其情節更與之不同，增撰之跡甚顯：

　　　馬嵬老媼拾得太眞襪以致富，其女名玉飛，得雀頭履一隻，眞珠飾
　　　口，以薄檀爲苴，長僅三寸，玉飛奉爲異寶，不輕視人……。〔註25〕

貳、話本

　　話本盛行於宋元之際，宋代之譜楊妃故事之話本，據《綠窗新話》（南宋
時說話人所據之本事）所錄，計有八種。《綠窗新話》分上下二卷，題「皇都
風月主人」撰，其所收錄之話本名目共一百五十四篇，大都註明出處，乃從
舊籍中節錄而來。如唐宋以來之傳奇、筆記，以至正史、雜史、詩集、詞話

〔註22〕見《類說》卷之四十六，頁3041（台北：新興書局，《筆記小說大觀》三一編，
　　　　第五冊，1962）。
〔註23〕魯迅，《中國小說史略》，頁108。
〔註24〕宋王楙，《野客叢書》卷二十二，頁1415（台北：新興書局，《筆記小說大觀》
　　　　續編，第二冊，1962）。
〔註25〕元《瑯嬛記》，頁3473（台北：新興書局，《筆記小說大觀》九編，第五冊，
　　　　1962）。

等，書中每篇皆以七字標目。羅燁新編《醉翁談錄》曾將其與《夷堅志》、《琇瑩集》、《東山笑林》並列〔註26〕，可見此書確爲說話人所據之底本，而原書情節較爲簡略，全靠說話人臨時自行加以敷演。書中所載，無一篇宋以後之作品，今雖無法確定此篇編者爲南宋人，然其成書必在《醉翁談錄》之先。茲就其錄，列之如下，並擇其中以楊妃爲主角之話本略作探討：

張俞驪山遇太眞　　出《青瑣高議》
楊貴妃私安祿山　　出《青瑣高議》
唐明皇咽助情花　　出《天寶遺事》
明皇愛花奴羯鼓　　出《南卓羯鼓錄》
楊妃竊寧王玉笛　　出《詩話總龜》，亦見《楊妃傳》
永新娘最號善歌　　出《樂府雜錄》
楊貴妃舞霓裳曲　　出《楊妃外傳》
虢夫人自有美豔　　出《楊妃外傳》、《明皇雜錄》

（一）〈張俞驪山遇太真〉

此篇文長一千七百字左右，經查即全錄自今本《青瑣高議》前集卷六所收〈溫泉記〉一篇，今取二文以相校，則除少數幾字差異外，幾乎完全相同。曾慥《類說》所收〈題驪山詩〉內容亦相同，乃自《青瑣高議》節略而來，本文前已談及，茲不贅述。

（二）〈楊貴妃私安祿山〉

此篇文長六百八十字左右〔註27〕，蓋自《青瑣高議》所收〈驪山記〉傳奇，節略其有關安祿山、楊貴妃曖昧之事而成，文字幾乎全同，由題目已可顯見其內容。

此一情節於五代以來特別盛行，吳曾《能改齋漫錄》卷七事實類，載「祿山兒」條云：

> 豫章中興碑詩「明皇不作包荒計，顛倒四海由祿兒」按祿山事跡云：
> 「正月十二日，祿山生日。賜物甚多。後三日，召祿山入內，貴妃以錦繡褓縛祿山。令內人以綵輿昇之。宮中歡呼動地。明皇使人問之，報云：貴妃與祿山作三日洗兒。明皇就視之，大悅，因賜貴妃

〔註26〕《醉翁談錄》甲集卷一《小說開闢》，頁3（台北：世界書局，1972）。
〔註27〕《筆記小說大觀續編》第二冊，頁1518（台北：新興書局，1962）。

洗兒金銀錢物，極歡而罷，因是宮中皆呼祿山爲祿兒，不禁其出入。」
〔註28〕

蓋宋傳奇與話本已加諸楊妃政治及社會道德之罪責，塑造其否定之形象，故金王朋壽《類林雜說》亦將楊妃歸之「女禍門」，與驪姬、夏姬等並列，且贊曰：

世衰道微，重色輕德，政移寵嬖，禍生肘腋，始也專權，終於亡國。
冶容誨淫，滅身殄族，麗華玉樹，綠珍金谷，以勵後人，戒之母忽。
〔註29〕

（三）〈唐明皇咽助情花〉

此條全文一百三十字，前段〈被底鴛鴦〉條，查係全錄自《開元天寶遺事》卷下，〈助情花〉條係全錄自《開元天寶遺事》卷上，合二條題名曰：「唐明皇咽助情花」，描敘明皇寵歡楊妃，安祿山進助情花香百粒之事。文人吟誦常以飛燕專寵漢宮，喻楊妃之得寵於明皇。此情節蓋與《趙飛燕外傳》中，述「漢武帝服脊郵骨」相似。清《長生殿》傳奇寫楊妃妒其姊虢國夫人，因而遭遣外第，似亦襲於趙飛燕、趙昭儀姊妹爭寵之故事。文後評曰：

人之溺於嗜慾，於智者猶有不免。韓文公勸人莫置侍姬，莫餌暖藥；晚年寵二妾，服金石，卒以自斃。豈徒能言之，而不能行之者耶？抑亦明知其然，而情有不能禁者耶？明皇寵妃子而召亂，其亦溺於嗜慾者乎？

由上可知說話人以此而告誡時人，其寓意存焉。

（四）〈楊妃竊寧王玉笛〉

此篇見於《綠窗新話》卷下，文末注云「出詩話總龜」，記楊妃竊笛遭遣外第，因剪髮獻明皇而復召事，其敘竊笛事，文與〈太眞外傳〉同，文云：

……。妃子竊寧王玉笛吹之，始亦不彰，因張祐詩云：「梨花靜院無人見，閒把寧王玉笛吹」因此忤明皇，明皇不懌，乃遣中使張韜光送歸楊銛宅。妃子涕泣謂光曰：「託以下情繳奏：妾罪固當萬死，衣服之外，皆聖恩所賜，惟髮與膚，生從父母耳。今當即死，無以謝上！」乃引刀剪髻髮一絡，附韜光以獻。明皇見之大驚，遂命高力士就召以歸。

〔註28〕《綠窗新話》，頁67（台北：世界書局，1965）。
〔註29〕《類林雜說》卷六「女禍門」，唐明皇條（台北：新興書局，《筆記小說大觀》三十編，第九冊，1962）。

文後評曰：

> 欲人不知，莫若不爲！

可見作者所寓勸懲之意。

（五）〈楊貴妃舞霓裳曲〉

此條見《綠窗新話》卷下，末注云「出楊妃外傳」，按此文與曾慥《類說》所收之《楊妃外傳》霓裳羽衣曲條全同〔註30〕，而與今所見之顧氏文房本、說郛本之《楊妃外傳》有異，頗疑《綠窗新話》乃自《類說》摘出，而在末尾加上《樂府雜錄》釋舞、胡旋女二條，定題名爲「楊貴妃舞霓裳曲」，其實本文內容絲毫無述及楊妃舞處，可見此爲說話人據此底本，而敷演講述楊妃作舞。

宋代作品，除上述者外，又陳元靚《歲時廣記》，「七夕」授釵鈿條，載有〈伊州曲〉，云：〔註31〕

> 金雞障下胡雛戲，樂媒禍來漁陽兵起，鸞輿幸蜀，玉環縊死，馬嵬坡下塵滓，夜對行宮皓月，恨最恨春風桃李，洪都方士念君縈繫妃子，蓬萊殿裏覓尋，太眞宮中睡起，遙講君意，淚流瓊臉，梨花帶雨，彷彿霓裳初試，寄鈿合共金釵，私言徒爾，在天願爲比翼同飛，居地應爲連理雙枝，天長與地久，唯此恨無已。

按此曲即衍述「蜀道思妃」、「方士覓魂」、「七夕密誓」等情節，含有譏刺「歡樂極兮哀情多」之意。可見白歌陳傳所載之李、楊愛情故事，於宋代之盛行。

第三節　元雜劇與諸宮調

一、《梧桐雨》及殘佚劇目

元代楊妃故事，繼承著唐宋已發展定型的基礎，關目情節率依舊籍之載記以衍敘，皆是淵源有自。在戲劇中，以明皇、楊妃之事爲題材者，計有七種，然傳於後世之作寥寥，惟《梧桐雨》一劇全存，餘或失佚，僅於戲曲選集，各家曲譜中有散折零支殘文者；或今已全佚不見，只存其劇目者。惟就

〔註30〕《類說》卷一，頁88（台北：新興書局，《筆記小說大觀》三十一編，第一冊，1962）。
〔註31〕宋陳元靚，《歲時廣記》卷二十七，頁10（中央研究院藏）。

題名觀察，此七種雜劇，皆各有主題，蓋因李隆基、楊玉環之愛情故事，究是複雜而豐富之素材，盡可使作家選擇馳騁了。

按元代雜劇之體制，每本例以六言至九言之偶句二聯或四聯，總括一劇本事，以為劇目；前聯謂之「題目」，後聯謂之「正名」，然因流傳時代及版本不同之種種原因，各本劇目往往歧異紛殊、別名複出。本文僅就見聞所及者，皆為著錄，冀存其真，更藉以窺見劇中關目情節一斑。茲試逐一析述之：

（一）白樸《唐明皇秋夜梧桐雨》

此劇全本今存，劇名乃採〈長恨歌〉中「秋雨梧桐落葉時」以為標目，描寫唐明皇回宮後，因梧桐雨之驚，而沈痛於思念貴妃的悲涼情景。鍾嗣成《錄鬼簿》、錢曾《也是園書目》、姚燮《今樂考證》、王國維《曲錄》等均收錄此目。朱權《太和正音譜》、臧懋循《元曲選目》、黃文暘《曲海目》及董康校訂之《曲海總目提要》，皆作簡名《梧桐雨》。

今人徐調孚氏敘錄此劇流傳之版本，計有五種〔註32〕，古名家、顧曲齋、酹江集、繼志齋四刊本，題目、正名皆同作：

　　題目：高力士離合鸞鳳侶　　安祿山反叛兵戈舉

　　正名：楊貴妃曉日荔枝香　　唐明皇秋夜梧桐雨

臧懋循《元曲選》本，惟題目作「安祿山反叛兵戈舉　陳玄禮拆散鸞鳳侶」，正名則與前本相同。

按本劇所演全局，皆據正史以立意，間採其他傳記者，亦是由來有自，並非虛構。所採諸書，則如《唐書紀傳》、〈太真外傳〉、〈長恨歌〉、〈長恨歌傳〉、《明皇雜錄》、《開天傳信記》、《安祿山事跡》、《酉陽雜俎》、《開元天寶遺事》、《明皇十七事》等。然本劇從精簡的詩歌演化為複雜的戲劇，自是經過作家的一番藝術創作，最大之特色，乃在於其打破了古典戲劇之曲終奏雅、

〔註32〕徐調孚，《現存元人雜劇書錄》所載（台北：盤庚出版社，頁12）。
　　　（一）明萬曆間脈望館藏《古名家雜劇》鮑集本；今藏於北平圖書館。
　　　（二）明萬曆間「顧曲齋」刻《元人雜劇選本》；今藏於北平圖書館。
　　　（三）明萬曆間「繼志齋」刻本；傅惜華藏。
　　　（四）明萬曆間臧懋循《元曲選》兩集本。
　　　又傅惜華氏《元雜劇考》另錄有：
　　　明嘉靖間李開元刻「改定元賢傳本」本；鐵琴銅劍樓舊藏。徐氏云「未見此本」。
　　　另《永樂大典》中，選錄元代雜劇約百餘本，為明代彙選元人雜劇之最古本，其卷二○七四四「雜劇八」，亦收「梧桐雨」一目，惜今未見。

大團圓之俗套，而全劇之結局，只在雨聲凄涼之悲切氣氛中結束，益發使人對於明皇、楊妃之悲哀遭遇，爲之黯然無已。

又其爲末本雜劇，就內容而言，是著重於愛情的描寫；劇中人物，以唐明皇最爲鮮活突出，作者亦以其情感爲中心，單線縱貫全局，而將禍因亂源歸於楊貴妃，以增強其愛情生活之不幸〔註33〕。再細譯本劇之布局技巧，則有隱有現，明顯之處是以安祿山之歷史事件來推進，隱幽之處則以風情雨態來喻其發展過程，致使情節不因單線而失變化之妙。

爲明全劇情節，今據清黃文暘《曲海總目提要》，略事鈎勒：〔註34〕

張守珪爲幽州節度使，裨將安祿山失機當斬，惜其驍勇，械送至京。丞相張九齡請誅之，明皇不從，召見授以官。時貴妃方寵幸，命以祿山爲義子，賜洗兒錢。後與楊國忠不叶，出爲范陽節度使。七月七日，妃陪上宴於長生殿，賜金釵鈿盒，酒酣，感牛女事，對星而盟，願生生世世爲夫婦。天寶十四載，方食荔枝，祿山反報至，倉皇幸蜀。次馬嵬驛，軍譁不行，龍武將軍陳元禮請誅楊國忠。既誅，軍譁不止，元禮復以貴妃爲請。明皇不得已，命高力士引至佛堂中自盡，六軍始行。肅宗收京，上皇居西宮，懸貴妃像於宮中，朝夕相對。一夕，夢與貴妃相見，而爲梧桐雨驚醒，追思往事，怨梧桐不置云。

從其中可知，玄宗以一國之君，衷情於貴妃而至於拱傳江山，獨坐西宮聽雨，是如何的令人唏噓不已。在白劇中，作品一開始就揭露了明皇荒淫無度的生活，因爲「二十餘年，喜的太平無事」，故「自從太眞入宮，朝歌暮宴，無有虛日」，又寵信安祿山，給國家帶來了大災難。然而明皇的耽於逸樂，疏於朝政，本應是爲人所棄，但卻又因作者寫明皇對貴妃之愛情，從官能美的層次上，提升至眞摯熱切的深愛，尤以在第四折中，作者以整整一折篇幅，寫盡了明皇對楊妃之渴念，更襯托出二人離別的悲哀，而令人寄予無限的同情。白樸對明皇此一用情專一人物的創造，賦予了楊妃故事以新的生命，而成爲後世許多作品的重要題材。

本劇結局以明皇於楊妃死後之悲嘆聲中結束，其能擺脫神話色彩，保留

〔註33〕黃敬欽，《梧桐雨與長生殿比較研究》第二章（65年師大國研所碩士論文）。
〔註34〕《曲海總目提要》卷一，頁26（台北：新興書局，《筆記小說大觀》二十五篇，第八冊，1962）。

人間悲劇之寫實性，與其他寫李、楊故事之幻想團圓結局相較，益增白樸之獨特思想，亦愈顯本劇之不凡地位。〔註35〕明人徐復祚、王湘、無名氏俱有梧桐雨雜劇，然皆無可與樸爭勝。清洪昇《長生殿》之情節布局，及曲文字句蹈襲此劇之跡尤顯。

（二）白樸《唐明皇遊月宮》

此本今已不傳，曹本《錄鬼簿》、姚燮《今樂考證》及王國維《曲錄》，均收錄此目。賈本《錄鬼錄》，朱權《太和正音譜》、《元曲選目》〔註36〕均簡作「幸月宮」。

按元劇有事情長而非四折所能盡者，則分數本〔註37〕。白樸於明皇、楊妃故事，撰有《梧桐雨》、《幸月宮》二劇，嚴氏《元劇斟疑》謂其情節或如《西廂記》五本之例一樣，竟是前後連貫的，而以《梧桐雨》當為《幸月宮》之下本〔註38〕。

（三）關漢卿《唐明皇啟瘞哭香囊》

此本今已不傳，僅有逸文見於《北詞廣正譜》，趙景深《元人雜劇鉤沈》曾輯得逸文五曲。賈本《錄鬼簿》收錄此目，又作簡名為《哭香囊》。曹本《錄鬼簿》、《今樂考證》及《曲錄》均略作《唐明皇哭香囊》。《太和正音譜》、《元曲選目》均作簡名《哭香囊》。

本劇《北詞廣正譜》所收錄越調曲五支，其聯套之次序不明，趙氏就詞意次第其先後，為〈綿搭絮〉、〈絡絲娘〉、〈雪裏梅〉、〈么篇〉、〈拙魯速〉。茲依其所輯，迻錄如下：

〔註35〕近人鄭振鐸評此劇云：「《梧桐雨》是一篇極高超的悲劇，其結果總是止於團圓或報仇，即關漢卿的《竇娥冤》，馬致遠的《漢宮秋》，也是大團圓、大快人心的結果；無數的敘唐明皇、楊貴妃的故事的文字，其結果也都止於幻造的大團圓的境地，如陳鴻的《長恨歌傳》，乃有葉法善的傳語，洪昇的《長生殿》，乃以天上的重圓為結束全劇，全失了悲劇的意境，獨白仁甫此劇，則為最完美的悲劇。」（盧冀野，《中國戲劇概論》，頁55，台北：文馨書局，1975）

〔註36〕清康熙間曹寅校刻本之《錄鬼簿》，本文簡稱「曹本」；明天一閣藏之鈔本，傳為賈仲明校編，亦稱「明抄本」，本文簡作「賈本」。

而《元曲選目》，即指明藏懋循《元曲選》卷首附載之「涵虛子雜劇目」而言。

〔註37〕如《太和正音譜》載王實甫《破窯記》、《麗春園》、《販茶船》、《進梅諫》、《于公高門》各有二本；《西廂記》分作五本。請參閱凌景埏，《南戲與北劇之交化》註30。文載於羅聯添編，《中國文學史論文精選》，（台北：學海出版社，1984）。

〔註38〕嚴敦易，《元劇斟疑》下冊，頁600（上海：中華書局，1960）。

〈綿搭絮〉玉簪初綻，金菊纔開，碧梧恰落，羽柳微凋，都做了野
草閑花滿地愁。說與那教坊司、仙音院、莫落後。若得些鬆閑，共
娘娘做取個九月九。

〈絡絲娘〉不要你微分間到口，則要你滿飲這一盞勞神御酒。額角
上花鈿墜不收，粉汗交流。

〈雪裏梅〉鬧炒炒樹頭邊，訟都都絮無休，止不過添兵，離不了求
救，您怎麼諸葛武侯！

〈么篇〉你可甚分破帝王憂，向沙塞擁戈矛。那裏也斷密亡隋，排
蕭剪聞，擒充戮竇。

〈拙魯速〉比當日黑河秋，則不爭擁著貂裘。向前待問候，只見淡
淡雙蛾緊相鬥；翠眉皺，手按著驊騮，忔忒忒戰又怯，嬌又羞。

首云：「玉簪初綻，金菊纔開，……共娘娘做取個九月九」，次又勸妃飲酒，
清《長生殿》傳奇第二十四齣小宴驚變的布局，與之差仿。〈雪裏梅〉二曲，
似含譴責文武群臣之語。〈拙魯速〉云：「比當日黑河秋」，則貴妃已跟著結束
登程、騎馬奔蜀了。

　　關氏此劇，今吾人雖未能得見全本，然其主題自應如劇名之所標示。其
來源爲〈太眞外傳〉所記玄宗自成都還西宮，欲改葬貴妃，爲肅宗及大臣所
止，「上皇密令中官，潛移葬之于他所。妃之初瘞，以紫褥裹之。及移葬，肌
膚已消釋矣。胸前猶有錦香囊在焉。中官葬畢，以獻大皇，置之懷袖。」外
傳雖未云「哭」，但覩物思情，大哭一場，是意中事，劇之全稱，作「唐明皇
啓瘞哭香囊」，正相符合。又本劇自應是以明皇主唱之末本，其情節則必強烈
渲染馬嵬之變，以及還京啓瘞，而以痛哭香囊作爲結束。《天寶遺事諸宮調》
中，亦有哭香囊之關目。依〈太眞外傳〉及《新唐書》，皆言香囊掘出後獻於
唐明皇，清代《長生殿》則把香囊「裹以珠襦，盛以玉匣，依禮安葬」了。（見
第三十七齣〈尸解〉）

（四）庾天錫《楊太真浴罷華清宮》

　　此劇今已不傳，就題名觀察，似應寫楊妃之初幸，旖旎風光之情節。事
出唐白居易〈長恨歌〉及宋樂史〈太眞外傳〉，賈本《錄鬼簿》收錄此目。曹
本《錄鬼簿》、《今樂考證》及《曲錄》均作《楊太眞華清宮》。《太和正音譜》、
《元曲選目》均簡名《華清宮》。《雍熙樂府》收有《天寶遺事諸宮》，其中有
楊妃澡浴、楊妃出浴諸套。

（五）庾天錫《楊太真霓裳怨》

此劇今亦不傳，其關目殊無從臆測，據〈太真外傳〉載記，楊妃善霓裳舞，後世多將此舞與楊妃並稱，蓋其象徵楊妃與明皇歌舞享樂之愛情生活。又既云「怨」字，大概必敘及倉惶擾攘，暨楊妃死難之事。曹本《錄鬼簿》、《今樂考證》及《曲錄》均錄此目。賈本《錄鬼簿》、《太和正音譜》、《元曲選目》及《黃文暘曲海目》，並作簡名《霓裳怨》。和白樸一樣，庾氏於楊妃故事之雜劇，也無獨有偶地作了二本，二劇皆以「楊太真」標題，顯以楊妃為主題，當悉為「旦本」。

（六）岳伯川《羅公遠夢斷楊貴妃》

此劇今無傳本，惟見明《盛世新聲》、《詞林摘豔》、《雍熙樂府》及清代《北詞廣正譜》、《九宮大成南北詞宮譜》錄有佚文，惟題名不同〔註39〕，學者對此頗有異議。

賈本《錄鬼簿》收錄此目，簡名作《楊貴妃》，《太和正音譜》及《元曲選目》略作《夢斷楊貴妃》，曹本《錄鬼簿》、《今樂考證》、《曲錄》均題作《羅光遠夢斷楊貴妃》，其「公」字作「光」，當為誤寫。「羅公遠」其人，據〈太真外傳〉卷上，引《逸史》云，是天寶年初，導引明皇遊月宮者，因而獲製〈霓裳羽衣曲〉，其與楊妃並未有何牽涉。岳氏此劇本事，如劇名全稱所云，

〔註39〕明張祿，《盛世新聲》子集，收正宮端正好套《傳將令馬休行》，題作無名氏「馬踐楊妃雜劇」；《摘豔》辛集標題為「馬踐楊妃雜劇」，未題撰人；雍熙卷二僅稱「馬踐楊妃」。至清初李玉《北詞廣正譜》錄了其中〈貨郎兒〉、〈脫布衫〉、〈小梁州〉、〈么篇〉數曲，題作岳伯川撰「楊貴妃」；《大成譜》則以此為王伯成《天寶遺事》中一段。《納書楹曲譜續集》卷二，並題之為「馬踐」。以上諸說，幾使吾人無從辨別其是非。

（一）近人趙景深氏，傅惜華氏，以此套非《天寶遺事諸宮調》中之口氣，皆從《廣正譜》之題，謂此套為「羅公遠夢斷楊貴妃劇」，鄭振鐸也有同樣的意見。（台北：明倫出版社，《中國文學研究新編》第三卷，頁652，1971）

（二）日人青木正兒，《元人雜劇序說》，頁173，云：「雍熙樂府卷二題為馬踐楊妃之一套是也。」

（三）汪天成，《宋元諸宮調輯佚》，依採《九宮大成譜》之題，並謂《摘豔》《據雍熙》，遂遽以為無名氏馬踐楊妃雜劇。（台北：國立政治大學中國文學研究所，《中華學苑》23期，頁154，1979）。

按：《詞林摘豔》成書於嘉靖四年（1525），《雍熙樂府》乃成書於嘉靖四十五年（1566），可知汪氏之欲推翻《摘豔》之題，實無根據。且今細看全套，實非《天寶遺事諸宮調》之口氣，竊以為本套末曲云：「可惜將一箇嬌滴滴楊妃馬踐。」，此語恐正是《摘豔》以之題稱馬踐楊妃雜劇之所由來。

是《羅公遠夢斷楊貴妃》，似與普通描寫太眞遺事者，稍具不同性質，有些獨特之關目，或爲熟知習見的楊妃事蹟中所無。「夢斷」情節究竟如何？未能確指。

趙氏《元人雜劇鈎沈》及傅惜華《元雜劇考》，得正宮端正好套《傳將令馬休行》，依採清李玉《廣正譜》所題，定爲岳氏之劇。茲依二氏所輯，引錄如下：

據《雍熙樂府》卷二，頁二～十三

〈正宮 端正好〉傳將令馬休行，排隊伍軍休鬧，定唐朝只在今朝，將一個太眞妃馬上端詳了，端的是傾國傾城貌。

〈滾繡毬〉鳳頭鞋將寶鐙挑，龍袍袖玉鞭裊，玉纖手則將這紫絲韁緊搯，那馬兒行的疾魄散魂消。俺這裏軍行似出連雲棧，使不的你僝落君王上馬嬌，一簇兒妖嬈。

〈倘秀才〉六宮冥冥悄悄，四海外荒荒鬧鬧。你一日亂俺不定交。我憑著垓心里戰，你倚仗著翠盤中嬌，你開筵俺這里戰討。

〈滾繡毬〉你那裏銀箏間玉簫，俺這裏長鎗對短刀；你那里列宮人，俺這里密排軍校；恁那里笙歌響，俺這里戰鼓齊敲；俺臨軍不死傷，恁登筵不醉飽，且休問兩下里俸錢多少；俺這里戰軍回，恁那里早宴罷臣寮；恁那里醉醺醺酒淹濕宰相春羅袖，俺這里血瀝瀝濕浸透將軍錦戰袍，天數難逃。

〈倘秀才〉三月三九龍池鬥草，七月七長生殿乞巧。搬的個唐天子親擊梧桐按六么。這的是國興天子志，家富小兒嬌，從今後罷卻。

〈呆骨朵〉太眞妃養著一個家生哨，則在那翠盤中惹起兵刀。見如今臣負君心，怎肯教鴉奪了鳳巢！微臣可便上下的凌烟閣，娘娘也立不的楊妃廟；臣今日不盡孝能盡忠，你可甚養小來防備老？

〈貨郎兒〉也不索君王行請詔，也不索娘娘行取招。我則見鐵統軍圍了一週遭。一個按不住心頭怕，一個擎淚眼搵濕鮫綃。

〈脫布衫〉高力士絮絮叨叨，陳玄禮憊憊焦焦，太眞妃煩煩惱惱，唐天子穰穰勞勞。

〈小梁州〉則聽的鼕鼕的鼓敲，忽忽的旗搖。那裏取江梅丰韻海棠嬌，把娘娘軟兀剌諕倒。

〈么篇〉見娘娘聖主行忙哀告，見陛下磨拳擦掌心焦惶；見踏霧騰
雲那馬兒越咆哮，可惜將一個嬌滴滴楊妃馬踐了。

《廣正譜》所錄，自〈貨郎兒〉曲以下，其曲文與《雍熙樂府》所載有異，且
〈小梁州〉及〈么篇〉二曲分題亦不相同，今附錄《廣正譜》異文以資考證：

〈貨郎兒〉勢逼的君王行寫詔，也不索問娘娘行取招。見鐵桶般軍
圍了一週遭。一個眼不離香羅帕，一個淚搵濕赭黃袍。

〈脫布衫〉陳玄禮憊憊焦焦，高力士穰穰勞勞，唐天子煩煩惱惱，
太真妃絮絮叨叨。

〈醉太平〉則聽得鼕鼕鼓敲，骨剌剌雜綵旗搖。那里有江梅丰韻海
棠嬌，把娘娘軟兀剌諕倒。啼天哭地聖主行忙陪告，摩拳擦掌虎將
心焦躁，挐雲握霧戰馬亂咆哮；

〈貨郎兒〉把一個嬌滴滴楊妃馬踐了。〔註40〕

按此劇之本事，今無任何徵證，得以找到其影響所自來。或者這「夢斷楊貴妃」，
和明皇在楊妃死後心念不已，如陳鴻〈長恨歌傳〉所云的，有「道士自蜀來」，
「命致其神」，終於蓬壺仙山得玉妃蹤跡，傳言七夕密誓一節之記載，有些淵源
與演變。然究竟如何？今尚未能確指。唯由以上佚文看來，此套在描述軍眾求
殺貴妃之事，文句與白樸《梧桐雨》有幾處相似。在〈呆骨朵〉一調中所唱：

太真妃養一個家生哨，則在那翠盤中惹起兵刀。見如今臣負君心，
怎肯教鴉奪了鳳巢！微臣可便上不的凌烟閣，娘娘也立不的楊妃
廟；臣今日不能盡孝能盡忠，你可甚養小來防備老？

可見其對楊妃之態度，也是本著「懲尤物、窒亂階」之嚴肅態度的責備口氣。
作者岳伯川，鎮江人（或云濟南人），作劇有二，今止存〈李鐵拐〉一種，《正
音譜》評其詞「如秀林翹足」。

元劇演楊妃故事者，除以上諸本外，尚有作者不可確考之元明間無名氏
作品一本。

（七）無名氏《明皇村院會佳期》

此劇今已不傳。《太和正音》譜之「古今無名氏雜劇目」收錄此劇。《元
曲選目》、《今樂考證》及《曲錄》等，亦皆錄之。

又《永樂大典》內所收之南戲〈宦門子弟錯立身〉〔註41〕，古傳奇院本

〔註40〕引自趙景深，《元人雜劇鉤沈》，頁43。

雜劇名目甚多，其〈哪吒令〉一曲，有「馬踐楊妃」一目，其曲詞所詠：

〈哪吒令〉這一出傳奇周字太尉，這一出傳奇是崔護覓水，這一出
傳奇是秋胡戲妻，這一出是關大王獨赴單刀會，這一出是馬踐楊妃。

以上所錄元雜劇都七本，惜今傳世有刊本者，僅《梧桐雨》一劇，餘散
佚諸齣，徒令後人思憶耳。今覩目興悲，不免有曲散廣陵之歎！推究其因，
乃昔人目戲曲為小道，棄置不錄而聽其化去，實可惜也！

二、《天寶遺事諸宮調》

所謂「諸宮調」者，是一種韻散交替、說唱並用之作品，然則何以謂之
諸宮調？此乃以其可兼採各種宮調之曲，以敷演唱腔，故名之曰「諸宮調」。
蓋宋世以前之舞樂，無論其為大曲、鼓子詞，率皆用同一宮調，乃至同一曲
調之曲，疊相歌唱，逮乎孔三傳出〔註42〕，乃首創可兼採各宮調之曲，以資
說唱也。據吳梅《元劇研究》一書所言〔註43〕，諸宮調與雜劇不同處，約有
數端：

（一）諸宮調不分齣數，從頭至尾，是一篇大文章。

（二）諸宮調不分角色，末旦淨丑等名，至王實甫（雜劇作者）方有之。而體
　　　格與評話、彈詞相類，由一人彈唱，通體是旁人敘述之口氣，不似元劇
　　　為代言體。

（三）諸宮調套數較短，與元劇的洋洋灑灑文章，大不相同。

（四）諸宮調白文，止有說話，無科介。因是講唱方式，一切動作，概自口中
　　　說出，非若元劇扮演登場。

由此數端，故謂諸宮調算不得戲劇，而別稱「諸宮調體」。據《夢粱錄》和《武
林舊事》諸書，知此種文學但盛行於宋、金、元三代。自明初以降，諸宮調

〔註41〕趙萬里先生云：「案此劇元時有二本，一為李直夫撰，一為趙文敬撰：《錄鬼
　　　簿》、《正音譜》並著錄。此本未知為誰氏作。」
　　　（見趙氏《記永樂大典內之戲曲》一文，頁970，文載《國立北平圖書館刊》
　　　第二卷，第三、四號。）

〔註42〕諸宮調之名，首見於宋孟元老，《東京夢華錄》卷五，〈京瓦技藝〉條，其說
　　　云：「崇、觀以來，在京瓦伎藝，……孔三傳，耍秀才諸宮調。」
　　　孔三傳者，實為諸宮調之創始人，王灼，《碧雞漫志》卷二云：「澤州孔三傳
　　　首創諸宮調古傳，士大夫皆能誦之。」耐得翁，《都城紀勝》〈瓦舍眾伎〉條，
　　　謂其所創諸宮調之內容，則專以傳奇靈怪入曲說唱也。

〔註43〕吳梅，《元劇研究》，頁2（台北：啟明書局，1961）。

之講唱即已失傳，由於年代久遠，且此種俗文學作品，不爲士大夫所重視，所以流傳於今者，只有《董西廂》、《劉知遠》、及《天寶遺事》三種，且除《董西廂》外，餘皆殘缺不全。

　　《天寶遺事諸宮調》作者王伯成，涿州人，生平事蹟不詳，惟知與馬致遠爲忘年友，與李仁卿爲莫逆交。約生於元世祖中統或至元年初，卒於元文宗至順元年之前（1260～1330）。作品除《天寶遺事諸宮調》外，尚有雜劇三種〔註44〕所作戲曲均極精絕，《太和正音譜》評其詞謂如「紅鴛戲波」。

　　此《天寶遺事諸宮調》至今雖已亡佚，但於明、清兩代曲集中多有探錄，而以《雍熙樂府》、《太和正音譜》、《北詞廣正譜》及《九宮大成南北詞宮譜》等四書所採爲最多，故今人之輯天寶遺事者，亦率皆就此四書取資。今輯有天寶遺事者，就吾人所知，凡有六家，分別是：任二北輯本、鄭振鐸輯本、日人倉田武石郎輯本、馮沅君輯本、趙景深輯本、汪天成輯本等〔註45〕。此諸家所輯曲文，或因探錄之書不同，故同一套名，有時曲調的分題亦異，題名、編次亦有差別。現以《雍熙樂府》所錄爲主，凡五十七套，僅參採汪氏

〔註44〕分別是《李太白貶夜郎》、《興劉滅項》、《泛浮槎》。現傳於世者，僅《李太白貶夜郎》一種，餘均亡佚。

〔註45〕茲將此六輯本簡介如下：
　　（一）任二北輯本
　　今未見。鄭振鐸，《宋金元諸宮調考》云：「任二北先生也有輯錄此書之意，成書與否，惜不能知道。」趙景深氏，《天寶遺事諸宮調輯佚》一文亦云：「任輯已交開明，亦毀於八一三之役。」是任氏確嘗爲天寶遺事之輯佚矣，惜趙、鄭二氏皆未詳敘，所輯詳情不可知也。
　　（二）鄭振鐸輯本
　　凡五十四套，全文未見，細目見鄭氏所著，《宋金元諸宮調考》一文所述。（文載《中國文學研究》一書）。
　　（三）日人倉田武石郎輯本
　　未見此輯本。據青木正兒，《劉知遠諸宮調考》所敘，凡五十一套。
　　（四）馮沅君輯本
　　共六十一組，中七段過於殘缺，完整者凡五十四套，馮氏之輯雖未見刊刻，全文排列次序亦不可知，然據其《天寶遺事輯本題記》之本文、註、及表，猶可推見其大概也。
　　（五）趙景深輯本
　　見其所著《中國文學史新編》，及《天寶遺事諸宮調輯佚》，共六十組，其中計全套五十五，殘套五。
　　（六）汪天成輯本
　　全套五十九，殘套四，隻曲一。全文見其所著《諸宮調研究》，及《宋元遺事諸宮調輯佚》（文載《中華學苑》第二十三冊，頁131～174。）

輯本之題名及編次，以表列之於後：〔註46〕

1.天寶遺事引	2.天寶遺事	3.遺事引
4.楊妃	5.明皇寵楊妃	6.楊妃翠荷葉
7.玄宗捫乳	8.媾歡楊妃	9.楊妃澡浴
10.楊妃出浴	11.楊妃梳粧	12.楊妃病酒
13.太眞酗酒	14.楊妃藏鈎會	15.楊妃上馬嬌
16.長生殿慶七夕	17.明皇遊月宮	18.遊月宮
19.遊月宮	20.明皇望長安	21.明皇喜月宮
22.明皇遊月宮	23.明皇哀告葉靖	24.十美人賞月
25.明皇擊梧桐	26.楊妃捧硯	27.祿山偷楊妃
28.祿山戲楊妃	29.楊妃繡鞋	30.楊妃剪足
31.漁陽十題	32.貶祿山漁陽	33.祿山夢楊妃
34.祿山憶楊妃	35.祿山謀反	36.祿山叛
37.楊妃上馬嵬坡	38.馬踐楊妃	39.陳玄禮請誅楊妃
40.楊妃乞罪	41.明皇告代楊妃死	42.明皇哀告陳玄禮
43.楊妃訴恨	44.楊妃勒死	45.明皇哀詔
46.埋楊妃	47.踐楊妃	48.玄宗幸蜀
49.陳玄禮駭赦	50.哭楊妃	51.力士泣楊妃
52.祿山泣楊妃	53.憶楊妃	54.祿山憶楊妃
55.明皇夢楊妃	56.祭楊妃	57.哭香囊

由以上各套之標目，亦可略知其情節內容。

　　按《諸宮調》以其爲講唱文學之故，是以前多有類似話本中「入話」、「得勝頭迴」之引辭，其功用在於略述此本之大要，或揄揚此書以招徠聽眾。天寶遺事之引辭今存者凡三套：

　　（1）天寶遺事引，〈八聲甘州〉「開元至尊」，見《雍熙樂府》卷四，頁89。

　　（2）天寶遺事，〈八聲甘州〉「中華大唐」，見《雍熙樂府》卷四，頁91。

〔註46〕汪氏所輯第三十八〈馬踐楊妃〉套，此當非屬天寶遺事者，本節梧桐雨及殘佚劇目之註8，已有詳論。又第五十八〈馬嵬坡踐楊妃〉套，考其內容實爲白居易〈長恨歌〉之說唱體，其語氣亦與天寶遺事者不相類。考汪氏之套名、編次，還大有商榷的餘地，容另文詳論之。

　　（3）遺事引，〈哨遍〉「天寶年間遺事」，見《雍熙樂府》卷七，頁 80～
　　　　81。

吾由遺事引中約可看出天寶遺事的全部結構，上列三套所述大略相同，惟以
「遺事引」〈哨遍〉為最詳，茲錄其前半文中，有關遺事情節的曲文如下：

　　〈般涉調哨遍〉天寶年間遺事，向錦囊玉韜新開創。風流醞藉李三
　　郎，殢真妃日夜昭陽恣色荒，惜花憐月寵恩雲，霄鼓逐天杖。繡領
　　華清宮殿，尤回翠輦，浴出蘭湯。半酣綠酒海棠嬌，一笑紅塵荔枝
　　香。宜醉宜醒，堪笑堪嗔，稱梳稱粧。〈么篇〉銀燭熒煌，看不盡上
　　馬嬌模樣。私語向七夕間，天邊織女牛郎，自還想。潛隨葉靖，半
　　夜乘空，遊月窟來天上。切記得廣寒宮曲，羽衣縹緲，仙珮玎璫。
　　笑攜玉筯擊梧桐，巧稱彫盤按霓裳。不提防禍隱蕭牆。〈牆頭花〉無
　　端乳鹿入禁苑，平欺誑，慣得個祿山野物，縱橫恣來往。避龍情子
　　母似恩情，登鳳榻夫妻般過當。〈么篇〉如穿人口，國醜事難遮當。
　　將祿山別遷為薊州長。便興心買馬招車，合下手合朋聚黨。〈么篇〉
　　恩多決怨深，慈悲反受殃。想唐朝觸禍機，敗國事皆因偃月堂。張
　　九齡村野為農，李林甫朝廷拜相。〈耍孩兒〉漁陽燈火三千丈，統大
　　勢長驅虎狼。響珊珊鐵甲開金戈，明晃晃斧鉞刀鎗，鞭颭剪剪搖旗
　　影。衡水粼粼射甲光。憑驍健，馬雄如懈豸，人劣似金剛。〈四煞〉
　　潼關一鼓過元平蕩，哥舒翰應難堵當。生逼得車駕幸西蜀，馬嵬坡
　　簽抑君王，一聲閫外將軍令，萬馬蹄邊妃子亡，扶歸路愁觀羅襪，
　　痛哭香囊。

參見上文，蓋可得窺此《天寶遺事》之關目大要；遺事在每一關目之下，均
有詳細之描狀，以「哭楊妃」為例，有明皇之哭、安祿山之哭、及高力士之
哭，作者藉由不同角色，表達不同情味，可知伯成在構思大節目之下，是可
憑著浩瀚才情而恣任發揮。也因此，《天寶遺事諸宮調》是不同於白樸的《梧
桐雨》、關漢卿的《哭香囊》，而獨自成一弘廣作品。惜今未能得見全文，其
中明顯可見者，有「曉日荔枝香」、「霓裳舞」、「夜雨梧桐」等等重要情節之
遺漏。〔註47〕

　　此本《諸宮調》演述楊妃事，多就宋〈驪山記〉穢亂之事以敷演，因題

〔註47〕鄭振鐸，《宋金元諸宮調考》，頁 940（台北：明倫出版社，《中國文學研究新
　　　　編》，1971）。

材龐雜，吾人為便於分析，茲將全篇分為二大部分，以第三十六套〈祿山叛〉為前後之分野。前段故事首由繁華美色、旖旎風光中展開，從〈楊妃〉至〈媾歡楊妃〉套，寫明皇與楊妃二人之朝歡暮樂，其曲文極盡色情之鈎描，悉為「懷中抱」、「戀未休」、「雲雨懶收」云云；楊妃以色相邀寵、明皇亦荒淫縱慾，盡日沈湎溫柔鄉，此段當係遺事引中「風流醞藉李三郎，殢真妃日夜昭陳恣色荒，惜花連月寵恩雲」之事。自〈楊妃澡浴〉以下八套，鈎繪了楊妃「旖旎妖嬈」之美色，和「浴出蘭湯」之媚態，雖與明皇深宮歡宴、按舞霓裳，然而「卻有一點春心未足」，故長生殿慶七夕已貌合神離，「那裡肯虔心暗禱」，「枉將織女牛郎告」，一片亂宮心自始牽懷。作者繼之以整整六套曲文描述明皇「潛隨葉靖，半夜乘空，遊月窟來天上」，以烘染明皇之昏憒迷信，而順手推舟楊妃與祿山幽歡密寵之契機。禍根既埋，安楊穢褻事，便極盡誨淫之詞，由以下數曲，已可見一斑，〈祿山偷楊妃〉套云：〔註48〕

〈么篇〉則等的人分散，剛捱的夜靜悄，又不曾通芳信，又不曾許密約，潛身緊匿者，蠢形骸盜偷入鳳巢，欵欵把酥胸襯，輕輕把玉臂搖。

〈耍孩兒〉鴛衾揭翠錦，仙衣分絳綃，海棠折破胭脂蕚，殢將他這細裊裊纖腰搖，忍把他曲弓弓羅襪曉，狂為做，枕磨盡粉暈，鬂簇下金翹。……

〈祿山戲楊妃〉套云：〔註49〕

〈出隊子〉朦朧雙目，不勝婬態度，唾粘涎緊貼口相嗚，送甜津頻將舌半吐，胖肚子百忙的厮間阻。

〈么〉靈犀一點嬌疑聚，不由人眉暗蹙軟溫潤香汗似溶酥，旖旎留情花解語，正是風流美愛處。……

畢竟「國醜事難遮當，將祿山別遷為薊州長」。祿山既貶漁陽荒地，「猛想太真妃情況，萬斛愁先滿九迴腸」，終至思念得「形容盡改，飲饌難加」，然「望不盡千山萬水，恨不得上青霄登玉梯」，一心期與楊妃再「共擁鴛鴦被」，也顧不得「千里途程阻隔的難」，遂「興心買馬招車」，舉兵過潼關。劇情發展至此，「一場寵幸起干戈」，將禍因歸於楊妃，已是自然合理之趨勢。

後段〈祿山叛〉起，捲地干戈起戰爭，潼關一破，不得不「生逼得車駕

〔註48〕見《雍熙樂府》卷七，頁79～80。
〔註49〕見《雍熙樂府》卷一，頁56～57。

幸西蜀」，馬嵬坡上，楊妃劫數難逃，在主弱臣強、六軍不進之情況下，慘酷絕倫之事生矣，雖楊妃乞罪，明皇哀告，亦難挽定局，終是馬踐了荒淫敗亂的禍根芽。〈埋楊妃〉〈么篇〉一曲有云：〔註50〕

> 好難容、好難容，祿山何人，比之為兒，往來私情暗通，便亂宮，
> 差離長安，使鎮漁陽，悵輕別氣冲冲，忽然反國驅兵，撞破潼關，
> 自作元戎，一朝命盡身雖痛，蓋因爾罪，莫怨天公。

在〈踐楊妃〉套，且謂楊妃之死，乃「天意與人情暗合」，嬌滴滴的海棠花也會有「挫折了傾城姿，改變盡鼻凹」之下場，此即遺事引中「一聲闔外將軍令，萬馬蹄邊妃子亡」所言之景。

楊妃死後，作者增製出冥思夢想，雖遺事引中僅言「扶歸路愁觀羅襪，痛哭香囊」，文中卻以八套大曲敘述悼念楊妃之事。首由明皇哭之、憶之，高力士也哭之、憶之，安祿山得此噩耗亦哭之、憶之，這一連串哭憶之描寫，正是伯成千鈞之力集中所在，當為遺事裡最哀豔、著重之處，無一不精妙絕倫。〈力士泣楊妃〉中〈乾荷葉〉一曲，明指楊妃、祿山為「奸婦奸夫」，其云：〔註51〕

> 明明是，不曾題，暗暗地早任誰知，做多少英雄勢，見放著亂宮賊
> 不敢與他做頭敵，既然教奸婦一身虧，你卻須合問那奸夫罪。

又〈祿山憶楊妃〉〈離亭宴帶歇拍煞〉一曲，敘祿山追悼之情，云：〔註52〕

> 麝香一污春風面，鸞膠無分紅纖片，身歸九泉，把個可意小名兒題，
> 將傾城模樣兒想，望屈死的冤魂兒現，明牽母子情，暗隱別離怨，
> 無心過遣，慢徒勞，乾太鬧、空經變，至長安京兆府，從薊州漁陽
> 縣，一撥氣走喏來近遠，竭竭的趕場憂，剛剛的落聲喘。

〈明皇夢楊妃〉套云：〔註53〕

> 〈仙呂宮賞花時〉天寶年間事一空，人說環兒似玉容，為愛荔枝紅，
> 纖腰如柳，宜捧翠盤中。〈么〉一曲霓裳舞未終，怨殺漁陽戈甲雄，
> 驚出上離宮，馬嵬坡下塵土慢隨風。〈尾〉笑明皇心裡痛，快快歸來
> 恨冗冗，寂寞雲屏秋夜冰，恍然間依舊相逢，意匆匆霧鬢鬆鬆，兩

〔註50〕見《雍熙樂府》卷四，頁86～87。
〔註51〕見《雍熙樂府》卷七，頁47～49。
〔註52〕見《雍熙樂府》卷十二，頁93～94。
〔註53〕見《雍熙樂府》卷五，頁81～82。

葉眉兒淡遠峰，貪懽未罷，驚回清夢，玉階前疎兩響梧桐。

此天寶遺事究止於何曲，今已不可知，鄭振鐸、趙景深氏將〈哭香囊〉
置於〈明皇夢楊妃〉之前，以爲天寶遺事當止於〈明皇夢楊妃〉套，而汪天
成氏於上二套之編次恰反，以爲當止於〈哭香囊〉套，惜今無由得見遺文全
貌，此二說之不同，未知何者爲是，姑存疑。然遺事引以〈痛哭香囊〉爲止，
可推想此驚心動魄、高潮迭起之美豔故事，乃以悲劇落幕，此倒與關漢卿、
白仁甫之作，若有相似之處，只不過關氏之作，著力於「哭香囊」之事，白
仁甫著重「梧桐雨」的悲涼之情，而王伯成的盡情描述後，以「天寶年間事
一空」，卻也同樣表達明皇人生的哀淒。此種識力，鄭氏推崇其勝於董解元，
其風格之完美、情調之雋逸，亦較《西廂記諸宮調》爲勝。〔註54〕

綜觀此《天寶遺事諸宮調》，對楊妃穢事極盡誇張之能事，此當爲作者標
新立異以招徠觀眾之術。如前所述，諸宮調原本即是講唱文學，「說話」的重
點全部集中於故事的新奇與否，說話者關心之所在，即聽眾興趣之所在，考
慮到這種關係以後，作者何以誇張俗穢，也就不足爲奇了。吾由《天寶遺事
引》之〈賺煞尾聲〉一曲，知作者誇耀此諸宮調之超越卓出，乃「公案全新」，
其云：

> 杜工部賦哀詩，白樂天長恨歌，都不似通鑑後史，回頭兒最緊，將
> 天寶年間遺事引，與楊妃再責遍詞因，剔胡倫，公案全新，與諸宮
> 調家風，創立箇教門，若說到兩頭話分，六軍不進，您敢替明皇都
> 做了斷腸人。

「遺事引」之〈三煞曲〉亦云：

> 好似火塊般曲調新，錦片似關目強，如沙金璞玉逢良匠。

此「曲調新、關目強」，即是有異於他作之處。

作者在此諸宮調裏，用字遣詞雖極騈豔露骨，但於其中，卻時時浮現教
化之意。「遺事引」〈二煞〉一曲云：

> 遇奸邪惡折罰，逢忠直善播揚，合人情剖判的無偏讜。也是那鶯歌
> 鳳舞雙行樂，也是那虎鬥龍爭百戰場，能編綴零裁錦繡，碎剪冰霜。

由上可見作者寫作之目的有二，一爲娛心，一爲勸善，此亦俗文學興盛之因。
〔註55〕

〔註54〕同註47。
〔註55〕見周氏，《中國小說史略》，頁112（排印本）。

此諸宮調中，對於楊妃與安祿山穢事之關目，雖屬極端之醜化，然其對人物精神狀態微入毫髮之描劃，乃根植於現實生活，情節雖非高潔，但卻是豐富而眞實。換言之，王伯成竭盡浩瀚之才思，已將此早具傳奇色彩之宮廷人物，跨越時空而納入百姓之流，以至於明代之《綵毫》、《驚鴻》二記，亦未能出其藩籬，其對安、楊穢事之舖敍與誇飾，後世之唱與戲劇中的故事形態，亦大致不離諸宮調講唱之範疇。

第四節　明傳奇與雜劇

元雜劇至明代已成強弩之末，代之而起的就是傳奇。所謂傳奇，與唐宋元之傳奇，名稱雖同，其義各異。王國維《宋元戲曲史》云：

> 傳奇之名，實始於唐。唐裴鉶作《傳奇》六卷，本小說家言，此傳奇之第一義也。至宋則以諸宮調爲傳奇。……一謂之古傳，與戲曲亦無涉也。元人則以元雜劇爲傳奇，錄鬼簿所著錄者，均爲雜劇，而錄中則謂之傳奇。……明中葉以後，傳奇之名，專指南劇，以與北曲之雜劇相別，則此二字之義，凡四變矣。

由此可知，傳奇之名，唐以小說爲傳奇，宋以諸宮調爲傳奇，元以雜劇爲傳奇，明以崑曲化之南戲爲傳奇；而明傳奇，爲明代之代表文學。

明傳奇與楊妃故事有關之創作，今傳世者有《驚鴻》、《綵毫》二記，此二傳以梅妃、李白爲主角，乃作者有意爲二人申恨之作。按二劇皆以仙界大團圓爲結，此爲明傳奇之一大特色，今分述如下：

一、《驚鴻記》

此劇今有世德堂刊本流傳。《今樂考證》、《曲錄》及《曲海總目提要》均收錄此目〔註56〕。撰者吳世美，字叔華，別署多口洞天人，浙江烏程人，生

〔註56〕今見之傳本僅一種，乃明萬曆間世德堂劇本。匡高二十一點二公分，寬十三公分。邊欄或單或雙，有眉欄。每半葉八行，每行二十一字；小字雙行，每行亦二十一字。分上、下二卷，卷前目錄皆四字標名，凡三十九齣。每卷首行均題曰「新鍥重釘出像附釋標註驚鴻記題評」，次行、三次低十一字分別題「秣陵陳氏尺蠖齋註釋」、「繡谷唐氏世德堂校梓」。書內插圖十四幅，雕鏤古雅，單面，圖目於頂端橫排。凡本收藏者有北平圖書館、北京大學圖書館。1985 年此地天一出版社之《全明傳奇》，始見原刻影印本。

平事蹟不詳〔註 57〕。呂天成《曲品》嘗稱其人：「逸藻出於世家」，傳奇作品僅《驚鴻記》一種傳世。

本劇演梅、楊二妃爭寵妬妍事，以梅妃爲主角，〔註 58〕因梅妃吹白玉笛，作驚鴻舞，故名。作者參採〈梅妃傳〉、《開元天寶遺事》、〈太眞外傳〉等。然據〈梅妃傳〉所載，安祿山之亂、妃死於兵〔註 59〕，今記則稱梅妃避難庵觀，後復入宮，此蓋作者故作翻案收場耳。劇中情節，第一齣本傳提綱〈漢宮春〉云：

> 天寶明皇，得嬌妃江氏，寵冠明光，每向梅亭賦賞，賜號稱揚，詩歌詞賦，驚一班李杜岑王。從古道紅顏薄命，奸邪造計中傷。
>
> 召入楊妃壽邸，霎時間拋撇迷戀霓裳，因此喧天震地，鼙鼓漁陽。
>
> 馬嵬難起，待歸來依舊鸞鳳，看往代荒淫敗亂，今朝垂戒詞場。

其末二句「看往代荒淫敗亂，今朝垂戒詞場」，可謂作者創作之旨意。

《驚鴻記》凡三十九齣，分上、下二卷，上卷以梅、楊二妃爭寵爲貫穿，劇情發展尙脈絡分明，然下卷以天寶亂事爲主線，並夾入李泌輔肅宗中興之情節，關目稍嫌繁瑣，主題亦現分散。茲就全劇較特出齣目，舉數齣析論之：

第十齣〈兩妃妬寵〉，梅、楊二妃賦詩相嘲，一譏環肥，一諷梅瘦，梅妃詩：

> 撇卻巫山下紫宸，南宮一夜玉樓春，
>
> 冰肌月貌那能似，錦繡江山半爲君。

楊妃詩：

> 英豔何常減卻春，梅花雪裏亦清眞，
>
> 總教借得春風早，不與繁桃鬥色新。

在〈梅妃傳〉中，本是「二人相疾，避路而行」，今作者另撰二妃各展詩才競寵，頗饒趣味。第十五齣〈學士醉揮〉，敘述明皇與楊妃共賞牡丹於沈香亭，召李白賦詩一事，此段雖採自〈太眞外傳〉，然《外傳》中言明皇命李龜年召

〔註 57〕 莊一拂編，《古典戲曲存目彙考》中冊，頁 910，謂吳世美約明萬曆十年前後在世。（排印本）

〔註 58〕 有關梅妃之作，金院本有「梅妃」，清梁廷柟有《江梅夢雜劇》，《瓷樂考證》載清人雜劇又有「梅妃怨」。時伶程硯秋，曾排演皮黃戲「梅妃」。
　　　　見周明泰，《讀曲類稿》卷七，頁 107，（台北：信誼書局，1978）。

〔註 59〕 《梅妃傳》中所載，「明皇東歸，尋妃所在不可得。後夢妃隔竹間泣曰：『昔陛下蒙塵，妾死亂兵之手，哀妾者埋骨池東梅株傍』等云」。

白，此處則易爲高力士，並爲李白脫靴。十七齣的〈洗兒賜錢〉，除述楊妃、祿山之曖昧關係外，且增演李白與祿山相諷一段，二人對白極爲精彩，其借李白之口，直接了當地唾罵奸雄，令人頗覺痛快淋漓。在十五、十七齣裏，作者有意將李白塑造成一清高之儒士，對高、安二人則極爲鄙視與不屑，藉此二齣，其對朝中權貴腐化之嘲諷，亦可見一斑。在二十二齣〈祿山辭朝〉中，祿山之狡猾狂大、目中無人之態，於此處最顯，而藉著祿山之狂語，亦顯現玄宗之縱容虎狼，及國忠、祿山權力鬥爭，乃是亂世之主因。

　　下卷自二十三齣〈七夕私盟〉始，劇中梅妃雖已失寵，然明皇與楊妃七夕之誓，並未見眞情。在二十七齣〈馬嵬殺妃〉一段，明皇與楊妃之眞情，至此始現。其中陳玄禮與部下論忠議節之對白，備極情景，實情實性，一句「君臣大義，我們也曉得，待吃飽了去做忠臣」，極具諷味。二十八齣之〈梅妃投觀〉，敘述梅妃爲避兵禍，乃往投玄都觀。至〈入觀遇梅〉一齣，與明皇復得團圓。三十齣〈諸臣追駕〉，敘述杜甫、李白奔蜀追駕，逢顏眞卿贈金以助之情節，此齣似與全劇無甚緊要關聯，實爲蛇足。至於以〈幽明大會〉作結束，李白、梅妃亦隨明皇得見楊妃，得知列位均爲仙子謫降，如此之收場，蓋與十五齣之沈香亭事相照應耳。劇末下場詩云：

生不逢辰可奈何，且裁伶語任婆娑，

驚鴻更是傾城舞，只少香山長恨歌。

此或作者以梅妃生不逢辰，喻己之懷才不遇，故作此傳，藉以渲洩心中之感慨與牢騷。觀本劇不分主次描寫梅、楊二妃故事，主題分散，可謂敗筆；並且在整篇上、下卷中，對於角色之刻畫，未能統一、鮮明，尤以楊妃之塑造，意有前後矛盾之狀。上卷中之凶狠潑辣，至下卷竟也慨赴馬嵬死難，於幽明大會中稍悔往罪，原本令人嫌惡之性格，至此卻又引人同情。按本劇之結構布局，雖未達盡善，但觀其曲文，則頗有可取，明鬱藍生《曲品》評云：「詞亦秀麗」，如十六齣〈梅妃宮怨〉，全齣角色僅梅妃一人，以六隻曲子摹寫梅妃獨鎖深宮之情，極細膩熨貼，茲舉數曲爲例：

〈喜遷鶯〉眞成薄命，想牛女無緣，羊車難聘，鳳侶鶯儔，當年繁勝，到今何處孤另？綽約三千，一任妬殺淒淸誰並？紅綃袖，無言獨立兩淚盈盈。

〈喜源澄犯〉幾廻夢裡雨雲歡忻？驚鴻舞，忙吹玉笛，同升輦待宴，待覺來朦朧峭然，雲迷雨離，啼著杜鵑，要見只憑假寐還相敘，甚

　　　時節真個團圓，教我怎理會花鈿？他那裡融融春煖承歡地，俺這裡
　　　寂寂秋歸離恨天。

綜觀此《驚鴻記》，作者增飾改撰之處頗多，茲整理如下：

（1）因楊妃好荔枝，而有荔枝之騎，江妃喜梅，而嶺南有貢梅之使〔註60〕，
　　　此節〈梅妃傳〉中亦載。而劇中作者更安排以韋應物為嶺南太守，進貢
　　　嶺梅。實則應物當明皇在位時，官僅三衛，後為蔚州刺史，亦非是嶺南
　　　太守，故可知此乃不根之談。

（2）劇中增寫楊妃與壽王之恩情，及其入明皇宮乃因漢王與楊廻設謀陷害梅
　　　妃，此二情節，亦為他書所無。然其第以國忠相而後進太真，於事頗覺
　　　顛倒。

（3）梅、楊二妃賦詩相嘲，本《梅妃傳》所無，此為作者撰出之情節。

（4）劇中明皇回京後，駕詣玄都觀，梅妃時出家為尼，捧茶出謁，得見明
　　　皇，復召入宮。因楊妃曾為女道士，故以梅妃為女尼，此為作者杜撰之
　　　意。

（5）末齣〈幽明大會〉，言梅妃、李白等，亦隨明皇得見楊妃，楊妃指出：
　　　唐天子乃孔昇真人，梅夫人乃王母侍女許飛瓊，李白乃方壺仙吏，而己
　　　為太乙玉女，此皆點綴設色耳。

　　本劇有關楊妃之事跡，撮於傳中數件，如鈿合定情、錦襧拜母、霓裳羽
衣之舞、比翼連理之事、馬嵬坡之裹褥、玉妃院之叩扉……等，皆承唐宋以
來之情節。清洪昇對此《驚鴻記》雖評云：「未免涉穢」，言下頗為不滿，然
本劇對其創作，卻多有影響，如〈翠閣好會〉、〈七夕私盟〉、〈胡宴長安〉、〈馬
嵬殺妃〉、〈父老遮留〉、〈馬嵬移葬〉等六齣，或為長生殿傳奇〈絮閣〉、〈密
誓〉、〈埋玉〉、〈獻飯〉、〈罵賊〉、〈改葬〉等齣之藍本，尤其本劇以〈仙客蜀
來〉、〈幽明大會〉作結，長生殿劇末亦以〈得信〉、〈重圓〉收場，二者之間
當有不可分割之關係。綴白裘所收之〈吟詩〉、〈脫靴〉二齣，題為《綵毫記》，
然實為出自《驚鴻記》，〔註61〕綜上所述，可知本劇之成就，實有不可磨滅之
地位。

〔註60〕此《驚鴻記》注釋者陳氏評曰：「一女子之好嗜，迺使中外有向風哉，此俱傳
　　　中微意。」
〔註61〕周明泰，《讀曲類稿》卷七，頁106（台北：信誼書局，1978）。

二、《綵毫記》

此劇今僅見汲古閣六十種曲本傳世,《曲錄》、《今樂考證》、《曲海目》、明鬱藍生《曲品》、無名氏《傳奇彙考》均著錄此目。作者屠隆,字長卿,又字緯眞,號赤水,浙江鄞縣人。明嘉靖二十一年(1543)生,萬曆二十三人(1605)卒,年六十四。屠氏少負異稟、詩文萬言立就,兼通內典。中萬曆五年進士,遷吏部主事,歷儀制郎中,放情詩酒,終因事罷免。晚年空談覈玄,爲黜所弄,自詭出世,悵怏而卒。屠氏詩文雜多,王世貞稱其詩有天造之致,文尤瑰奇橫逸。所作傳奇有《曇花》、《修文》、《彩毫》三記,總名《鳳儀樂府》,並傳於世。〔註62〕

此《綵毫記》係譜李白傳記,以開元天寶史實爲經,李白生平事蹟爲緯,而以明皇、楊妃、與安祿山事穿插其間,撰編成四十二齣傳奇,作者緊握「綵毫」意象,以之貫串全劇情節的開展。劇中情節大要,可於首齣〈敷演家門〉〈滿庭芳〉得:

> 灑落天才,昂藏骨俠,風流千古青蓮。萬金到手,一日散如煙。許氏清虛慕道,與夫君同隸神仙。官供奉淋漓詩酒,傲睨至尊前。

> 名花邀綵筆,遭讒去國,湖海飄然,正遇永王構逆、抗節迍邅,豪士挺身救難,賴汾陽叩闕陳冤。金雞赦,還鄉復爵,夫婦得重圓。

本劇所譜各事,本諸《新唐書》之〈李白列傳〉及〈太眞外傳〉而成,其結構布局,依各關目之列,大致有脈絡可尋,屠隆以李白政治生涯的遭際爲主線,以其妻湘娥的思憶深情,唐明皇與貴妃的宮廷生活、郭子儀的預識報恩、永王祿山的謀逆敗亡、展靈旗及武諤的義勇表現、再加上李騰空和司馬子微的神道仙化、和月宮蓬萊的虛幻之境爲支線,而成一縱橫交錯的神化傳奇。雖其間插入枝節紛歧,但也尙能首尾兼顧。至於劇末太白復官晉職、吉慶團圓等關目,則係作者快意之筆。文人寫作傳奇,無非自澆塊壘,自不得輕議其著筆無稽也。

本劇劇情實爲繁雜,致令關目未能統一,全篇流於散漫;劇中人物過於繁多,致使重要角色之塑造也未能靈活鮮明。如對李白性格上之描敍,「脫靴捧硯」一段最能展現其豪放高傲,本可極力舖陳,作者卻在賓白中輕筆帶過,此書既以李白爲主角,如此疏忽是頗令人失望的,而明皇與楊妃的愛情故事,因非本劇本題,故經屠隆調筆之後,其愛恨交加之情節已淡化許多,然其情

〔註62〕參見羅錦堂:《明代劇作家考略》,頁91(香港龍門書局)。

節，對後世楊妃故事之作仍具影響，如〈海青死節〉、〈官兵大捷〉、〈羅襪爭奇〉、〈蓬萊傳信〉諸折，實爲清《長生殿》〈收京〉、〈罵賊〉、〈看襪〉、〈覓魂〉、〈寄情〉諸齣之所本。又第三十八齣〈仙官奏列〉，作者以明皇、楊妃、李白等人，均由仙界謫降至世，文云：

> 今太上皇帝、貴妃楊氏宿根俱隸仙籍，祇緣塵念，謫在人間。乃不勤
> 政事，罔卹黎元，日事燕游，荒淫無度，又牽纏情愛，誓願世爲婚姻，
> 尚應謫墮塵世，續未了之緣，受生來之報，俟懲艾修省，方許超昇。

《長生殿》即採此說，以楊妃原爲蓬萊仙子謫降，馬嵬難後，痛悔前愆，復位仙班，而極力敷演仙界之事。

觀本劇之曲文，極爲綺麗，按明代中葉以後，自邵燦至湯顯祖，駢儷派大盛，專講文詞鑄字，兼用四六駢語，屠隆即爲此派作家。〔註63〕對於此劇曲詞優劣，各家品評臧否互見，徐復祚《三家村老曲談》評云：〔註64〕

> 先生之筆，肥腸滿腦，芬芬滔滔，有深資逢源之趣，無捉襟露肘之
> 失。然又不得以濃鹽赤醬訾之，惜不守沈生生三章耳。

清徐麟則云：〔註65〕

> 綵毫記，其詞塗金繢碧，求一眞語、雋語、快語、本色語，終卷不
> 可得。

明鬱藍生《曲品》，則謂《綵毫記》爲「赤水自況」，詞采秀爽，較《曇花》爲簡潔。〔註66〕

綜數家之言，足知屠氏屬才子性情，華贍有餘，不受曲律驅使，且以替文人申冤屈爲快意，本不計乎作劇之道。至於其駢儷之文詞，乃明代風氣使然，幾爲南劇通式，又何必獨責屠隆一人耶？故上述之訾議，未免苛刻。此記曲文雖失律出宮，但間架步驟，仍有可觀之處，茲以第十三齣〈脫靴捧硯〉爲例，摘錄數支於下：

> 〈西地錦〉（生）斷送繁絃急管，酕醄白眼青天，醉中深趣華胥宴，
> 向他醒者難傳。

〔註63〕朱尚文，《明代劇曲史》，頁42（作者自排印本）。
〔註64〕轉錄自金夢華，《汲古閣六十種曲敘錄》第二十五章，頁145（58年師大碩士論文，嘉新水泥公司文化基金會）。
〔註65〕姚燮，《今樂考證》，在歷代詩史長篇二輯，第十冊，頁219（台北：鼎文書局，1974）。
〔註66〕《歷代詩史長篇》二輯，第六冊，頁235。

〈傾盃玉芙蓉〉（小生）上國名花壓眾芳，亭北開清賞，最可喜人主徵歌，學士揮毫、妃子行觴。薄寒曉護茱萸帳，香氣晴薰翡翠裳。（合）斟佳釀，倩仙人玉掌。更兼那，新翻天樂繞虹梁。

〈前腔〉（小旦）鈴索風傳百和香，廣殿雲屏敞，卻正好檢點花神，約束封姨，管領東皇。金箋綵筆光千丈，錦瑟瑤笙隊兩行。（合）音嘹亮，借天風送響，惟取願，萬年行樂侍君王。

將李白豪情逸放，不可一世之狀，描摹得極為傳神。

三、殘佚劇目

明代雜劇敷演李、楊故事之作品，計有六種，惜皆散佚，茲據傅氏《明雜劇考》，〔註67〕說明各劇本見諸於諸家著錄之情形：

（一）汪道昆《唐明皇七夕長生殿》

此本今已不傳，清沈德符《顧曲雜言》、姚燮《今樂考證》均錄此目。

（二）徐復祚《梧桐雨》

此本今亦不傳，《花當閣叢談》卷三著錄此劇，然未明言其為雜劇抑或傳奇，清焦循《曲考》、黃文暘《重訂曲海目》、《今樂考證》、王國維《曲錄》均列本劇入傳奇目錄；唯近人傅氏《明雜劇考》指其謬誤，謂本劇當為雜劇，此點黃智蘋氏亦嘗論證之〔註68〕，茲不贅述。

（三）王湘《梧桐雨》

此本今已不傳，明祈彪佳《遠山堂劇品》收錄此目，列入「雅品」，並謂此劇：「南（曲）一折。傳此欲與白仁甫北劇爭勝，恐亦未免少遜之。然南曲得如此輕脫，不帶一毫穠纖，固亦不易。」

（四）無名氏《秋夜梧桐雨》

此本今已不傳，作者姓名亦無可考，《遠山堂劇品》收錄此目，列入「能品」。按劇品稱此劇：「南北（曲）五折。此與王湘《梧桐雨》一折，總不及元白仁甫劇。馬嵬之死，較他記獨備。邢真人遇太真於蓬萊，而長生殿中竟不復明皇命，何以結果？」

〔註67〕傅惜華，《明雜劇考》，頁103～285（台北：世界書局，《曲學叢書》第一集第七冊，1982）。

〔註68〕黃智蘋，《徐復祚劇作三種之研究》，頁21～22（七十三年文化大學碩士論文）。

（五）無名氏《明皇望長安》

此本今已不傳，作者亦無可考，凌濛初校注本《西廂記》評語中，載此劇目。

（六）無名氏《舞翠盤》

此本今已不傳，作者亦無可考，凌濛初校注本《西廂記》〈五劇解證〉引此劇目。

第五章　清代以降之有關作品

　　楊妃之愛情悲劇，哀怨動人，自唐風靡至今，猶膾炙人口，然正史、傳聞流傳至清，其間經過廣大民眾之口之手，增枝添葉，已使楊妃故事呈現多種面貌，歷來對楊妃之議論，也因作者之立場、觀點互異，或褒或貶不一而足。

　　清代文學藝術已屆登峰造極，呈現繁華之面貌，雜劇、傳奇、地方戲競豔，講唱、俗曲亦不甘落後；楊妃故事頗富傳奇，且旖旎瑰麗，遂為作家取材之上乘材料。然因各種藝術皆有其特殊之風貌。故取材重點非盡相同，其間或有延續前代之作無甚更改者，亦有附會拼湊大異前趣者，益使楊妃故事紛冗並呈。如傳奇《長生殿》中，楊妃乃愛情專一、純真善良又深明大義之女性，而《子弟書》〈醉酒〉則渲染其荒淫穢亂之德性，考其源由，此類論點各異之評論，或應說教之旨，或純為藝術而藝術，各有其可取之處。

　　正由於故事題材之龐雜，和作者成分不同，自清代以降迄於民國之楊妃故事作品形式繁多，茲就蒐集所得，分戲劇、講唱、俗曲、現代小說四類，分別討論之。

壹、戲劇

　　清代乃戲劇之全盛時代，舉凡雜劇、傳奇、地方戲、崑曲等，皆極為風行，可謂百花齊放、爭妍鬥麗。由於各劇種體例格式迥異，流行之層面地域亦殊，每影響其內容取材與表達方式，遂使楊妃故事展現其不同之趣，今分述如下：

一、雜劇

（一）《清平調》〔註1〕尤侗

此作成於康熙七年，只一折，又名《李白登科記》，侗熟知音律，以高才屢試不第，常賦新詞於閭里間，一日於飲宴間，忽別有所觸，遂填此一曲，成為佳唱。文中設意貴妃主試，取李白第一，杜甫第二，孟浩然第三，以喜劇貫串全局。蓋作者才名甚著，而未登第，作此劇猶有彌補前人落第餘憾之意，以澆一己之塊壘。其自記云「聊爾妄言，敢云絕調」。

劇中〈夜遊湖〉一曲，文詞優美，活現出太真妃子來：

窈窕文窗春夢午，吐玉魚穿花吸露，鏡殿粧殘，溫泉浴罷，喚三郎，隔籠鸚鵡。

梁玉立先生評云：

此劇為青蓮吐氣，極其描畫，鬚眉畢見，使千載下凜凜如生，可謂筆端具有化工，至其蔥蒨幽豔，一一合拍，又餘伎矣。

（二）《李翰林醉草清平調》〔註2〕張韜

張韜，順康間人，此作與尤侗之《清平調》旨趣相同，皆為抒發胸中無限牢騷而作。夫世俗炎涼之態，惟寒士感受最深，故言之亦最痛切。文中李白扶醉為唐皇作清平調，而天子調羹、寵瑁脫鞾、妃子斟酒陪飲之態，真撩人遐思，令人羨慕。難怪後人要以「失意文人盡寫得意事」來嘲諷。

（三）《梅妃作賦》〔註3〕石韞玉

此劇作者石韞玉，字執如，號琢堂，又號花韻庵主人〔註4〕。文中憐惜梅妃美人遲暮、舊愛新恨，悲悽梗塞之情，令人一掬同情眼淚。自古二女爭寵相鬥之悲劇時有所聞，唐皇醉心梅妃時是奉為明珠，憐愛有加。可憐楊妃二入宮，便橫刀奪愛；失寵之梅妃，只能暗中叫罵「楊氏妖性媚人、讒言惑主」。全文流露梅妃淒楚無助之纖麗感情，對照之下是楊妃的罪惡不赦。〈好姐姐〉一曲，梅妃唱道：

〔註1〕 此目，《曲海總目提要拾遺》、《傳奇彙考》、《今樂考證》、《曲錄》皆有收錄，今之傳本見鄭西諦所輯，《清人雜劇》（中央研究院藏）。
〔註2〕 見《清人雜劇本》。
〔註3〕 同註2。
〔註4〕 曾永義，《清代雜劇概論》，頁191（台北：聯經出版社，《中國古典戲劇論集》，1975）。

他倚椒房薰天勢燄，還有那安公子金閨閑串，假說是羌人拜母，洗
兒時更賜著錢，私相愛，明欺著九重耳目如天遠，一任塞上胡雛傍
母眠。

（四）《長生殿補闕》〔註5〕唐英

唐英字雋公，晚號蝸寄老人，此劇意在補洪昇《長生殿》關目之不足〔註
6〕，因《長生殿》對於楊、梅爭寵一段，僅用暗場處理，梅妃自始至終均未
出場，故作者本宋〈梅妃傳〉，補上〈賜珠〉、〈召閣〉二齣。劇中，梅妃賢良
柔順，而楊妃卻是「狐媚偏能惑主」，二妃性格上的對立顯而易見。〈賜珠〉
齣中，梅妃云：

　　……原來朝臣楊國忠有一妹子名喚玉環，已經卜定與壽王爲妃，聖
　　上貪其姿色，悄悄納入宮中，定情寵幸。……狐媚偏能惑主。

〈召閣〉齣中，明皇密召梅妃於西閣，由高力士賓白中，可見楊妃之嬌縱妒
悍，其云：

　　萬歲爺！萬歲爺！你貴爲天子，爲什麼作此藏頭露尾的行徑。咳！
　　只因楊娘娘入宮以來寵壓後宮，情性嬌縱，不肯相容的意思。……

　　〈水仙子〉你是九五尊天聰敏，卻緣何這般行徑？情懷僻，露尾藏
　　頭並無思忖。……

　　〈南尾聲〉你風流翠閣排兵陣，卻教我這力士無聊守寨門，怕只怕
　　那闈帳探營的仇敵狠。

（五）《江梅夢》梁廷枬

此劇今不得見，《今樂考證》、《曲海揚波》收錄此目。作者梁廷枬，號藤
花主人，所作雜劇總稱「小四夢」。依《讀曲類稿》所敘，此劇演江妃事，作
者自謂雜劇《梧桐雨》、院本《綵毫記》，皆以楊太眞爲主，不及江妃。惟《長
生殿》〈絮閣〉一齣，偶而出場，默無一語；爰取材兩唐書、及宋《梅妃傳》，
而成此劇。〔註7〕

（六）《一斛珠》程枚

此劇今亦不得見，《今樂考證》、《曲錄》收有此目。依《讀曲類稿》所言，

〔註5〕本劇見唐英，《古柏堂六種》清乾隆十九年刊本（台大研究圖書館久保文庫
　　　藏）。
〔註6〕同註4。
〔註7〕周明泰，《讀曲類稿》卷七，頁114（台北：信誼書局，1978）。

此劇演梅妃事，以《梅妃傳》為主，雜取少陵事附之；劇中寫梅妃復幸，少陵地下登科，此作者藉梨園補恨事也。〔註8〕

　　按傳說中，李白、梅妃二人皆因楊妃之讒言惑主而抑鬱一生，以上六齣雜劇，乃文人有所為而為之作，目的無非是為古人補恨，或用以發抒牢騷，寄寓「生不逢辰」之感慨。其中以梅妃為主角之作品，楊妃大都被塑造成以色邀寵之尤物。

　　又葉德均《曲目鈎沈錄》之清代「雜劇傳奇未明之屬」，收《環影祠》一本，作者為乾嘉時人，姓名俟考。葉氏引劉嗣綰《題亦齋丈環影祠樂府》所云，謂此劇演楊玉環事。茲引錄該樂府如下：〔註9〕

　　　　廣寒吹下霓裳，曲中再識春風面。馬嵬坡下，香消人去，襪塵猶念。
　　　　白髮梨園，紅牙菊部，一般哀豔。倩雪衣學舞，金衣學語，重繙出，
　　　　長生殿。當日清平應制。問宮中，幾回歡宴？海棠睡足，荔枝笑後，
　　　　梨花泣徧。雨歇零鈴，風高羯鼓，舊愁成片。向旗亭喚取，銀尊檀
　　　　板，夜深相見。

二、長生殿傳奇〔註10〕

　　清代有關楊妃故事之劇作，以《長生殿》為代表。作者薈萃前人以太真遺事為題材的有關作品，從中提取最精粹之情節。〔註11〕同時更由此激發其別出心裁的想像力和創作力，使《長生殿》在內容情節上有其獨特的成就，可謂太真遺事之集大成者，故本文亦作較詳之分析，篇幅因而略長。

　　作者洪昇，字昉思，號稗畦，浙江杭州人，生於一六四五年，早年遭「家難」，一度窮愁潦倒。其人秉性耿介，常觸犯其他文人政客，故仕宦之途亦不順利，然其於音樂藝術的修養，則成就頗高，所作雜劇、傳奇極夥〔註12〕，而以《長生殿》最稱於世。

〔註8〕周明泰，《讀曲類稿》卷七，頁124（台北：信誼書局，1978）。

〔註9〕葉德均：《戲曲小說叢考》卷上，頁133。

〔註10〕本劇《今樂考證》、《曲考》、《曲海目》、《曲錄》並見著錄（參見莊一拂《古典戲曲存目彙考》卷十一，頁1269，上海：上海古籍出版社，1982）。

〔註11〕徐朔方，《長生殿的作者怎樣向在他以前的幾種戲曲學習》，收入《元明清戲曲研究論文集》，頁487～492。

〔註12〕洪昇劇作有《天涯淚》、《青衫濕》、《四嬋娟》、《迴文錦》、《迴龍院》、《錦繡圖》、《鬧高唐》、《節孝坊》等。（北京：作家出版社，《元明清戲曲研究論文集》，頁435，1957）。

　　《長生殿》爲作者十年泣血之作，經三次易稿始成。初稿名爲《沉香亭》，
乃作者感李白之遇而作；其後，昉思聽從友人毛玉斯建議，去李白事，入李
泌輔肅宗中興，更名《舞霓裳》；後又參合唐人小說玉妃歸蓬萊，明皇遊月宮
等事，刪去楊妃穢跡，專寫釵盒情緣，名曰《長生殿》。〔註13〕

　　此書是一部愛情鉅著，寫明皇、楊妃之愛情歷程，並襯托出天寶時代整
個動亂背景，茲略述全劇之內容大要：

> 明皇即位後，寵任梅妃江采蘋，後因楊玉環進宮，遂奪寵，不久即
> 封爲貴妃。繼而楊氏一門榮寵倍至，封官弄權，造成朝政之腐敗。
> 其後，明皇又寵蕃將安祿山，便演成朝臣內部之混亂，貴戚楊國忠
> 與安祿山相互傾軋，明皇雖將安外調，然安卻蓄意叛亂，於漁陽招
> 兵買馬，伺機而動。於此政局動盪之際，明皇卻一味沈緬於歌舞享
> 樂，對貴妃無限寵愛，招致楊氏的格外專權。不久，安祿山起兵破
> 潼關，直搗長安，此時，大唐官軍已無力抵抗，君臣只得西幸蜀川
> 避難。於幸蜀途中，羽林軍譁變，楊國忠喪生，在馬嵬驛，軍隊又
> 逼明皇處死楊妃。其後郭子儀率勤王各部兵力，擊敗安祿山，收復
> 長安，明皇始回京。自楊妃死後，明皇朝夕思念，遍求道士訪其魂
> 魄。而楊妃雖已成蓬萊仙子，對明皇仍癡情不斷，終感動天神織女，
> 約定臨邛道士於中秋七夕，引導明皇至月宮相會，並居於天宮，永
> 爲夫婦。

《長生殿》全劇凡五十齣，劇名取義於〈長恨歌〉之「七月七日長生殿，夜
半無人私語時」兩句。此劇前半部較切合史實資料，寫來頗生動活潑；後半
部，楊玉環從鬼魂提升至仙家團圓之情節，乃作者之想像，目的在使二人堅
貞之愛情，得一圓滿之結果。

　　在《長生殿》之前，以《天寶遺事》爲題材的作品，所表現之楊妃，大
多基於「女色亡國」之觀點，將之視爲亡國「妖孽」，〈長恨傳〉云「不但感
其事，亦欲懲尤物，窒亂階，垂於將來也」就是其一；元王伯成《天寶遺事
諸宮調》，更以庸俗之寫法，誇張楊妃和安祿山之穢事。而洪昇《長生殿》則
不同，其將楊妃從穢亂中挽救出來，既沒有完全否定其作爲一個封建社會婦
女對愛情的要求，也沒有把他視爲禍國殃民的「尤物」，描寫得比較眞實。

　　《長生殿》的創作，雖然採用了前人的許多材料，但楊玉環的形象，卻

〔註13〕參見《長生殿例言》。

是經過洪昇精細雕琢而成。洪昇筆下的楊妃，具有封建帝王寵妃的特性。〈幸恩〉中，虢國夫人稱楊妃是「情性多驕縱，恃天生百樣玲瓏」。〈夜怨〉中，楊妃又流露出心地狹窄、善妒的個性「唉！江采蘋，江采蘋，非是我容你不得，只怕我容了你，你就容不得我」。然而，楊妃也具有善良的一面，明皇心目中之楊妃乃「德性溫和」之佳人，〈定情〉中，他稱楊妃是〈世冑名家，德容兼備〉，而宮中婢女也視楊妃如再造恩人，〈哭像〉中，婢女們哭拜檀香雕成之妃子像「一個個拜倒……」，〈私祭〉中又有「受娘娘之恩，無從報答」之語，可見驕縱背後之楊妃亦有善心腸。

《長生殿》最精彩之部分，即屬李、楊愛情之糾葛，劇中直接描寫二人愛情活動者，長達三十齣之多。劇本從〈定情〉寫起，展示了這愛情發生、發展、轉折、昇華的全部過程，即「死生仙鬼都經遍，直作天宮並蒂蓮」的過程。楊妃爭取專一愛情的不懈努力，從〈定情〉到〈埋玉〉，表露無遺。〈定情〉開始，楊妃便竭力取悅明皇，從虢國夫人〈幸恩〉之忤旨出宮，到〈製譜〉娛樂君王，甚至有〈夜怨〉、〈絮閣〉的爭風吃醋，道盡了楊妃欲完全擁有明皇之殫精竭慮。〈埋玉〉中，死前臨別語，還不忘流露其對明皇之情：

> 臣妾受皇上深恩，殺身難報，今事勢已危，望賜自盡，以定軍心，
>
> 陛下得安穩至蜀，妾雖死猶生也。

可見臨死之楊妃，還著意表現其愛明皇之心。而劇中明皇從風流輕浮到感情誠篤的轉變，也令人同情。明皇對楊妃愛情之表露，在楊妃香消玉殞後，始最真切。從〈獻飯〉到〈重圓〉，一連串的憶念與哀悼，莫不流露其痴情。〈聞鈴〉、〈哭像〉、〈雨夢〉三齣，更如主旋律般，舖敘明皇思妃之情切。僅以〈哭像〉為例，此齣道盡了明皇對馬嵬變故之自疚，其以楊妃為國捐軀，為之雕像建廟，又自悔云：

> 〈端正好〉是寡人昧了他誓盟深，負了他恩情廣，生拆開比翼鸞凰，
> 說甚麼生生世世無拋漾，早不道半路裏遭魔障。
>
> ……
>
> 〈脫布衫〉羞殺咱掩面悲傷，救不得月貌花龐，是寡人全無主張，
> 不合呵將他輕放。
>
> 〈小梁州〉我當時若肯將身去抵搪，未必他直犯君王，縱然犯了又
> 何妨，泉臺上，倒博得永成雙。
>
> 〈么篇〉如今獨自雖無恙，問餘生有甚風光，只落得淚萬行，愁千
> 狀，我那妃子呵，人間天上，此恨怎能償！

以上諸語，將明皇喪妃之痛，及對楊妃的眷戀之情，很細膩委婉的表現出來。二人縱仙凡相隔，仍彼此惦念不斷，終得天孫攝合，重圓於月殿，實現了七夕長生殿之盟言。

　　《長生殿》全劇除述明皇、楊妃之愛情外，另一主旨即借此題材敷演國家大事，發抒興亡之感慨。洪昇寫作的時代，生當滿清統治，明朝淪亡之際；亡國之痛，在其內心耿耿於懷；這與安史之亂，忠臣悲憤扼腕之情極類似，故作者便引此史實，以寄心中憾恨。〈賄權〉開始，楊國忠之納賄招權，安祿山之趨炎附勢，即展現政治污敗現象；〈權鬨〉到〈偵報〉，更披露奸佞在政治舞台上之嘴臉，然而義人郭子儀反攻之勢隨即而來，從〈剿寇〉到〈收京〉，打得政治污蠹落花流水，真是暢快人心，而這一反一正之對照，也正是作者內心澎湃之浪潮，與善惡對立之寫照。〈罵賊〉中，借樂工雷海青之口，對投降異族的文武大吏，噴斥得十分尖銳：

　　〈元和令〉恨只恨潑腥羶莽將龍座淬，癩蝦蟆妄想天鵝啖，生克擦直逼的個官家下殿走天南，你道恁胡行堪不堪？縱將他寢皮食肉也恨難劖，誰想那一班兒沒搭三，歹心腸，賊狗男。

〈彈詞〉中，作者又借李龜年之口，說出全書餘味無窮之意。

　　〈貨郎兒〉唱不盡興亡夢幻，彈不盡悲傷感嘆，大古里淒涼滿眼對江山，我只待撥繁弦傳幽怨，翻別調寫愁煩，慢慢的把天寶當年遺事彈。

此興亡之恨，當為作者自身之感慨。

　　總結以上之論述，知作者有意藉著天寶之亂的素材，寓黍離之悲於明皇與貴妃的濃情密意之中。全劇對人物性格的塑造，及劇情安排之細膩獨到，皆有極高之成就。此外，其文詞與曲律，亦極諧美。梁廷枏《藤花亭》〈曲話〉卷三云：

　　長生殿為千百年來曲中巨擘，以絕好題目，作絕好文章，學人才人一齊俯首。自有此曲，毋論驚鴻、彩毫空慚形穢，即白仁甫秋夜梧桐雨，亦不能穩佔元人詞壇一席矣！

梁氏對《長生殿》的推崇，何等極致；近人王季烈《螾廬曲談》卷二，對本劇的優點，說得更詳細。其云：

　　余謂古今傳奇，詞采、結構、排場並勝，而又宮調合律、賓白工整、眾美悉具、一無可議者，莫過於長生殿。

可見《長生殿》傳奇，不論在辭采、結構、排場、音律、賓白等方面，無一不美妙工整，〔註14〕像這樣偉大的作品，在我國戲曲史上，眞是集眾美於一身，宜乎梁廷枏先生讚爲「千百年來曲中巨擘」。

三、地方戲

戲劇是一種集文學、美術、音樂與舞蹈之美於一身的特殊藝術，我國幅員遼闊，地方藝術極爲豐富，其間除繼承傳統於不墜外，更以推陳出新爲能事，故文化之流傳至清代，便展現其多彩多姿之面貌與風格。

地方戲劇使用當地方言，極具地域色彩，所演故事率皆情節通俗，以傳統道德之忠、孝、節、義爲中心，用啓發諷諫、貶惡揚善之方式，及誘導、激勵、潛移默化等技巧，來表演人生，反映時代；使人在觀賞之餘，領悟教化之意與傳統精神之所在。

茲就蒐羅所得有關楊妃故事之地方戲，分川劇、粵劇及皮黃分別論述其梗概：

（一）川劇

川劇爲我國地方戲劇中堪稱翹楚者，其特色乃溶廟堂雅樂與民間歌謠於一身，其來源主要爲高腔、崑腔、胡琴、亂彈與燈戲；雖然如此，表演於舞台之際，則毫無扞格之感，完整美妙。

依劉振魯先生所輯《當前台灣所見各省戲曲選集》中，收有川劇《九華宮》、《驚夢》、《長生殿》三齣。

（1）《九華宮》〔註15〕

此劇演述楊妃本太眞仙子，馬嵬死後重列仙班，居九華宮，正遙思明皇，其云：

> 想起皇上當日之情，神仙也有離別之苦。上皇！奴在思念于你，不
> 知你念奴否？

而明皇亦悲念成疾，遣方士相探，楊妃乃託以書信致意明皇。然「提羊毫修書信腸廻九轉」，「止不住腮邊淚濕透花箋」，書云：

> 馬嵬坡受凌逼死而無怨，這是奴遭此厄劫數攸關，說甚麼露凝香一

〔註14〕本劇之文學成就，曾永義，《長生殿研究》一書，已作極詳盡之分析，見頁58～92（台北：商務印書館，1969）。

〔註15〕劉振魯所輯，《當前台灣所見各省戲曲選集》上，頁79～81（台中：台灣省文獻委員會編印，1982）。

枝濃豔，説甚麼會雲雨綺夢巫山，賜金屋宴玉樓興亡轉眼，到頭來
歸虛無飄緲之間。奴自恨把風流修積未滿，蓬萊宮歲月去度日如年。
喜今朝廻龍駕天明地轉，太上皇也算得陸地神仙，勸君王幸勿以妾
妃爲念，還須要自保重萬福金安。訴不盡衷腸話情長紙短。

貴妃在世時，唐皇戲稱二人是「夜夜成歡」，無奈馬嵬兵變，棒打鴛鴦，使得
勞燕分飛；遙居九華宮之楊妃情難割捨，難怪要碧海青天夜夜心了。而明皇
乃人間男女，焉有不思愛侶之理。二人仙凡隔別，異地相思，可見其愛情之
堅貞也。

（2）《驚夢》〔註16〕

本劇描寫明皇思妃成夢，與夢醒淒涼之惆悵。劇中人物有四，即明皇、
楊妃、安祿山及道士「楊世五」，劇情方面有所改變，茲略述之：

洪都方士見明皇、楊妃二人幽冥相隔，兩地相思，乃以術使君妃同
遊幻境。二人相見恩情萬種，突報安祿山兵破長安，洗宮殺院，爲
虜楊妃續洗兒緣，值驚險之際，明皇由夢中甦醒，了悟色即是空。

劇末明皇賓白云「色即是空空是色，非非何必想非非！」可見勸戒教化之旨
意。

本劇情節曲折生動，文詞典雅，字字珠璣，劇末明皇之唱詞，可概括全
劇大意，摘錄之以資欣賞：

恍惚間遇愛妃破鏡重圓，似久旱盼甘霖雲霓重現，擁懷中敘離愁情
意纏綿。道不盡綺麗情曲深款款，宮人報安祿山兵破長安。進宮來
勢洶洶態度蠻悍，逞強暴擄去孤愛妃玉環。乍相逢復別離曇花一現，
怎慰孤相思苦廢寢忘餐。看起來這都是方士們的手段，從今後王才
知好夢難圓！

（3）《長生殿》〔註17〕

此劇描寫七夕夜裏，楊妃於長生殿中乞巧，與明皇因感於牛郎、織女之
事，遂以雙星爲證，盟約比翼連理誓願，文云：

生：拈信香王跪在長生殿下，
旦：尊一聲過往神垂聽於咱。

〔註16〕劉振魯所輯，《當前台灣所見各省戲曲選集》上，頁83～85（台中：台灣省文
獻委員會編印，1982）。
〔註17〕同前書，頁86～89。

生：李隆基與妃子恩情不假。

旦：楊玉環蒙聖恩雨露交加。

生：但願得生生世世同衾共話。

旦：比目魚連理枝並蒂蓮花。

生：願天長並地久鸞鳳永跨。

旦：楊玉環有二意天地鑒察。

生：正是！長生殿前盟私曲，問今夜有誰作證？

旦：銀河橋上占雙星，他二人可作證盟。

七夕密誓之情節，為明皇、楊妃愛情堅貞之象徵，繼長恨歌、傳之後，歷來演述者繁多，此齣尤著意表現李、楊二人之濃情蜜意，真誠不假。

川劇作品除上述者外，依《京劇劇目初探》一書所言，另有〈貴妃醉酒〉、〈馬嵬逼妃〉二齣，惜僅知其目，未見傳本。〔註18〕

（二）粵劇

粵劇乃廣東省最大之劇種，原稱廣府戲或廣州戲，流行區域甚廣，包括廣東省大部分廣西省部分地區，主要以廣州為中心。其腔調基本為梆子、二黃，且凡屬平劇及漢劇所有之板調，粵劇均有。

粵劇中有關楊妃故事之作品，中央研究院所藏《名曲大全》〔註19〕一書，集有〈天寶遺恨〉、〈安祿山祭墳〉、〈祭貴妃〉與〈貴妃乞巧〉四劇，描述楊妃生前韻事與死後餘響，迥異前趣，茲分述於後。

（1）〈天寶遺恨〉編號060〔註20〕

此劇演述楊妃馬嵬死後，並未位列仙班，而被閻王以「生嬌恃寵，撓亂宮幃」，打入寒冰地獄；於陰司受苦難之日，雖生悔恨，然悔恨已遲，子規啼血，令人鼻酸。全文云：

（二簧首板）楊太真在寒冰受苦難忍，受苦難忍（轉二流）那寒風一陣陣，吹得我魄散魂飛。又聽得天寶皇到來此地，不由得楊玉環淚下羅衣。走上前來，雙膝跪地，怎知道今日裏，重會君你。（轉反線）未開言，不由人珠淚雙悲。當日裏，溫泉賜浴，雨露恩施。安祿山，他與我認為母子；悔不該宮中洗兒，惹是招非。我家兄，奪

〔註18〕陶君起編，《京劇劇目初探》，頁160～161（北京：中國戲劇出版社，1963）。

〔註19〕粵伶秘本，《名曲大全》一書，上海百代公司選印（廣州：以文堂書局）。

〔註20〕此劇乃唯一花旦丁香耀首本，見《名曲大全》初集，頁80。

寵爭權，思謀邪計，上本章，參乾兒鎮守范陽。他那裏說人馬把長
安失了，陳玄禮忠臣殉國保主，巡西。馬嵬坡，眾三軍人心變了，
只可憐，紅羅賜死，薄命如斯。閻羅皇，他判我荒淫無理，他說生
嬌恃寵，擾亂宮幃，兒女情，少年時，只曉歡娛兩字，怎知道，陰
司報應，悔恨就遲。奴好比釜內遊魚，無生有死，奴好比子規啼血，
夜夜悲啼。奴好比李夫人，重逢君你。又恐怕，皇難比漢帝情癡。
說不盡肺腑事情，求皇赦免。（轉二流）若使我脫離寒冰地獄，重好
過長生殿私語時。

縱觀歷代演述楊妃死後事，皆言上歸天府成為神仙，美化其形象，令人讀之
飄飄然。本劇則一反前趣，將美人打入地府。前後對照，讀者不難了解作者
刻意予以世人之教化意味，闡明女色禍國以警惕女流當守婦道，相夫教子，
不得荒淫無度也。

（2）〈安祿山祭墳〉編號 060〔註21〕

世人對安、楊之關係。自宋以來，皆有惡評，本劇安祿山祭對美人之景，
悽惶悲嘆，不免令人相信，二人確實情深。劇中安祿山吐心聲，大有不見佳
人其情何堪之怨！然叫天天不應，叫地地不響，馬嵬之難，祿山難辭其咎，
如今美人不再，倒怨恨起梅妃，「最可恨那梅妃，全無量力，偏偏要在王前惹
是招非，至今日，紅粉飄零，因他而起。」茲錄全文以供參考：

（首板）為嬌姿，氣壞我，身在芳草。（重句）（二簧慢拍）只可憐
黃土隴中，佳人薄命，虧殺我小子多情，嘆緣慳，嗟薄命，只為佳
人長逝。有心人，想到此，試問誰不慘悽。真果是，女子紅顏，都
是古今一體。你辜負了從前恩愛，付落江湄。我憐卿、卿憐我，試
問有誰可比。在御花園同耍樂，我都不畏人知。最可恨那梅妃，全
無量力，偏偏要在王前惹是招非，至今日，紅粉飄零，因他而起。
從今後，再難望與你共賦情詩，想到此，卻令人心如刀刺。（滾花）
虧我哭到唇干舌燥，卿爾知到唔知。問一聲意中人，爾芳魂往何處，
我有許多衷情說話，要來驚動爾嬌姿，今日欲見無由，都是仙凡隔
別，任我癡心如醉，難以維持。

（3）〈祭貴妃〉編號 064〔註22〕

〔註21〕此劇乃唯一丑生陳醒輝首本，見前書，頁 90～91。
〔註22〕此劇乃女伶梅影首本，見《名曲大全》四五六期，頁 92，全文只一百九十三
　　　字。

〈祭貴妃〉一文悽麗哀楚，卻不明主角爲明皇耶？安祿山耶？祭者於夜靜寒風中，不辭辛勞，懷幽上墳，心中既悔且恨，深情溢於言表，令人爲之扼腕。

貴妃馬嵬之死，乃世人所最遺憾者，作者以「失卻了連城玉，滿胸懷恨」喻之，可見其哀惋之意！

（4）〈貴妃乞巧〉編號 064〔註23〕

楊妃於明皇心目中，乃是位溫柔佳人，此劇描寫楊妃心誠意眞，爲國爲君爲己祈求安福之景，令人了悟美女亦具善心腸！摘錄一段以明之：

> 一炷香，本來是龍涎供養，祈保江呀山，萬歲綿長。
>
> 二炷香，本來是越南貢上，祈保萬歲，福壽延長。
>
> 三炷香，本來是西來寶藏，祈保天顏，永護紅粧。

歷來描寫楊妃者，蓋有褒有貶，褒者謂其溫柔良善又善體人意，從本文可知一二也。

現存於中央研究院史語所，與楊妃故事有關之粵劇劇本，除上述可見者外，另有存目四本，謹列之於下：

　　一、醉酒　鉛印本　一頁　編號〇六〇（百代）

　　二、醉酒　鉛印本　二頁　編號〇六四（百代）

　　三、沈香亭賦詩　木刻本　五頁　編號〇六七（醉經堂）

　　四、唐明皇憶貴妃　鉛印本　三頁　編號〇七四（以文堂）

（三）皮黃

皮黃乃指西皮、二黃二腔調而言，屬花部，又名平劇。今所見皮黃中演「楊妃」一劇者，有《梅蘭芳歌曲譜》初集中之〈貴妃醉酒〉及四集中之〈太眞外傳〉二齣。此外，王大錯等編之《戲考》有〈渡銀河〉、〈馬嵬坡〉、〈貴妃醉酒〉三齣，又張伯謹《國劇大成》亦錄〈貴妃醉酒〉一齣。

（1）〈太眞外傳〉〔註24〕

此劇爲綴玉軒所作，全文情節分三段，敘述華清賜浴、剪髮獻媚及仙境中之楊妃，有關楊妃之韻事，本劇以此三段貫串，由中表現楊妃之情態，及對明皇愛情之執著。〈華清賜浴〉一段，楊妃婀娜多姿之態，歷歷活現，文云：

> 我只得解羅帶且換衣襟，在頭上忙把金釵摘定，轉身來脫鳳衣解羅

〔註23〕此劇乃月英師娘首本，同前書期，頁 95～96。

〔註24〕《梅蘭芳歌曲譜》四集，頁 129～139。

裙，（啊）六幅湘紋，我這裏輕移步把那溫泉進，不由人羞答答難以
爲情。

好一個「脫鳳衣解羅裙」、「羞答答難以爲情」，讀之如親見其人。

〈剪髮獻媚〉一節，文云：

我這裏持剪刀心中不忍，多因是要藉他獻上殷勤，沒奈何伸玉腕忙
來剪定，一霎時珠淚滾，萬箭穿心，無限憂愁無限恨，一憶君恩一
斷魂。

楊妃出宮不得已，託得高力士持斷髮請罪，終得唐皇眷憐一事，亦是文人喜
好取材之情節。文中楊妃愁恨無限，含淚剪髮，莫非爲要博得君心。

劇中居「九華宮」仙境之楊妃，其衷情亦是纏綿輾轉，仙宮中度日如年，
竟日花冠不整，想來必是悅己者已不在，整花容爲誰忙呢？雖聞得唐皇帝譴
使來臨，然「馬嵬驛兩下裏渺無音信，到如今，他那裏還紀念妾身。」這又
是楊妃驚喜交加之心理感受。

梅蘭芳排演太眞外傳，凡四本，自飾玉環，華清賜浴及馬嵬埋玉，皆哀
感頑豔，情節動人。今中研院所藏《京調曲譜大觀》第一集，亦收有〈太眞
外傳〉一劇，編號九○三，然僅存五十四字，與前文所引〈剪髮獻媚〉一段
同，〔註25〕且附有工尺譜。

（2）〈貴妃醉酒〉

此劇又名〈百花亭〉，傳爲四喜班吳鴻喜所創。〔註26〕劇情敘述玄宗先一
日與楊妃約，命其設宴百花亭，同往賞花飲酒。至次日，貴妃遂先赴百花亭，
備齊御筵候駕。孰意遲待移時，玄宗車駕竟不至，遲之久，忽報皇帝已幸江
妃宮。貴妃聞訊，懊惱欲死。妃性本褊狹善妒，尤媚浪。且婦女於怨恨之餘，
本最易生反應，遂使萬種情懷，一時竟難排遣；加以酒入愁腸，春情頓熾，
於是竟忘其所以，放浪形骸，頻頻與高力士、裴力士二太監，作種種醉態，
及狂放狀，迨倦極，才懷著滿腔幽怨，扶宮女回宮而去。〔註27〕

根據〈長恨歌〉「回眸一笑百媚生」之語，可知楊妃姿態可以風情萬種來
形容，後人評美女風情皆帶污蔑之詞，貴妃醉酒之姿態豈能例外。

此齣戲爲流傳百年之傳統劇目，乃一歌舞並佳之名作，劇中鋪敘楊妃醉

〔註25〕《京調曲譜大觀》，全四集，見第一集「高山流水」，頁 102～106（上海：大
　　　　東書局，1931）。
〔註26〕陶君起編，《京劇劇目初探》，頁 160（北京：中國戲劇出版社，1963）。
〔註27〕參引《戲考》第三冊，總頁 1864。

酒之失態，粗俗不雅，經過梅蘭芳之修飾，使之成爲一比較完整之古典歌舞劇。至今仍爲劇場盛演之劇目。筆者去夏曾親睹夏華達先生之扮演，其對楊妃怨望自傷之心理描摹，細膩獨到，惹人憐憫。

今中央研究院所藏《京調曲譜大觀》第三集，錄有〈貴妃醉酒〉二齣[註28]，編號各爲九三一、一○○，又《二黃尋聲譜》一書，亦收有〈貴妃醉酒〉二本[註29]，編號爲○一七。

（3）〈渡銀河〉

本齣劇情依張伯謹所敘，係「七月七日，天上牛郎織女相會。適見下界唐明皇與楊貴妃正設香案，向牛郎織女乞巧。並鑒於牛郎織女之年年相會，兩人密誓盟約「在天願爲比翼鳥，在地願爲連理枝」，「請牛郎織女作證。」[註30]

（4）〈馬嵬坡〉

本劇亦名〈哭楊妃〉，係汪笑儂所編[註31]，鋪敘明皇思妃之情，大約胎息於〈長恨歌〉「蜀江水碧蜀山青，聖主朝朝暮暮情，行宮見月傷心色，夜雨聞鈴腸斷聲，天旋地轉廻龍馭，到此躊躇不能去，馬嵬坡下泥土中，不見玉顏空死處」之一段。劇中詞句纏綿悱惻，一往情深，「是爲眾劇本之上乘」。自古美人英雄應是白頭偕老，只羨鴛鴦不羨仙，然馬嵬之變，貴妃慘死，明皇愛莫能助，造成此恨綿綿無絕期。此齣詠馬嵬坡，令人有淒涼萬古之感。《戲考》敘其劇情，茲引錄之：

> 唐明皇爲安祿山所逼，駕幸西蜀，出咸陽道，次馬嵬驛，六軍徘徊，持戟不進，伏明皇駕前，請誅楊國忠以謝天下。未降旨而國忠已死於道周，左右之意猶未快，陳元禮復請誅貴妃以釋眾怨，明皇不得已，命高力士引貴妃於佛堂縊殺之，瘞於馬嵬坡下，始整頓部伍而行，楊氏兄妹之怙寵藉勢，亂天下，禍蒼生，盡人飲恨。獨明皇不悟耳，然自貴妃死後，明皇朝夕思念，未嘗有一日忘懷，甚至夢寐之間，時時縈繞，後郭子儀李光弼等，恢復二京，迎駕還都，再經馬嵬，觸景傷懷，命於貴妃墳塋前，陳設祭品，降尊拜奠，掩面悲泣，不勝悽愴，經高力士再三勸解，方肯回鑾。

〔註28〕《京調曲譜大觀》，第三集「八音克諧」，頁1～4。
〔註29〕《二黃尋聲譜》，鄭劍西編輯，民國18年，上海大東書局印行，頁110～112（中央研究院藏）。
〔註30〕《國劇大成》，頁435（國防部總政治作戰部，振興國劇研究發展委員會發行）。
〔註31〕同註26，頁161。

上述四齣,爲今所見之完整劇本,今《京劇劇目初探》一書,錄有〈貴妃醉酒〉、〈馬嵬坡〉、〈太眞外傳〉、〈上陽宮〉(一名江采蘋)四齣,惜未得見原本。其中〈太眞外傳〉一劇,內容與前述者略有不同,劇情依陶氏之簡介云:〔註32〕

> 蜀司戶楊玄珪女楊玉環,先爲壽王妃,尋被玄宗冊爲貴妃,寵冠後宮,姊妹、兄弟皆受封爵,賜浴華清池,敕各省貢荔枝。與玄宗于七夕共誓,願世世爲夫婦。後因安祿山反,玄宗入蜀,行至馬嵬驛,六軍鼓噪,賜玉環死。死後玄宗晝夜思念,廣求方士搜尋玉環魂魄,果得玉環于海上仙山,後與玄宗夢中相會。

又《京調曲譜大觀》第二集〔註33〕有〈楊貴妃〉一劇,然僅存六十一字,茲引錄於下:

△楊貴妃

> 挽翠袖近前來,金盆扶定,只見那空中的月兒落盆心,又只見那蟾蜍桂枝弄影,美嫦娥清冷冷,那得無情看,仙掌和驪珠紛紛亂迸,顧不得雙手冷,玉玦親擎。

四、崑曲

崑曲乃明嘉靖中爲魏良輔所改良,初時止行吳中,此後自開戶牖,漸爲流行,受其被染者可謂多矣。皮黃未登劇場之前,國劇惟屬崑曲獨步風靡,盛況空前。從萬曆、天啓、崇禎到康熙前半葉,乃崑曲之全盛時代。〔註34〕崑曲清柔婉約,《南詞敘錄》嘗讚之曰「流麗悠遠,出乎三腔之上,聽之最足蕩人」,崑曲特色在四聲謹嚴,唱、念、作並出,渾然天成,是爲雅正之音,與亂彈大異其貌。

葉堂《納書楹曲譜》,專以崑曲爲譜,其《補遺》卷四,時劇之一錄載〈醉楊妃〉一齣,或爲今日國劇盛行〈貴妃醉酒〉一劇之所自來。

今中央研究院所藏清代崑曲有關楊妃故事者,率皆源於《長生殿》傳奇各散齣,或稍有修改潤飾,配合演出之精彩,遂有同一齣目,而風貌各異之本出現,此爲折子戲風行後的必然結果,亦屬雜了觀眾的好惡心理因素在內,原爲毋庸置疑之事。茲將中研院所藏崑曲寫本細目,列表於下,以供參考:

〔註32〕 同註26,頁161。
〔註33〕 《京調曲譜大觀》,第二集「白雪陽春」,頁111～114。
〔註34〕 插圖本,《中國文學史》冊四,頁995～997。

劇目	數目	書　　　　號
小宴	5	018、099、100、191、547
夜怨	1	134
定情	2	155、800
埋玉	8	112、180、181、182、183、305、357、695
哭像	1	514
密誓	8	021、155、358、359、514、618、691、800
絮閣	13	155、173、256、257、258、276、279、280、303、496、549、698、807
聞鈴	14	099、100、155、173、294、322、323、324、325、326、327、514、800
疑讖	1	680
醉妃	1	180
彈詞	12	155、252、347、348、349、350、351、352、353、354、514、800
舞盤	1	364
窺浴	1	514
驚變	7	112、180、305、357、423、680、687
定情賜盒	1	754

　　由上表可知，《長生殿》中定情、密誓、絮閣、驚變、埋玉、聞鈴、哭像、彈詞諸齣，允為當時最盛行之齣目。

　　又中研院之《天寶遺音》一本，編號為五一四，內容包括密誓、窺浴、聞鈴、哭像、彈詞五齣。乃同治二年秋，七月所作，首頁有「抱琴齋藏本」字樣，字跡美。

五、其他

　　楊妃戲劇可見可知者已如上述，而未見又為他書引述者，乃列之於此，藉觀其流行之範圍。據《京劇劇目初探》第九章，隋唐故事戲之記載，各地方戲存楊妃故事之劇目者為：

　　（1）徽劇：貴妃醉酒。

　　（2）漢劇：貴妃醉酒、馬嵬驛二齣。

　　（3）桂劇：貴妃醉酒。

（4）湘劇：錦香亭（即演貴妃醉酒之情節），落驛賜綾（演馬嵬坡事）
　　　　二齣。
（5）秦腔：百花亭（即貴妃醉酒）
（6）滇劇：埋玉。

見上列之存目，得知〈貴妃醉酒〉、〈馬嵬坡〉為地方戲最盛行之齣目。醉酒一劇演楊妃見疏，在百花亭獨飲沉醉，怨望自傷事，此於皮黃部分已詳述。馬嵬埋玉一劇，陶君起敘其內容為「安祿山起兵范陽反唐，唐玄宗會皇攜楊玉環逃奔蜀中。至馬嵬驛，六軍不發，共誅楊國忠，并請殺玉環以謝天下，玄宗忍痛將玉環縊死。及回鑾，乃哭祭其墓。」

上述六種地方戲，與前文已述之劇相合，已可見以楊妃為題材之戲劇遍及南北；而未經發掘者尚不知其數，若可蒐得全部劇本以較其劇情，當可進而探究各劇種交流及增衍刪節之關係。

貳、講唱

講唱之特色，在於運用俚語方言，用熟悉之口語，有說有唱，使觀眾聽之如在眼前。講唱之型式很多，有全篇吟唱者，有摘錄而唱者，蓋以談論古今貞節烈婦、及興亡之理為主，非常受人喜愛。今以鼓書、彈詞、子弟書為例，舉其有關楊妃故事者：

一、鼓書

鼓詞乃流行於北方諸省之講唱，又稱鼓兒詞，說唱鼓書時，用一個小鼓，二塊鐵片，一節醒木，一架三弦。說的時候拍一聲醒木，音樂一起停止，唱的時候敲起鼓板，音樂一齊應和，很是熱鬧。〔註35〕，今有關楊妃之作品，據中研院所藏《京音大鼓》第三冊，錄有〈憶真妃〉及〈錦水祠〉。

〈憶真妃〉一闋，文詣婉約、悽楚，就其措意和遣詞而言，確將楊妃慘死後，唐皇之哀悼與痴想，刻劃得淋漓盡致，入神入微，可謂是耐人咀嚼之佳作。文云：

> 一個兒枕冷衾寒臥紅蓮帳裏，一個兒珠沈玉碎埋黃堆中，連理枝暴雨摧殘分左右，比翼鳥狂風吹散各西東，料今生璧合無期珠還無日，就只願泉下追隨伴玉容，料芳卿自是嫦娥歸月殿，早知道半途而廢又何必西行。

〔註35〕中研院：《俗曲總目錄》之前言。

唐皇喪失愛侶後，那分寂寞難耐無從渲洩，終日於悔恨中愁思不解，輾轉反側，眞是古今不可多得之「癡情」漢子。據鄭緒平先生謂此文作者繆毓戴〔註36〕，乃晚清之翰林學士，文章工麗，名聞當世。本詞之作，係感於遊宦關中時，夫人病死客館，傷痛之情迄於暮年，故假唐皇悔恨楊妃之死，寄託其哀悼愛妾之幽情。行文哀怨，如泣如訴，後人有以「新長恨歌」譽之者。

〈錦水祠〉情辭悲切，眞情流露。寫楊妃死後，明皇悔恨交加，哀歎美人零落，乃爲國捐軀，於是爲之雕像，並建廟供養。此情節或源於《長生殿》三十二齣之〈哭像〉而來。自從劍閣聞鈴後，明皇何曾將妃子暫忘情，好容易鑾輿得安，賊氣已淨，懷想楊妃加倍兒增，在又愛又憐之心情下，明皇云：

　　　　想妃子爲國捐軀情最慘，是必要特爲旌表慰慰魂靈。

於是，便特選妙手工人建祠刻像，心中又湧起悲慟，文云：

　　　　也是我失勢的孤家所見得短，絕不該憑憑妃子你傾生。

明皇一失足成千古恨，今日裏只能痛恨切齒，文云：

　　　　今日裏覩像思人悲往事，叫朕躬何顏見卿，將何以酬卿。

楊妃冤死後，明皇才乍覺愧對之甚，逝者已矣，錦水祠內，明皇蕭索悽楚，怎不令人也肅然默哀一番。

二、彈詞

「彈詞」最早稱謂見於明《西湖遊覽志餘》卷二十，自從明代彈詞流行以後，清代更爲盛行，而成爲南方講唱文學的總稱。〔註37〕，清代彈詞主要指蘇州彈詞，乃發源於蘇州之地方講唱文學在用樂器方面，彈詞只彈琵琶，雙檔時兼用二胡。起初乃一人說唱，後來才有二人輪流說唱，茶館、酒樓處皆可聞之。彈詞流派眾多，最具代表性者推陳遇乾（乾隆年間）、俞秀山（嘉靖道光間）與馬如飛三派，從馬調發展名望最響亮者，則有沈調、薛調、蔣調（今大陸七〇％盛行，易學）及徐調、張調等。然因限於方言之關係，遂至彈詞無法廣爲流傳。

今蘇州彈詞有關楊妃故事者，就筆者所知，僅〈劍閣聞鈴〉、〈宮怨〉二闋，此爲聽課所得，筆者親聆彈唱，感受極深。

（1）〈劍閣聞鈴〉（蔣調）

首句「峨眉山下少人經」，末句「鳥啼花落夜沈沈」，明皇懷愧疚之情，

〔註36〕鄭緒平，《評長恨歌及憶眞妃鼓詞》，文載《建設》十三卷，十二期，1965。
〔註37〕葉德均，《宋元明講唱文學》，頁677～679。

於淒風苦雨夜「龍淚紛紛泣玉人」，且云「並不是我江山情重美人輕」，悔恨交加之明皇，深懷一失足成千古恨之憾，而佳人不再，鈴聲之擾亂，更助人悽惶之意。長夜漫漫，此份痴情又有誰同情？有誰能慰藉？無怪乎要痛殺「陳玄禮他太無情，陽奉陰違負朕恩」。

　　（2）〈宮怨〉（一名貴妃醉酒）（俞調）

　　此闋描寫楊妃於沈香榻候明皇，而明皇竟失約，致使她又羞又憤，終勸世人「莫把君王伴，伴駕如同伴虎狼」，茲錄全文如下：

> 西宮夜靜百花香，欲捲珠簾春恨長，貴妃獨坐沈香榻，高燒紅燭候明皇。高力士，啟娘娘，今宵萬歲幸昭陽，娘娘聽說添愁悶，懶洋洋自去卸宮裝，將身靠在龍床上，短嘆長噓淚兩行。衾兒冷，枕兒涼，見一輪明月上宮牆，勸世人切莫把君王伴，伴駕如同伴虎狼。君王原是個薄情郎，倒不如嫁一個風流子，朝歡暮樂度時光，紫薇花相對紫薇郎。

楊妃在企盼聖駕之際，明皇突然背約而去，因而心懷幽恨，有這一分妒意，才是眞情之流露。文中楊妃失愛之怨，如泣如訴，惹人同情，一反「潑辣媚浪」之形象，可謂翻案之傑作。

三、子弟書

　　子弟書又名「絃子書」，乃清代滿州子弟所演唱之曲藝，爲北方「鼓詞」之一支流，相傳創始於乾隆時，歷乾、嘉、道，而極盛一時，至宣統間始漸趨沒落。子弟書演唱時頗重音節美感，亦求平仄諧調，雖以七字句爲主，然演唱時，可隨意增添襯字，以助其生動活潑，因其奏樂器以三絃爲主，故又名「絃子書」也。清代說書曲譜中，子弟書之名望頗高，富察敦崇《燕京歲時記》稱「音調沈穆，詞亦高雅」〔註38〕，而繆東霖《陪京雜述》又贊之曰「說書人有四等，最上者爲子弟書」〔註39〕，可見其文詞雅化之程度，此曲藝衰落之主因，概因樂曲字少腔多，如戲劇中之「崑曲」「高腔」者然，演唱不易，聽者亦難明瞭，遂以「曲高而和寡」漸趨於沒落。

　　考「子弟書」蓋以篇幅之長短而定其回數，小者不分回，大者可至二、三十回，每回限用一韻，一韻到底。其特色在回前多有七言詩一二首開宗明

〔註38〕傅惜華，《子弟書總目》，頁6（上海：上海文藝聯合出版社，1954）。
〔註39〕李家瑞，《北平俗曲略》說書之屬，頁8（台北：文史哲出版社，1974）。

義，名曰「詩篇」俗稱「頭行」〔註40〕，頗似傳奇家門。子弟書之取材範圍頗廣，舉凡通俗小說、雜劇傳奇、京劇劇目、社會風土民情，皆爲入書之題材。

中研院傅斯年圖書館所藏，以楊妃故事爲題材之子弟書，今可見者有〈醉酒〉、〈馬嵬坡〉、〈沉香亭〉、〈聞鈴〉及〈長生殿〉等，其中率皆源於洪昇《長生殿》傳奇，作者大都不詳，茲略述如下，並備目以載未見之作：

（1）〈醉酒〉五回　三十一頁　編號一〇四

此爲「百本張」抄本，共五百三十句，據洪昇《長生殿》二十四齣〈驚變〉後半情節改編。敘述壽王妃楊氏，於明皇千秋日拜壽時，因姿色絕美似仙，爲明皇鍾情，恩召入宮，楊氏滿門因也榮寵倍至。後因明皇又把梅妃納，遂使楊妃孤處深宮，寂寞難耐，於園中觀景時飲酒解愁，醉中險失禮於宮官，於夢中又與安祿山敘舊，正情濃意綿時，忽爲黃鸝啼聲驚醒。末句曲文說明作者寫作動機，云「因遣興與楊妃醉酒聊成段，待有餘暇改正全」，可見此本顯係集錦性質之作，尾題「光緒廿九年九日抄」。

此本描寫楊妃乃一淫蕩不堪之女子，如寫其醉酒之態：「玉體姣態風情露，恰似嫩柳怯風前，手掩酥胸露玉乳，星眸半閃吐舌尖」，堂堂一位貴妃如此舉止，可謂醜態畢現，風騷至極。

其次，楊妃與安祿山之隱情，此劇亦描寫得格外突出，醉夢中，楊妃唱道：

> 仔細看面貌不眞些微的老，摸了摸垂腹說是我兒男，用手攙起多情的客，序禮分賓把話談，奴爲你粉退香消容貌減，奴爲你鬢鬆懶整翠雲環，奴爲你珍饈美味無心進，奴爲你錦繡綾羅放一邊。

又：

> 彼此說到情濃處，二人攜手會巫山。

楊妃與祿山之一段情，果眞令她魂縈夢牽乎？經過「子弟書」之繪聲繪影，安、楊二人之醜聞，分外明眼了。

（2）〈馬嵬坡〉二回　十頁　編號一〇六

此本據《長生殿》傳奇二十五齣〈埋玉〉改編，卷首便有開宗明義之詩篇，闡明全篇大意：

> 宮殿參差頃刻間，漁陽烽火照寒泉，

〔註40〕李家瑞，《北平俗曲略》說書之屬，頁9（台北：文史哲出版社，1974）。

過雲聲斷悲風起，何處黃雲是隴山，

淒涼一片深秋景，君領千軍幸蜀邊，

馬嵬坡下無窮恨，^{苦壞了絕}楊玉環。^{代的佳人}

本劇對馬嵬難枉死之楊妃，致其最深之同情與敬意。文中敘述楊妃慷慨赴義，
為國捐軀之舉，令人肅然起敬：

> 說軍心一變非兒戲，倒不如我項橫素帕把大事全，望吾皇總以社稷
> 為珍重，……況臣妃一門受恩如山重，又係那國忠欺主把事訛，現
> 如今軍勢危急無可救，小妃就粉身碎骨也報不全，倘若稍遲出不測，
> 反增奴怕死的污名萬古傳。

觀此一段，文意極崇敬楊妃之愛國體民與深明大義，蓋兵變之因，非可盡責
楊妃，實乃楊國忠牽連所害也！而楊妃於生死攸關之際，亦透露深愛明皇之
情，由其吩咐高力士之語可知：

> 我死後惟你尚能體聖意，早晚間殷勤侍奉莫偷閒，聖上的春秋已高
> 邁，不比當初在少年，又兼這西川蜀道多勞苦，萬望你留心照應在
> 帝前，傷心時必須常解勸，早晚間務曉飢與寒。

明皇西幸蜀時，年已高邁，其生活起居，全在楊妃照料之下，今馬嵬終須
一別，唐皇此後之淒涼，紅粉知己必先能預知，故馬嵬死前之叮嚀，讀來
分外悽楚哀怨。所謂「黯然銷魂者，惟別而已矣」，楊妃、明皇天上人間，
生死兩茫茫之隔，何人能堪！按此本或名〈埋玉〉、〈驚變埋玉〉、亦作〈馬
嵬驛〉。

（3）〈沉香亭〉一回　五頁　編號一○六

　　史語所存有二本，一本編號一○六，一本編號九十九，此劇據《長生殿》
傳奇二十四齣〈驚變〉前半情節改編，曲辭仍多沿襲傳奇文字。主述明皇聖
壽之日，與貴妃花亭設宴，宣李白作〈清平調〉助興之事，觀全文似可得知
本作主角乃在李白，末句所云〈表明皇君臣相遇一段奇文〉，可為明證。

　　李白乃盛唐最富盛名之〈詩仙〉，其文渾然天成，無鑿斧之痕，極其優美，
〈清平調〉一詞，使楊妃與明皇之情愛在其筆下，如同夢境般綺麗富有詩意，
沉香亭佳談，遂廣受喜愛矣！此本〈沉香亭〉裏，明皇、楊妃、李白三人水
乳交融，其樂無窮，令人豔羨不已！

（4）〈聞鈴〉二回　八頁　編號一〇六

此劇敘述馬嵬之後，明皇悼念愛妃之情，有「感時花濺淚，恨別鳥驚心」之悽惶！頭回詩篇云：

> 天子傷心總爲情，可憐情字未分明，
>
> 情同理順方眞切，理與情違費品評，
>
> 淚落不因家國喪，魂飛只爲美人傾，
>
> 李三郎_{眞眞到}此無寥賴，你看他嗷_{落自悲啼}哭雨鈴。

此劇取材自洪昇《長生殿》第二十九齣〈聞鈴〉，曲文以鈴聲結合雨聲，抒寫唐明皇對楊妃之懷念，格外生動感人。楊妃死後，獨留明皇寂寞難耐，其思念之情不可一日或廢，或行或止跟隨在側，觸景生情無限感慨：

> 更有那無邊落木蕭蕭下，觀不盡愁雲慘慘生，笑從來秋聲最怕愁人
>
> 聽，何苦呢此刻還教孤雁鳴，教寡人提韁勒馬頻回首，還望見馬嵬_{公館隱隱的}形
>
> 踪，不由人氣_{啫喉嚨潛}然淚下。

此後明皇眼前之春色韶光皆如虛設，徒使心存一點赤子情之明皇，更悲哀難耐，四面如有楚歌。結尾曲文說明作者寫作動機，云「這便是千秋萬古傷情事，好教人筆墨餘暇寫大唐」。

（5）〈長生殿〉二回　十頁　編號一〇六

此本據《長生殿》傳奇二十二齣〈密誓〉改編，曲詞多沿用傳奇文字。主敘明皇、楊妃二人七夕於長生殿裏盟誓「願只願生生世世爲夫婦，無負今宵七夕時」之堅情，並云及馬嵬難後，明皇之傷心情懷，與命方士覓妃之事。詩篇點出長生殿裏，二人之「痴」情眞愛，文云：

> 鵲橋剛逢七月七，織女牛郎敘別離，
>
> 天上星辰情寞寞，人間天子語嘶嘶，
>
> 多情自合檀心解，私誓寧容小婢知，
>
> 最堪思_{此宵相}會長生殿，千古風流第一痴。

此劇或作〈雀橋〉、〈七夕密誓〉、〈鵲橋密誓〉、〈鵲橋盟誓〉之名。

（6）〈長生殿〉一回　七頁　編號一〇一

此本有「百本張」字樣，雖亦演長生殿七夕密誓之事，然內容與前本稍

異，並未有馬嵬之敘述，全文著重於密誓之描繪，實爲別本。詩篇揭開序幕，
云：

> 佳會年年不了期，人間天上挩情痴，
>
> 碧空雲弄無窮巧，銀漢秋生別樣姿，
>
> 觸景感懷盟伉儷，焚香設誓慰相思，
>
> 演一回^{七月七}日長生殿，夜半無人私語時。

此劇描寫密誓前後之情景，文詞優美，極爲可觀。密誓之因乃楊妃觸景傷懷，
明皇有感其情愛深厚，遂訂盟約也，文云：

> 想牛女隔斷^{一會}銀河繞一年，還思縈繞怎支持^想，
>
> 雖是天賜的佳期，恨雞鳴^{冷又別離}爭奈相逢繞一刻^{雲寒露}。

楊妃感於天上牛女，一年一會旋即別離，爭奈相思之苦，以物喻己而憂恐明
皇之愛不長久，而興嘆也！然明皇由此更明其情愛之探切，遂亦表白己心之
堅定，一如妃子，訂此盟約。文云：

> 貴妃說要在^{盟約}雙星之下求，終身妾謹守堅持^{一語}，
>
> 明皇喜悅對景逢，朕與你^{今宵盟}時正好焚香設誓定百年期，
>
> 攜手案前天^{拜倒}子躬身太眞，明皇說雙^{星在上祇}納盟詞，
>
> 隆基合玉環^{楊氏}我唐天子李，願生^{生世}世永結夫妻，
>
> 若負此盟忘此約，自有雙星上鑒知，
>
> 在天願爲比翼鳥，在地願爲連理枝，
>
> 又同聲道^{有時盡}天長地久，此意綿綿無絕期。

長生殿密誓之情節，始自白居易〈長恨歌〉，後代作品演述者眾，二人情愛之
堅貞，誠令人豔羨！

　　按《長生殿》另有一本編號爲一○○，文詞與編號一○一本同，唯前有
缺頁。

　　另子弟書中，今存目而未見者有三，茲據陳錦釗《子弟書之題材來源及

其綜合研究》之收錄，附之如後：〔註41〕

（1）〈絮閣〉四回　二十四頁

衍楊貴妃大鬧翠華閣事。據《長生殿》傳奇十九齣〈絮閣〉改編，初梅妃最得寵，但自楊妃入宮後，帝久棄不顧，一日帝念舊情，幸之，共宿於翠華西閣。楊妃知之，頓生妬意，乃大鬧翠華閣。結尾曲文說明作者動機云「但願普天下的夫人都看破，閨門裡和氣生祥享太平」。

（2）〈憶眞妃〉一回　石印本　共十六行行五句

喜曉峰作，衍唐明皇在劍閣思念貴妃，終夜不寐事。對唐明皇之性格及處境，寫得淋漓盡致。亦據《長生殿》傳奇二十九齣〈聞鈴〉改編。

（3）〈錦水祠〉一回　石印本　共十六行行五句

繆東霖作，據《長生殿》傳奇三十二齣〈哭像〉改編，衍唐明皇至成都後，因懷念貴妃，在錦水築祠祭祀貴妃，並繪像親送入祠以供之，緬懷舊事，不勝悲傷，因此痛哭像前。

上述諸本悉見錄於傅惜華《子弟書總目》，此書另收有《梅妃自嘆》一本〔註42〕，惜亦未得寓目。

按中研院之《子弟書目錄》，載有《百花亭》二冊，或謂乃敘貴妃醉酒者，然筆者見諸微卷，其內容顯非楊妃故事，茲提出以就正。

參、俗曲

雜曲乃通俗之歌曲，又稱「俗曲」、「小曲」、「小調」或「時曲」、「時調」，爲元明散曲之支流，有唱本可據，有體格可遵。最初起於北方，其後傳於南方，逐漸風行。〔註43〕稱時調者，乃未附曲調譜式者也。俗曲本是民間產物，其表達情感，或率直樸拙，或直陳無隱，或活潑自然，或意趣橫生，皆入耳出口自然成誦。今保存於中央研究院史語所的「六屬、一百三十七類、萬零八百零一種」〔註44〕的俗文學作品，約收容八十九類，四千零七十八種雜曲，

〔註41〕陳氏該書第四章，第一節「取材於清人傳奇之子弟書」，頁 75～78（66 年，政大中研所博士論文）。

〔註42〕《子弟書總目》，頁 111（上海：上海文藝聯合出版社，1954）。

〔註43〕羅錦堂，《明清兩代小曲之流變》，文載大陸雜誌第十卷，十一期，今收入聯經出版社《錦堂論曲》一書。

〔註44〕引曾永義中央研究院所藏俗文學資料的分類整理和編目，收《說俗文學》，頁 5（台北：聯經出版社，1980）。

數量可謂驚人。此批蘊藏豐富的俗曲，以主唱楊妃故事者，凡有龍舟歌、南音、廣東小調、四川調、馬頭調、山歌、岔曲等七類，其間或多散佚，僅存其目者，茲敘如下：

（一）龍舟歌

龍舟歌為廣州俗曲，類蓮花落，以乞丐每持龍舟沿街賣唱而聞名。其特色為篇幅不長，以純唱為主，伴以小鑼小鼓；文詞簡單樸實，唱詞七言，但亦可隨意增加襯字，易懂易學，清新暢快。

今中研院所藏龍舟歌有關楊妃作品，僅見於微卷（編號四十）之二則：

（1）〈貴妃醉酒〉編號八～〇四四　木刻本，六頁，廣州以文堂。

（2）〈梅妃宮怨〉編號八～〇四四　木刻本，四頁，廣州醉經堂。

茲分述其內容大意如下：

〈貴妃醉酒〉乃一首七言歌曲，內容樸質無華，言簡意賅，異於《子弟書》描述楊妃之繁華妖冶，劇中描寫楊妃浩蕩排場候駕之歡愉，及明皇失約辜負美人意之失望頹然，首尾貫串，一氣呵成，並無向來所稱之楊妃醉酒淫蕩失態之詞，全以同情立場描述楊妃思君君不知之抑鬱情懷：

> 楊妃半醒長吁嘆，情何限，寂寥孤枕冷，虧我牽愁，一夜都係為君顏。

語云「情深妒亦真」，從楊妃一夜不見明皇便輾轉反側，魂縈夢繫不能入眠一事觀來，此闋肯定楊妃情愛之深切，誠無虛假。

〈梅妃宮怨〉主述梅妃宮中之哀怨情懷，令人同情。他回憶起當初明皇之寵愛：

> 內宮得見奴容貌，西圖粉黛冠三千，自從身入深宮裏，
>
> 君王恩愛幸相憐，錦帳風雲蒙寵眷，金莖雨露荷恩沾。

旨從楊妃奪新寵，明皇遂反身而不顧舊愛，難怪其視楊妃為眼中魔障：

> 恨殺太真楊氏如心甲，佢狐媚獻繾時惑主，娥眉邀寵太心偏，蒙蔽
>
> 君恩憑舌劍，因此六宮無忌任佢施權。

梅妃與明皇恩情之斷絕，乃楊妃之從中作梗，劇中梅妃從絢麗歸於平淡，此一怨氣實難下嚥，其失寵景況令人惋嘆。

（二）南音

南音亦為廣州俗曲，唯篇幅長於龍舟歌，以敘述整個故事始末為主，分卷分回，每回且有回目，唱時除伴以小鑼小鼓外，又有箏與胡琴伴奏助興，曲詞文雅。

　　今中研院所藏南音有關楊妃故事之作品，為編號六七二〈唐明皇遊月殿〉，史語所藏有二本，然字跡模糊，訛俗字極多。

　　此劇分上下卷，上卷二十八目，下卷二十目，每回目以敘述一個故事情節為主，關目十分龐雜繁亂，以敘述忠孝節義為主，其中與貴妃有關之情節，有貴妃捧硯、祿山之爪、七夕密誓、馬嵬逼妃等事，楊妃為一獻媚、淫蕩不堪之形象。對楊妃之評價為「貴妃恃寵貪淫慾，紅羅自縊馬嵬岡」。卷末二句「九句勸言書寫盡，識字之人仔細詳」，可知藝人寫作的目的，是抱著勸化世人的態度，因聞解愁而作的如此，為生計而寫的亦同。可見民間作品所謂「善有善報，惡有惡報」的因果循環觀念非常強烈。

（三）廣東小調

　　今吟詠楊妃故事之廣東小調，存有〈楊妃醉酒〉一支，編號 A4～005，以文堂機器版，此本曲文與彈詞〈宮怨〉雷同，內容舖敘楊妃見疏之幽怨情懷，茲錄全文如下：

> 西宮夜靜百花香，鐘鼓樓前刻漏長，楊貴妃獨坐沉香閣，高剔銀燈候君王，高力士奏娘娘，今宵萬歲宿昭陽，貴妃聞聽此言講，點點珠淚滴胸膛，和衣兒睡在牙床上，自古道紅顏女子多薄命，為人切莫嫁君王，倒不如嫁個風流子，朝歡暮樂度時光，獨坐在深宮誰作伴，紫薇花對紫薇郎。

此外，史語所俗曲微卷四○一號，未歸類雜耍之屬，錄有〈楊貴妃〉一支，共九十四字。此曲敘述楊妃睡態，並點出明皇之「老」。今錄全文以供參考：

> 紗窗兒外月影兒輝，銀蟾照著醉楊妃，沉香亭上呼呼呼呼睡，一枝花春夢難回，老明皇來到宮幃見他的容貌千千千般媚，海棠花綠瘦紅肥，恰似他粉膩饕垂，天香國色無無無人對，喚不醒，不忍相催，上龍床試抱腰圍，甜甜美美陽陽陽台會。

上述諸曲，為內容完整可見者。傅惜華《北京傳統曲藝總錄》亦載有馬頭調、山歌、岔曲各一支，惜未得見，今存目備考：

（1）馬頭調　長生殿一支：作者無考，未見著錄，《白雪遺音》卷一，頁十二，選錄此曲，此曲演述楊貴妃故事。

（2）山歌　楊貴妃一支：作者無考，《中國俗曲總目稿》頁二八三著錄，北京鈔本（已燬），此曲演述楊貴妃故事。

（3）岔曲　醉楊妃一支：作者無考，《中國俗曲總目稿》，頁三二○著錄，標

白「趕板」（已燬），此曲歌詠牡丹。〔註45〕

又史語所《俗曲目錄》第九冊，錄有四川調〈楊貴妃〉，今亦不得見。

肆、小說

楊妃故事編唐小說者，今就章回小說及現代白話小說二類述之：

一、《隋唐演義》

《隋唐演義》二十卷一百回，成書於清代，現存清康熙年間刊本〔註46〕
坊本或題爲元羅貫中原撰；或謂羅貫中所作《隋唐志傳》，久已失傳；今本《隋
唐演義》，蓋清褚人獲根據《隋唐兩朝志傳》、《隋文遺文》、《隋煬豔史》三書
刪併而成〔註47〕。

褚人獲在《隋唐演義序》裡，提出了歷史小說之創作理論：

> 昔人以通鑑爲古今大帳簿，斯固然矣。第既有總記之大帳簿，又當
> 有雜記之小帳簿，此歷朝傳志演義諸書所以不廢於世也。

其所謂「大帳簿」是指正史；「小帳簿」指的是記錄「奇趣雅韻之事」的傳說、
故事之類。褚氏認爲此「小帳簿」與正史一樣「不廢於世」，均有存在價值，
故將歷史小說從正史之附庸地位獨立出來。《隋唐演義》有了「大帳簿」脈絡
分明之線索，又刪繁補缺，博採當時「雅韻之事點染之」，使此小說之內容更
加豐富生動〔註48〕。據清梁紹壬《兩般秋雨盦隨筆》考證：

> 隋唐演義，小說也，敍煬帝、明皇宮闈事甚悉，而皆有所本。……
> 其敍唐宮事，則雜採劉餗《隋唐嘉話》、曹鄴《梅妃傳》、鄭處誨《明
> 皇雜錄》、柳珵《常侍言旨》、鄭棨《開天傳信記》、王仁裕《開元天
> 寶遺事》、無名氏《唐傳載》、李德裕《次柳氏舊聞》、史官樂史〈太
> 眞外傳〉、陳鴻《長恨歌傳》，復緯之以本紀、列傳而成者。眞可謂
> 無一事無來歷矣。〔註49〕

可知本書大量採用故事及傳奇，點染虛構成一龐雜之歷史小說。其內容爲記

〔註45〕《北京傳統曲藝總錄》卷三，頁163（上海：中華書局，1962）。

〔註46〕孫楷第，《中國通俗小說書目》卷二，明清講史部，頁51，作者褚人獲字稼軒，
一字學稼，江蘇長洲人（台北：木鐸出版社，1983）。

〔註47〕參見馮承基，《論「隋唐演義」精采之處因及章回小說的選錄問題》。（載現代
文學三十三期，56年12月）。

〔註48〕參見《歷代小說序跋選注》，頁210（台北：文鏡出版社，1984）。

〔註49〕轉引自前書，頁211。

敘隋唐兩代故事，始於隋滅陳，終於唐明皇自蜀返長安。其中以隋煬帝、朱
貴兒，唐明皇、楊玉環的「再世因緣」為線索，泛寫隋唐兩代之社會生活。
作者蓄意把隋煬帝美化為多情的仁德賢君，而寫唐代盛世之衰落，完全歸罪
於女人亂政，雖為歷史小說，卻歪曲了歷史原貌。

　　綜觀此演義，神道色彩極濃，因果循環、宿命論之思想充塞其間。論其
藝術成就，文筆尚流暢，由於篇幅長、情節多，抑或出自眾手，而不能通體
皆佳；然於人物之描繪，往往合情合理，亦頗傳神。茲因文長，無法取錄，
僅就七十九回以後之楊妃故事，作重點式之探討，其章目與楊妃有關者如次：

第七十九回　　江采蘋恃愛追歡　　楊玉環承恩奪寵
第八十回　　　安祿山入宮見妃子　　高力士沿街覓狀元
第八十一回　　縱孌寵洗兒賜錢　　　惑君王對使翦髮
第八十二回　　李謫仙應詔答番書　　高力士進讒議雅調
第八十三回　　施青目學士識英雄　　信赤心番人作藩鎮
第八十六回　　長生殿夜半私盟　　　勤政樓通宵歡宴
第八十七回　　雪衣娘誦經得度　　　赤心兒欺主作威
第九十一回　　延秋門君臣奔竄　　　馬嵬驛兄妹伏誅
第九十八回　　遺錦襪老嫗獲錢　　　聽雨鈴樂工度曲
第九十九回　　赦反側君念臣恩　　　了前緣人同花謝
第一○○回　　遷西內離開父子情　　遣鴻都結證隋唐事

　　本書薈萃了楊妃故事之主要情節，如壽邸恩情、二妃爭寵、錦褓祿兒、
剪髮復召、七夕私盟、馬嵬遺襪、蜀道聞鈴、明皇哭香囊、方士覓魂……等
等。其對楊妃與祿山之醜聞，乃繼承著《天寶遺事諸宮調》之脈絡，極盡誇
張渲染。第八十回中指楊妃「風流水性」，與祿山相親相近，正是：

　　　色既不起貴，冶容又誨淫，三郎忒大度，二人已同心。

並增寫明皇與虢國夫人相狎事，此一情節或與《長生殿》傳奇〈倖恩〉一齣
有前後因襲之關係，其當為承襲趙飛燕、趙昭儀姊妹爭寵之事而來。這一點，
在第八十二回裏，可以提供有力的證明。此回敘述李白譜〈清平調〉事，高
力士進讒道：

　　　他說可憐飛燕倚新粧，是把趙飛燕比娘娘。試想那飛燕當日所為何

　　　事，卻以相比，極其譏刺，娘娘豈不覺乎？

作者繼之又云：

……楊妃頗有肌體，故梅妃詆之爲肥婢，楊妃最恨的是說他肥。李
白偏以飛燕比之，心中正喜，今卻被高力士說壞，暗指趙飛燕私通
燕赤鳳之事，合著他暗中私通安祿山，以爲含刺，其言正中其他的
隱微，於是遂變爲怒容，反恨於心。

經由上言，可知楊妃與祿山之穢事，及與其姊虢國夫人妬寵事，顯係摹仿《飛
燕外傳》而創造出來的情節，於此亦可見民間故事相互交流，增衍刪節之關係。

再者，楊妃馬嵬之死，作者藉明皇夢境，解爲命運所定，其後，梅妃亦
逝。第一百回裏，明皇遣鴻道士楊通幽覓二妃魂魄，開起了一場荒誕不經的
幽明大會。原來梅妃宿世爲蕊珠宮仙女，明皇爲孔昇眞人，因在太極宮中聽
講時，二人相視而笑，犯下戒律，孔昇眞人謫凡罰作帝王妃嬪，即煬帝愛妃
朱貴兒是也；而楊妃則爲煬帝後身，因煬帝生前罪孽深重，故罰作女身與朱
貴兒完結孽緣；由於楊恃寵造孽，罪上加罪，不得歸居仙界，終以白練繫死，
並「粗服蓬頭」居於冥界之北陰別宅。梅妃與明皇雖有一笑之緣，然因犯戒
律，故遭楊妃妬寵，此乃上天示罰之意。

以上所述，蓋褚人獲把「再世因緣之說」，解釋爲「冥冥之中」的因果報
應。書末以一詞爲結證云：

閒閱舊史細思量，似傀儡排場。古今帳簿分明載，還看取野史鋪張。
或演春秋，或編漢魏，我只紀隋唐。

隋唐往事話來長，且莫遽求詳。而今略說興衰際，輪迴轉，男女猖
狂。怪蹟仙踪，前因後果，煬帝與明皇。

此章回雜採故事、傳奇以入正史，末回結證隋唐之事，雖令人頗覺荒誕離奇，
但綜觀全篇，倒也成一完整之神話小說。其豐富之想像力，對清代俗文學之
創作，提供了一個取之不竭，用之不盡的泉源。

二、現代小說

民國以來之楊妃故事作品，以長篇白話小說爲主，其特色有二：一爲描
寫楊妃之宮中生活鉅細靡遺，如由壽王邸入明皇宮一段，此爲今人所著意敷
演之處，意在補前人之不足。二以楊妃未死於馬嵬之變爲主要關目，刻意渲
染其東渡日本之傳說，今就所見作品，分述如下：

（1）《楊貴妃》〔註50〕　南宮博著

本書共分三部分，即楊貴妃、楊貴妃外傳、附錄。此爲今白話小說太眞

〔註50〕南宮博，《楊貴妃》（台北：時報文化公司出版，1975）。

遺寫之集大成者。

甲、楊貴妃：此分八卷，自楊妃如何成為壽王妃寫起，終至馬嵬之難。其中渲染之情節，以楊妃與壽王生有二子，此為前所未有者，妃父為楊玄璬。

乙、楊貴妃外傳：此部分寫馬嵬坡縊殺後的楊妃，因謝阿蠻等宮人的急救而復活，終於東渡日本。

丙、附錄（i）楊貴妃，中國歷史上最特出的女人。

（ii）馬嵬事變和楊貴妃生死之謎。

（2）《絕世佳人楊貴妃》〔註51〕

本書分七章，每章各以七言對句為目，由其目錄亦可概見其內容，即：

一、六宮粉黛無顏色　始是新承恩澤時

二、承歡侍宴無閒暇　三千寵愛在一身

三、胡將朝覲受殊寵　鎮邊大將凱旋歸

四、姊妹弟兄皆列土　可憐光彩生門戶

五、宰相專權朝政壞　楊氏一門權勢增

六、林甫勢蹙死後辱　國忠愚弄朝權柄

七、漁陽鼙鼓動地來　宛轉蛾眉馬前死

（3）《楊貴妃復活秘史》〔註52〕　日人渡邊龍策著

本書分十一章，自楊妃之生平、容貌、宮中歲月、明皇之寵愛敘起；對安史之亂、馬嵬之變，本書採貴妃復活的說法。自第五章起，以「縊死之後的楊貴妃」為主題，加以敘述，云楊妃流浪天涯、偷渡日本，為一翻案之白話小說。

〔註51〕國家出版社編審部，《絕世佳人楊貴妃》（台北：國家出版社，1982）。

〔註52〕日人渡邊龍策著，閻肅翻譯，《楊貴妃復活秘史》（台北：漢欣文化事業有限公司，1984）。

第六章　結　語

　　自古美人受人景仰，所謂「豔色天下重」，然唯獨楊貴妃她對「安史之亂」肩負了亂天下的重罪。由正史之考察，她由壽王妃度爲女道士，入侍明皇，冊爲貴妃，從而盡奪明皇後宮之寵愛，因而楊氏一門榮寵倍至，產生一個以楊國忠爲首的特權集團，其後由於楊國忠與安祿山互相傾軋，導致安史之亂。雖天寶政治之衰敗，不能說與貴妃毫無關係，然主要罪責，自應是玄宗本人及朝中大臣；而推源究始，以李林甫之敗壞國本，關係尤爲重大，若將此亡國重罪完全加諸後宮受寵之弱女子，那是十分不公平的，蓋徵諸史實，設使玄宗不寵貴妃，祿山之亂未必即能泯聲絕響。

　　本文探究楊妃故事，由唐代史實著眼，以明故事原貌。由四、五兩章所述，可知楊妃故事爲各種體裁及形式之作品所取材，其間歷經增枝添葉，或吸收融入其他故事情節，間或有與史實歧異，或語涉神怪者，此皆蘊含了吾國緜遠流長之民族思想和民族情感。若就故事的演變而言，由此更可看出此一美人故事孳乳展延之活潑與機趣。

　　在唐代以「希代之事」著稱的楊妃、明皇故事，不但是作家們獵奇的對象，也成爲民間喜聞樂道的談資。自〈長恨歌〉虛構其身後「天上人間會相見」的一段，益使後人對此纏綿悱惻的帝妃之愛，產生滿腔的同情，並與之發生共鳴，此亦楊妃故事所以能廣爲流傳之主因。然生不逢辰之楊妃，隱伏其美麗的愛情背後，是一個致使百姓顛沛流離的大動亂，囿於傳統「尤物惑人」之觀念，此爲作者表達「荒淫敗亂」「垂於將來」最適合的題材，於是楊妃百口莫辯地成爲眾矢之的；由於後人對此題材不斷地灌以時代意識與民族情感，遂使此一「解語紅顏」與褒姒、妲己同流。自宋〈驪山記〉及《通鑑》

指其失德，元人更嫌惡地譏其淫蕩風流，並使遭「馬踐其屍」的悲慘結局；明代也反覆地描畫其矛盾性格，直到清《長生殿》始革新前人之觀念，將亡國之罪完全推到楊國忠和安祿山身上，重新塑造其忠貞誠篤的美麗形象。清代以降之俗文學，由於取材重點不一，楊妃遂呈現多樣化的面貌。

考楊妃故事之發展脈絡，率由一兩首「諷諭詩」觸發聯想而來。她之所以被美化成「蓬萊仙子」，實由〈李夫人〉一詩生發出來的，由於唐代道教思潮之影響，楊妃益被附上琦瑋詭譎之神秘色彩；繼而由〈望女几山〉及〈法曲〉二詩，於是楊妃變成「月殿嫦娥」，今就其神化一事觀之，此或命由天定之傳統觀念的表現。而「梅妃」一角之塑造，亦肇始於〈上陽白髮人〉一詩，它的產生，除了具有深刻的社會意義，亦有其歷史淵源。而其目的乃在襯托楊妃褊狹善妒之性格。此外由〈胡旋女〉一詩，而附會出楊妃穢亂之醜聞，此一傳說為楊妃形象轉變之極大關鍵；今考其形成之線索，實以安祿山為主線而發展的，究其目的，蓋楊妃與明皇非比尋常之戀情，並不見容於中國傳統社會，作者乃藉此情節以諷刺明皇奪媳為妃、不顧人倫之醜行。其實，吾人若肯定其人之愛情，則此穢聞當不致發生。至於〈清平調〉故事中，貴妃捧硯一節，乃藉其烘托李白狂傲不羈之性格，此文人借他人酒杯，澆胸中塊壘也。

由於楊妃的馬嵬死難是時代造成的悲劇，因此，也獲得人們無限的同情，於是不少俗文學作品中，楊妃仍是楚楚可愛的忠潔女子。近代小說家，更以〈長恨歌〉中「不見玉顏空死處」一語，渲染其東渡日本之傳說，雖與正史不合，然吾人或願相信，楊妃當日果真未死於馬嵬！

綜合所論，楊妃故事已深入民間，其極富傳奇色彩之一生，留給後人無盡的幽思，更在文學舞台上予人「身後是非誰管得？滿村聽說蔡中郎」之淒感。

參考書目

1. 《漢書》，班固，鼎文書局。
2. 《舊唐書》，劉昫，百衲本。
3. 《新唐書》，宋祁、歐陽修，百衲本。
4. 《舊五代史》，薛居正，百衲本。
5. 《新五代史》，歐陽修，百衲本。
6. 《資治通鑑》，司馬光，洪氏出版社。
7. 《宋史》，托克托，百衲本。
8. 《通典》，杜佑，新興書局。
9. 《文獻通考》，馬端臨，新興書局。
10. 《唐鑑》，范祖禹，商務印書館。
11. 《唐大詔令集》，宋敏求，商務印書館。
12. 《唐語林八卷》，王讜，世界書局。
13. 《稽古錄》，司馬光，上海商務印書館。
14. 《古今人物論》，廣文書局史料六編。
15. 《讀通鑑論》，王夫之，世界書局。
16. 《二十二史箚記》，趙翼，世界書局。
17. 《國史論衡》，鄺士元，里仁書局。
18. 《中國史談》，馮作民，星光出版社。
19. 《隋唐五代史》，傅樂成，中國文化大學出版部。
20. 《隋唐五代史》，呂思勉，九思出版社。
21. 《隋唐史新論》，林天蔚，東華書局。
22. 《隋唐政治史述論稿》，陳寅恪，里仁書局。

23.《隋唐時期戰史》，嚴耕望，中國文化大學出版部。

24.《唐代藩鎮之亂》，余衍福，聯邦出版社。

25.《汎論司馬光資治通鑑》，李則芬，商務印書館。

26.《唐代后妃與外戚》，羅龍治，桂冠出版社。

27.《馬嵬志》，胡鳳丹，美漢出版社。

28.《陝西通志》，王光庭等，明萬曆三十九年刊本（漢學中心藏）。

29.《陝西通志續通志》，華文書局。

30.《陝西興平縣志》，成文出版社。

31.《郡齋讀書志》，晁公武，廣文書局。

32.《中國歷史紀元年表》，木鐸出版社。

33.《歷代人物年里碑傳綜表》，姜亮夫，華世出版社。

34.《中國歷史參考圖譜第十一輯》，鄭振鐸，上海出版公司。

35.〈長恨傳〉，陳鴻，王夢鷗校錄文苑英華本。

36.《楊太眞外傳》，樂史，汪辟疆校錄本。

37.《梅妃傳》，收《顧氏文房小說》。

38.〈驪山記〉，收《青瑣高議》。

39.《國史補》，李肇，收《津逮秘書》。

40.《明皇雜錄附補遺》，鄭處誨，《筆記小說大觀》十六編。

41.《次柳氏舊聞》，李德裕，收《顧氏文房小說》。

42.《龍城錄》，柳宗元，《筆記小說大觀》八編。

43.《周秦行紀》，牛僧孺，收《顧氏文房小說》。

44.《粧臺記》，宇文氏，《筆記小說大觀》五編。

45.《琵琶錄》，段安節，《筆記小說大觀》五編。

46.《瀟湘錄》，柳祥，影印本。

47.《酉陽雜俎》，段成式，源流出版社。

48.《高力士傳》，郭湜，收《唐小說大觀》。

49.《開天傳信記》，鄭榮，《筆記小說大觀》八編。

50.《開元天寶遺事》，王仁裕，《顧氏文房小說》。

51.《安祿山事跡》，姚汝能，《筆記小說大觀》六編。

52.《搜神記》，干寶，商務印書館。

53.《杜陽雜編》，蘇鶚，商務印書館。

54.《幽怪錄》，牛僧孺，收《龍威秘書》。

55. 《野客叢書》，王楙，《筆記小說大觀》續編。

56. 《都城記勝》，耐得翁，商務印書館。

57. 《東京夢華錄》，孟元老，商務印書館。

58. 《夢梁錄》，吳自牧，古亭書屋。

59. 《武林舊事》，周密，商務印書館。

60. 《醉翁談錄》，羅燁，世界書局。

61. 《雲麓漫鈔》，趙彥衛，世界書局。

62. 《類林雜說》，王朋壽，《筆記小說大觀》三十編。

63. 《能改齋漫錄》，吳曾，《筆記小說大觀》續編。

64. 《歲時廣記》，陳元靚，史語所藏。

65. 《碧雞漫志》，王灼，知不足齋叢書本。

66. 《青瑣高議》，劉斧，河洛出版社。

67. 《瑯嬛記》，伊世珍輯，《筆記小說大觀》九編。

68. 《七修類稿》，郎瑛，光緒六年廣州翰墨園重刊本。

69. 《廣川畫跋》，董逌，中國善本室藏編號六六七六。

70. 《歷代名畫記》，叢書集成簡編。

71. 《茶香室續鈔》，俞樾，《筆記小說大觀》二十三編。

72. 《香豔叢書》，蟲天子，古亭書屋。

73. 《說郛考》，昌彼得，文史哲出版社。

74. 《道家與神仙》，周紹賢，中華書局。

75. 《增補六臣註文選》，華正書局。

76. 《文苑英華》，新文豐出版公司。

77. 《全唐詩》，清聖祖輯，聯經出版社。

78. 《全唐文》，董誥等，匯文書局。

79. 《唐詩紀事》，計有功，明嘉慶間錢塘洪氏刊本。

80. 《唐詩品彙》，高棅，四庫全書珍本。

81. 《古今圖書集成》，陳夢雷，文星書店。

82. 《四庫全書總目提要》，紀昀等奉敕撰，藝文印書館。

83. 《唐宋詩舉要》，高步瀛，宏業書局。

84. 《唐詩三百首詩話薈編》，彭國棟，中華文化出版社。

85. 《白居易集》，里仁書局。

86. 《元氏長慶集》，元稹，上海商務印書館。

87. 《李義山詩集》，商務印書館。

88. 《杜詩詳註》，仇兆鰲，商務印書館。

89. 《白居易詩評述彙編》，明倫出版社。

90. 《容齋隨筆》，洪邁，商務印書館。

91. 《甌北詩話》，趙翼，木鐸出版社。

92. 《隨園詩話》，袁枚，漢京出版社。

93. 《詩人玉屑》，魏慶之，世界書局。

94. 《元白詩箋證稿》，陳寅恪，里仁書局。

95. 《杜詩散繹》，傅庚生，建文書局。

96. 《冊府元龜》，王欽若等，清華書局。

97. 《太平御覽》，李昉等，商務印書館。

98. 《太平廣記》，李昉等，文史哲出版社。

99. 《類說》，曹慥，《筆記小說大觀》三十一編一～六冊。

100. 《綠窗新話》，皇都風月主人，世界書局。

101. 《說郛》，陶宗儀，商務印書館。

102. 《輟耕錄》，陶宗儀，世界書局。

103. 《唐明皇秋夜梧桐雨》，顧曲齋本，藝文印書館。

104. 《唐明皇秋夜梧桐雨》，元曲選本，商務印書館。

105. 《驚鴻記》（明世德堂刊本），吳世美，天一出版社。

106. 《綵毫記》，屠隆，開明書局。

107. 《長生殿》，洪昇，文光圖書公司。

108. 《長生殿》，洪昇，廣文書局。

109. 《長生殿》，洪昇，西南書局。

110. 《中國戲曲總目彙編》，羅錦堂，香港萬有圖書公司。

111. 《元雜劇考》，傅惜華，世界書局。

112. 《明雜劇考》，傅惜華，世界書局。

113. 《中國戲曲的選本》，鄭振鐸，香港龍門書店。

114. 《現存元人雜劇書錄》，徐調孚，盤庚出版社。

115. 《也是園古今雜劇考》，孫楷第，上雜出版社。

116. 《善本劇曲經眼錄》，張棣華，文史哲出版社。

117. 《六十種曲敘錄》，金夢華，嘉新水泥文化基金會。

118. 《曲海總目提要》，黃文暘，《筆記小說大觀》二十五編。

119. 《今樂考證》（歷代詩史長編二輯），姚燮，鼎文書局。

120. 《古人傳奇總目》（歷代詩史長編二輯），鼎文書局。

121. 《曲錄》，王國維，藝文印書館。

122. 《明本傳奇雜錄》，周明泰，信誼書局。

123. 《古典劇曲存目彙考》，莊一拂，上海古籍出版社。

124. 《京劇劇目初探》，陶君起，中國戲劇出版社。

125. 《京劇大觀》，北平寶文堂排印本。

126. 《北京傳統曲藝總錄》，傅惜華，上海中華書局。

127. 《中國俗曲總目稿》，李家瑞、劉復，文海出版社。

128. 《子弟書總目》，傅惜華，上海文藝聯合出版社。

129. 《北平俗曲略》，李家瑞，文史哲出版社。

130. 《元曲選》，臧懋循，商務印書館。

131. 《全明雜劇》，楊家駱，鼎文書局。

132. 《清人雜劇初集》，鄭振鐸輯，史語所藏。

133. 《六十種曲》，毛晉，開明書店。

134. 《元人雜劇鈎沉》，趙景深，世界書局。

135. 《古柏堂六種》，唐英，台大研究圖書館藏。

136. 《綴白裘》，汪協如校，中華書局。

137. 《曲選》，吳梅，商務人人文庫。

138. 《元明清戲劇選》，學海出版社。

139. 《戲考》，王大錯輯，里仁書局。

140. 《國劇大成》，張伯謹輯，國防部總政治作戰部。

141. 《京戲精華》，台中文昌書店。

142. 《名曲大全》，上海以文堂書局。

143. 《當前台灣所見各省戲曲選集》，劉振魯輯，台灣省文獻委員會。

144. 《盛世新聲》，張祿輯，明嘉靖間刊本、史語所藏。

145. 《詞林摘豔》，張祿輯，史語所藏。

146. 《北詞廣正譜》，李玉輯，史語所藏。

147. 《雍熙樂府》，郭勛輯，四部叢刊續編。

148. 《太和正音譜》，朱權，四部叢刊續編。

149. 《九宮大成南北詞宮譜》（乾隆五十七年刊本），允祿，古書流通處影印本。

150. 《納書楹曲譜》（乾隆五十七年刊本），葉堂，史語所藏。

151. 《過雲閣曲譜》，王錫純，文光書局。

152. 《崑曲大全》，張芬，石印、史語所藏。

153. 《梅蘭芳歌曲譜》，排印本。

154. 《二黃尋聲譜》，鄭劍西，上海大東書店。

155. 《中國古典戲劇論集》，曾永義，聯經出版社。

156. 《中國古典文學論文精選叢刊》（戲劇），曾永義，幼獅出版社。

157. 《戲曲叢談》，華連圃，商務印書館。

158. 《元明清戲曲研究論文集》，嚴敦易等，作家出版社。

159. 《元人雜劇序說》，青木正兒，長安出版社。

160. 《元戲斟疑》，嚴敦易，上海中華書局。

161. 《元雜劇中的愛情與社會》，張淑香，長安出版社。

162. 《讀曲類稿》，周明泰，信誼書局。

163. 《現存元人雜劇本事考》，羅錦堂，中國文化事業公司。

164. 《元雜劇本事考》，羅錦堂，順先出版社。

165. 《戲劇與歷史》，龔德柏，傳記文學出版社。

166. 《長生殿研究》，曾永義，商務印書館。

167. 《螾盧曲談》，王季烈，商務印書館。

168. 《元明清劇曲史》，陳萬鼐，鼎文書局。

169. 《遠山堂曲品》（歷代詩史長篇二輯），祈彪佳，鼎文書局。

170. 《顧曲雜言》（歷代詩史長篇二輯），沈德符，鼎文書局。

171. 《雨村曲話》（歷代詩史長篇二輯），李調元，鼎文書局。

172. 《曲話》（歷代詩史長篇二輯），梁廷，鼎文書局。

173. 《劇說》（歷代詩史長篇二輯），焦循，鼎文書局。

174. 《曲品》（歷代詩史長篇二輯），呂天成，鼎文書局。

175. 《幾禮居隨筆》，周明泰，信誼書局。

176. 《王國維戲曲論著宋元戲曲考等八種》，王國維，純真出版社。

177. 《戲曲小說叢考》，葉德均，排印本。

178. 《明代劇曲史》，朱尚文，排印本。

179. 《中國戲曲史漫話》，吳國欽，木鐸出版社。

180. 《中國戲曲史》，孟瑤，傳記文學出版社。

181. 《中國近代戲曲史》，青木正兒著、王吉盧譯，商務印書館。

182. 《明代劇作家研究》，八木澤元著、羅錦堂譯，香港龍門書店。

183.《古劇說彙》，馮沅君，上海商務印書館。

184.《元曲六大家》，王忠林、應裕康，東大圖書公司。

185.《話本與古劇》，譚正璧，上海古典文學出版社。

186.《中國戲劇概論》，盧冀野，文馨書局。

187.《明代劇作家考略》，羅錦堂，香港龍門書店。

188.《說戲曲》，曾永義，聯經出版社。

189.《隋唐演義》，羅貫中原著、褚人獲改編，世界書局。

190.《楊貴妃》，南宮博，時報文化出版有限公司。

191.《絕世佳人楊貴妃》，國家出版社。

192.《楊貴妃復活秘史》，渡邊龍策著、閻肅譯，漢欣文化事業有限公司。

193.《安祿山》，滕善真澄，排印本。

194.《中國通俗小說書目》（新訂本），孫楷第，木鐸出版社。

195.《中國古典論文目》，潘銘燊，中文大學出版社。

196.《中國歷代短篇小說選》，郭雲龍校訂，宏業書局。

197.《唐人傳奇小說》，汪辟疆，文史哲出版社。

198.《唐人小說選析》，香港、上海書局。

199.《唐人小說筆記選》，江畬經，商務印書館。

200.《唐人小說校釋》（上），王夢鷗，正中書局。

201.《稗邊小綴》，周樹人，萬年青書店。

202.《中國古典小說研究》，羅振民，黎明文化事業公司。

203.《歷代小說序跋選注》，文鏡出版社。

204.《中國小說史略》，魯迅，排印本。

205.《中國小說史集稿，馬幼垣，時報文化出版有限公司。

206.《小說彙要》，徐訏，正中書局。

207.《小說纂要》，蔣祖怡，正中書局。

208.《唐宋傳奇選》，張友鶴，明文書局。

209.《話本小說概論》，胡士瑩，丹青圖書公司。

210.《小說見聞錄》，戴不凡，木鐸出版社。

211.《中國小說述評》，王止峻，商務印書館。

212.《唐代傳奇研究》，祝秀俠，中華文化出版事業委員會。

213.《唐人傳奇》，吳志達，上海古籍出版社。

214.《唐代傳奇研究》，劉瑛，正中書局。

215.《唐人小説研究四集》，王夢鷗，藝文印書館。

216.《唐代小説敍錄》，王國良，嘉新水泥文化基金會。

217.《長恨歌琵琶行の研究》，近藤春雄，明治書院。

218.《説俗文學》，曾永義，聯經出版社。

219.《中國俗文學史》，鄭振鐸，明倫出版社。

220.《五十年來的中國俗文學》，朱介凡、婁子匡，正中書局。

221.《李家瑞先生通俗文學論文集》，王秋桂，學生書局。

222.《中國民間傳說論集》，王秋桂，聯經出版社。

223.《鍾馗神話與小説之研究》，胡萬川，文史哲出版社。

224.《宋元明講唱文學》，葉德均，河洛圖書出版社。

225.《中國文學發展史》，劉大杰，中華書局。

226.《新編中國文學發展史》，千金出版社。

227.《中國文學研究》，鄭振鐸，明倫出版社。

228.《中國俗文學史》，鄭振鐸，明倫出版社。

229.《漢魏六朝唐代文學論叢》，王運熙，上海古籍出版社。

230.《中國文學史論文精選》，羅聯添，學海出版社。

231.《中國古典文學評介》，余我，商務印書館。

232.《台灣電影戲劇史》，呂訴上，東方文化書局。

233.《關於歷史和歷史劇》，茅盾，作家出版社。

234.《山水與古典》，林文月，純文學出版社。

235.《傅孟眞先生集》，傅孟眞，聯經出版社。

236.《似水情懷》，羅龍治，幼獅文化事業公司。

237.《文史雜考》，李則芬，學生書局。

238.《藝文掌故叢談》，彭國棟，正中書局。

239.《藝文掌故續談》，彭國棟，正中書局。

240.《中國歷代故事詩》，邱燮友，三民書局。

241.《主題學研究論文集》，陳鵬翔主編，東大圖書公司。

242.《中國古典文學研究論文索引》，排印本。

243.《中國俗文學論文彙編》，葉德均等，西南書局。

244.《白蛇故事研究》，潘江東，學生書局。

245.《孟姜女研究》，楊振良，學生書局。

△子弟書

　1. 馬嵬坡，編號一〇六，史語所藏。

2. 長生殿，編號一〇〇，史語所藏。

3. 聞鈴，編號一〇六，史語所藏。

4. 沉香亭，編號九九，史語所藏。

5. 長生殿，編號一〇六，史語所藏。

6. 楊妃醉酒，編號一〇六，史語所藏。

7. 醉酒，百本張子弟書，史語所藏。

△龍舟歌，史語所藏

1 貴妃醉酒，微卷編號四〇，史語所藏。

△彈詞：宮怨，排印本。

△粵劇：

1. 天寶遺恨，編號〇六〇，以文堂書局，收《名曲大全》。

2. 安祿山祭墳，編號〇六〇，收《名曲大全》。

△川劇

1. 九華宮，收《當前台灣所見各省戲曲選集》上冊。

2. 驚夢，收《當前台灣所見各省戲曲選集》上冊。

3. 長生殿，收《當前台灣所見各省戲曲選集》上冊。

△平劇

1. 貴妃醉酒，梅蘭芳舞台秘本。

2. 馬嵬坡，收《國劇大成》。

論文之部

1. 《李林甫與楊國忠之比較研究》，楊巾英，文化史研所碩士論文。

2. 《安史之亂對杜甫之影響》，洪讚，政大中研所碩士論文。

3. 《長恨歌研究》，林秀玲，東海中研所碩士論文。

4. 《唐代傳奇及其影響》，丁範鎮，師大中研所碩士論文。

5. 《中唐樂府詩研究》，張修蓉，政大中研所博士論文。

6. 《唐代敘事詩研究》，梁榮源，台大中研所碩士論文。

7. 《全唐詩婦女詩歌之內容分析》，嚴紀華，政大中研所碩士論文。

8. 《從唐代人物造型藝術看當時的社會》，孫仲崙，文化藝研所碩士論文。

9. 《中國仕女畫之研究》，金炫辰，文化藝研所碩士論文。

10. 《白居易詩與釋道之關係》，韓庭銀，政大中研所碩士論文。

11. 《梧桐雨與長生殿比較研究》，黃敬欽，師大國研所碩士論文。

12. 《元代文人故事劇研究》，吳秀卿，台大中研所碩士論文。

13. 《元代雜劇所反映之元代社會》，顏天佑，政大中研所博士論文。

14. 《諸宮調研究》，汪天成，政大中研所碩士論文。

15. 《徐復祚戲曲三種之研究》，黃智蘋，文化中研所碩士論文。

16. 《有關李白之戲劇研究》，杜偉瑛，東吳中研所碩士論文。

17. 《王昭君故事研究》，鄔錫芬，東海中研所碩士論文。

18. 《水滸故事之源流演變及其影響》，陳兆南，文化中研所碩士論文。

19. 《子弟書之題材來源及其綜合研究》，陳錦釗，政大中研所博士論文。

報紙期刊之部

1. 《楊妃故事的發展及與之有關的文學》，曾永義，現代學苑四卷六期。

2. 《楊妃籍貫考》，王翰章，人文雜誌第一期。

3. 《全唐文楊妃碑記僞證》，黃永年，人文雜誌第四期。

4. 《長恨歌疏證》，羅錦堂，學術季刊六卷二期。

5. 《略談長恨歌內容的構成》，王運熙，收漢魏六朝唐代文學論叢。

6. 《長恨歌主題新探》，周明，文學遺產增刊十四輯。

7. 《從時代色彩看長恨歌之主題》，王新霞，北平師院學報第二期。

8. 《長恨歌及長恨歌傳的傳疑》，俞平伯，小說月報二十卷二期。

9. 《讀長恨歌與長恨歌傳》，孫次舟，文學遺產增刊十四輯。

10. 《論長恨歌的藝術成就》，張安祖，北方論叢第四期。

11. 《讀長恨歌——兼評陳寅恪教授之「箋證」》，夏承燾，國文月刊七十八期。

12. 《長恨歌與楊貴妃之死》，徐芸書，反攻十一卷八十八期。

13. 《長恨歌對長恨歌傳與源氏物梧桐壺的影響》，林文月，現代文學四十四期。

14. 《評長恨歌及憶眞妃鼓詞》，鄭緒平，建設十三卷十二期。

15. 《楊貴妃的花邊新聞》，李敬齋，陽明第十七期。

16. 《楊貴妃的底細》，日人岡本午一著、晚翠譯，文星第五十六期。

17. 《李白「清平調詞」叢考》，薛順雄，東海學報二十一卷。

18. 《論長生殿中的「情」》，孟繁樹，揚州師院學報第一期。

19. 《洪昇長生殿的新評價》，盧元駿，中華文化復興月刊 2 卷十一、十二期。

20. 《長生殿的寫作與彈詞的演出》，羅錦堂，中國戲劇集刊第二輯。

21. 《李商隱的詠史詩》，方瑜，中外文學五卷十一期。

22. 《天寶之亂的本源及其影響》，李樹桐，歷史學報第一期。

23. 《麗情集考》，程毅中，文史十一輯。

24. 《宋金元諸宮調考》，鄭振鐸，文學年報第一期。

25. 《宋元諸宮調輯佚》，汪天成，中華學苑二十三期。

26. 《記永樂大典內之戲曲》，趙萬里，國立北平圖書館刊二卷三、四號。

27. 《中國小說至唐才成立之因素》，葉耐霜，建設十四卷三期。

28. 《略論中國戲曲的題材》，汪志勇，國學新探創刊號。

29. 《楊貴妃與唐明皇》，樸人，中華日報 68 年 2 月 8 日～10 日九版。

30. 《唐玄宗楊貴妃故事新探》，莊練，中國時報 65 年 2 月 27 日～29 日。

31. 《細說李白清平調的故事》，東海客，台灣日報 69 年 1 月 23～25 日。

32. 《楊貴妃、安祿山》，世界歷史雜誌十二期。

33. 《五百舊本「歌仔冊」目錄》，施博爾，台灣風物十五卷四期。

34. 《論「隋唐演義」精采之處因及章回小說的選錄問題》，馮承基，現代文學三十三期。